KB246433

魔爺

설봉 新무협 판타지 소설

마야

# 마야 2

## 설봉 新무협 판타지 소설

초판 1쇄 찍은 날 § 2006년 5월 1일
초판 1쇄 펴낸 날 § 2006년 5월 5일

지은이 § 설봉
펴낸이 § 서경석

편집장 § 문혜영
편집책임 § 김민정
편집 § 장상수 · 최하나 · 문정흠

펴낸곳 § 도서출판 청어람
등록번호 § 제1081-1-89호
등록일자 § 1999. 5. 31
어람번호 § 제2-0899호

주소 § 경기도 부천시 원미구 심곡1동 350-1 남성B/D 3F (우) 420-011
전화 § 032-656-4452  팩스 § 032-656-4453
http://www.chungeoram.com
E-mail § eoram99@chollian.net

ISBN 89-251-0098-3 04810
ISBN 89-251-0096-7 (세트)

설봉 新무협 판타지 소설

# 마야

Fantastic Oriental Heroes

## 魔爺 2

불시불보(不是不報)
「복수한다」

도서출판 청어람

第十一章

하선루(河船樓)
—강 위의 기루

1

소림파가 괴물 같아 보인다.

그의 노래를 듣는 순간에 내력이 두서너 배나 급증해 버렸으니. 몸으로 경험했으면서도 믿기지 않는다.

절혼마녀와 금연화는 알고 있는 지식을 총동원하여 생각을 거듭했다. 소리만으로 내력을 급증시켜 주는 무공이 존재했나? 현재 혹은 과거에 존재했던 무공인가?

결론은 '없다' 다. 들은 적도 없고 읽어본 적 없다.

"그만."

상념은 혈유의 정선 명령 때문에 중단되었다.

장강 한복판이다. 계속 나아가면 되는데 왜 또 멈춘단 말인가.

"헤헤! 아쉽지만 선장은 여기까지."

혈유는 앉아 있기 힘든지 뱃전에 드러누웠다.

여인들은 누가 시키지도 않았는데 재빨리 운기하여 전신 경략을 살폈다.

세상만사는 순리대로 돌아가야 한다. 우주의 질서가 그렇고, 사람들의 삶 또한 순리에서 벗어날 수 없다. 순리를 벗어나면 반드시 부작용이 뒤따른다.

소립파 때문에 급증한 내력은 비정상이다. 부작용이 없을 수 없다. 한데,

'아무 이상 없어. 경략이 매끄러워.'

이건 놀라운 기적이다. 무림사에 한 획을 그을 새로운 무공의 탄생이다. 소리를 질러서 내력을 급증시켜 주는 사람이 옆에 있다면 무엇이 무서우랴.

세 여인은 경이에 찬 눈으로 소립파를 쳐다봤다.

실로 경이로운 자다. 어떤 말로도 가슴속에 스며든 놀라움을 모두 표현해 낼 수 없다.

'무공을 지녔어. 그렇지 않고서야……'

아니다. 소립파가 무공을 수련하지 않은 것은 확실하다.

'그래! 마공! 마공이야! 탁기가 쌓이고 경맥이 굳은 건 특이한 마공을 수련한 탓일 거야.'

금연화는 몸을 돌려 선미(船尾)에 앉아 있는 소립파를 봤다.

무엇인가 물어보려고 했다. 무공을 익혔는지, 노인처럼 경맥이 굳어버린 이유는 무엇인지, 하다못해 진기를 북돋워 준 소리의 정체는 무엇인지.

그러나 아무것도, 아무것도 묻지 못했다.

턱을 괴고 앉아 강을 쳐다보고 있는 소립파를 본 순간 어떤 대답도 듣지 못할 것을 깨달았다.

생각이 깊은 것인지, 흐르는 물결에 넋을 빼앗긴 것인지.

다른 사람들도 노를 놓은 지 오래되었다.

혈유는 잠이 든 것 같다. 고루쌍마는 고루음공, 고루양공에 대해서 티격태격한다. 수검은 소도를 꺼내 손톱을 다듬고 있으며, 마도는 팔짱을 낀 채 고개를 수그리고 있다.

모두들 말이 없다.

소립파가 무슨 말이든 한마디만 하면 즉각 움직일 사람들이지만 말이 없으니 천지가 개벽해도 묵묵히 기다린다.

금연화는 기억 한편을 끄집어냈다.

이런 모습을 본 적이 있다. 혈귀대주와 혈귀대원들의 관계가 이랬다. 말 한마디에 죽고 사는 무인들의 모습이다. 혈귀대주를 전폭적으로 믿고 따랐던 대원들의 모습과 흡사하다.

흔히 마인들은 어울려서는 살지 못하는 족속들이라고 한다. 절친했던 동료라도 틈만 보이면 칼을 쑤셔 박는 게 마인들의 특성이라고 한다. 이해관계에 따라서 이합집산을 반복하는 게 마인들이라고.

이들에게서는 그런 점들이 엿보이지 않는다.

명문정파에서 잘 다듬어진 사람들, 사지(死地)를 숨 쉬는 것만큼이나 숱하게 넘나든 전사들의 모습이 비쳐진다.

이게 가당키나 한 말인가.

'시마, 마도, 수검, 혈유, 고루쌍마…… 한 사람만 무림에 나가도 세상이 발칵 뒤집힐 사람들이야. 이런 자들이 한데 모여 있는데 이토록 조용하다면 누가 믿겠어. 이들의 구심점은 저 사람…… 도대체 저 사람은 누구야?'

소림파와 혈귀대주가 비교되는 것은 우연일까?

우연이 아니다. 소림파가 말한 것처럼 그와 혈귀대주가 정말 벗이었는지는 알 수 없다. 그가 수묘인이나 향도였다고 말한 것처럼 벗이라는 말도 거짓말일 가능성을 배제하지 못한다. 그런데도 벗이었다는 말을 듣는 순간부터 그와 혈귀대주가 하나로 묶여 생각된다.

평생을 같이하기로 다짐했던 혈귀대주, 하나 그에 대해서 모르는 것이 있다.

사문(師門)이다.

혈귀대주가 북검문에 들어와 사용한 무공은 모두 여섯 가지다.

검, 쌍검, 대부, 활, 창, 판관필로 펼치는 여섯 가지 무공은 무림사에 단 한 번도 등장한 적이 없는 초유의 무공이었다.

평가도 좋았다. 북검문의 개파절기인 십절공(十絶功)에 비해서도 손색이 없다는 평을 들었을 만큼 뛰어난 절학이었다.

그런 무공이 일개 가전무공(家傳武功)일 수는 없다. 심신 단련을 목적으로 수련한 무공치고는 터무니없이 강하다. 사문을 밝히기 곤란하니까 대충 얼버무리고 넘어가는 게다.

북검문은 아무것도 묻지 않았다.

사문에 관한 일은 본인이 밝히지 않는 한 묻지 않는 것이 예법이기는 하다. 하지만 북검문이 여타의 문파도 아니고 북무림에 막대한 영향력을 행사하는 문파인 만큼 문도들의 출신 성분은 의외로 중요하다.

북검문도 중에서 출신 성분을 정확히 말하지 않고 입문이 허락된 사람은 혈귀대주밖에 없다.

그의 무공이 너무도 광명정대한 정공(正功)인지라 사악한 기운이라고는 조금치도 엿보이지 않았으니 받아들이지 않을 이유가 없었고, 무신이라 일컫는 북검문주가 대번에 승낙했으니 토를 다는 사람이 있을 수 없었다.

그는 여덟 명의 청년 무인을 선발하여 자신의 절기를 한 가지씩 전수했다. 그리고 아홉 명이 하나가 되어 움직이는 투진(鬪陣)도 만들어냈다.

단 아홉 명이 일대(一隊)가 되는 역사는 그렇게 만들어졌다.

혈귀대주는 북검문 창건 이래 가장 뛰어난 기재라고는 할 수 없으나 차기 북검문주로 유력시되던 사람인 것만은 틀림 없다.

거침없이 무림을 질타하던 혈귀대주와 천비대를 조롱하는 소립파, 뛰어난 능력과 기이한 능력.

수하들에게서 절대적인 신망을 받았던 그와 마도인들을 자유자재로 움직이는 소립파. 소립파와 혈귀대주가 벗이라면…… 어쩌면 사문도 같지 않을까? 이와 같은 사람들을 키워낸 사문이라면 보통 사문이 아닐 텐데, 중원 천하 어느 구석에 있는 사문일까?

아니다. 소립파의 경우에는 경맥이 굳어 있는 것으로 보아 무공을 수련한 흔적이 없으니 사문이 있을 리 없는데, 동문일리가 없는데 왜 이런 생각까지 하게 된 걸까.

둥둥둥……! 둥둥둥……!

장강 양쪽에서 북소리가 요란하게 울렸다.

"저, 저기!"

일령이 하얗게 질린 얼굴로 북소리가 들려온 곳을 가리켰다.

일견하기에도 백여 척은 넘어 보이는 전선(戰船)들이 질서정연하게 선열을 유지하며 다가온다.

남의 일 같으면 돈 주고라도 구경 올 만큼 일대 장관이다.

비조선을 놓친 천비대가 추적을 포기하지 않고 줄기차게 뒤따라오는 것은 안다.

그럼에도 태연히 배를 멈추고 잠시나마 한가한 시간을 가질 수 있었던 것은 전역(戰域)에 머물러 있기 때문이다.

장강에는 보이지 않는 줄이 두 가닥 그어져 있다. 한쪽은 북무림이 차지한 영역으로 북역(北域)이라 하며, 다른 한쪽은 남무림의 영역으로 남역(南域)이라고 한다. 북역과 남역의 중간 지대, 강심(江心)은 전역이라 부르며 수상 전투의 대부분은 전역에서 이루어진다.

그럼 보이지 않는 선의 경계는 어디일까?

강안에서 대포를 쏘아 닿지 않는 곳이다.

양쪽 강안에서 동시에 대포를 쏘았을 때도 유유히 낚시를 즐길 수 있는 곳이 전역이다.

전역이라고 안전한 곳은 아니다.

강안 대포의 사정거리는 벗어났지만 배에 실린 대포의 사정거리까지 벗어난 것은 아니니까.

천비대의 배들이 가까이 다가와 대포를 사용해도 될 즈음, 남무림에서도 전선이 출동했다.

소립과 일행에게는 천우신조랄까?

양쪽에서 출동한 선단은 무려 이백여 척.

싸움이 벌어지면 양쪽 모두 무사할 수 없는, 엄청나게 큰 대회전이 될 것이다.

"천만다행이네. 남무림에서는 우릴 탈출자로 생각한 것 같아."

금연화가 말했다.

누구에게 한 말이 아니다. 어마어마한 무리에게 쫓김을 당하다가 원군을 만났다고 생각하니 안도의 숨이 저절로 새어나와 중얼거렸을 뿐이다.

소림파의 반응은 달랐다.

"후후후! 재미있군. 호랑이가 토끼를 잡을 때도 최선을 다하는 법인데…… 사슴까지 곁눈질한단 말이지. 꼼짝없는 외통수였는데 빠져나갈 구멍을 만들어주는군. 후후후!"

"지금 무슨 소리를……?"

절혼마녀가 이해할 수 없다는 표정이었다.

조금만 더 나아가 남역으로 들어서기만 하면 살길이 열리는데 외통수라니?

아! 그렇다! 남무림과 북무림이 철천지원수가 되어 싸우고 있지만, 마도에 대한 대응만은 공조 체제를 유지하고 있다.

천비대가 전서 한 통만 띄웠다면 남무림의 창칼도 소림파를 향했을 테고, 앞뒤로 꽉 막혔으니 새장에 갇힌 꼴과 다름없다. 소림파가 기이한 능력을 또 한 번 발휘해 주면 몰라도 꼼짝없이 잡힐 운명이었다.

'다른 사람은 몰라도 고루쌍마는 알아봤을 텐데. 혈유는 직접 싸우기까지 했고. 마인이 한 명이라도 타고 있다면 가만 내버려 두지 않았을 것. 남무림에 알리지 않은 거야.'

금연화는 소림파의 말을 절반 정도 이해했다. 그때 소림파가 담담하게 입을 열었다.

"그만 가지. 이대로 거슬러 올라가. 전역을 벗어나지 말고."

금연화가 급히 말했다.

"자, 잠깐만! 남무림에서는 우릴 모르는 것 같은데, 굳이 사정거리 안에서 움직이는 이유가 뭐야?"

소립파는 대답할 필요가 없다는 듯 눈을 감아버렸다.

'아예 질문을 허용하지 않아.'


비조선은 강심을 따라 상류로 거슬러 올라갔다.

왼쪽으로는 남무림의 선단이, 오른쪽으로는 천비대가 일촉즉발의 긴장감을 내포하고 조용히 따라왔다.

포탄 한 알이면 산산이 조각나 버릴 비조선, 그러나 어느 쪽에서 쏘든 포성이 울리기만 하면 걷잡을 수 없이 여기저기서 쏘아댈 것이 눈에 빤히 보인다.

대혈전이 벌어질 것을 각오하지 않으면 함부로 쏠 수 없다.

실제로 그렇다. 양쪽 모두 따라오기만 한다. 전역으로 들어서거나 대포를 사용하지 않는 점으로 보아 충돌을 자제하는 것 같다.

"낄낄! 저놈들 호위를 받으며 강을 거슬러 올라갈 줄이야 누가 알았나. 내 생전에 이런 일이 있으리라곤 꿈도 못 꿨지."

시마가 긴장을 완전히 풀어버리고 낄낄 웃었다.

긴장하는 사람은 없다. 오직 세 여인만이 아직도 긴장감을 풀어버리지 못한 채 선단의 움직임을 주시하고 있다. 시마가 하지 않아도 될 말을 한 것은 세 여인이 너무 긴장하고 있는 게 안쓰러웠기 때문이다.

"단문협까지 이렇게 가는 건가요?"

절혼마녀는 시마가 말을 걸어주어서 고맙다는 듯 즉시 물었다. 그러잖아도 누구와 무슨 말이든 나누고 싶었는데.

"그거야 나도 모르지."

시마의 대답은 시큰둥했다.

철썩! 철썩!

노가 강물을 때리는 소리만 잔잔하게 울려 퍼진다.

소립파는 결코 서둘지 않았다. 힘들 것 같으면 정선하여 쉬고, 지루한 것 같으면 배를 움직였다.

석양이 진다. 배는 붉게 물든 석양을 향해 앞으로 나아간다. 하늘도 빨갛고, 강물도 빨갛고, 세상이 온통 빨갛게 물들었다.

"그만. 오늘은 여기서 쉬지."

마인들은 일제히 노를 거뒀다.

오직 한 사람, 지금까지 뱃전에 누워 잠을 청하던 혈유가 부스스 일어나 눈곱을 떼어내며 고루쌍마에게서 노를 넘겨받았다.

'노를 거둬? 그럼 물살을 타고 다시 하류로? 밤새도록 흘러가면 제자리로 돌아가고 말 거야.'

의문이 생기지 않는다면 사람이 아니다. 하나, 이번에는 소리 내어 말하지 않았다. 묻는다고 대답해 주는 사람도 없으니까.

그녀들도 어느덧 소립파의 말에 절대 복종하는 마인들을 닮아가고 있었다.


마음을 풀어놓았다. 다른 사람들처럼 아무런 근심걱정이 없는 사람처럼 가능한 편한 상태로 누워 잠을 청했다.

별이 유난히 총총하다. 달빛도 시리도록 밝다. 물기 섞인 밤공기도 폐부를 시원하게 해준다.

이건 맛이다. 고소한 맛, 밤이 지닌 독특한 맛.

좀처럼 잠이 올 것 같지 않았다. 그러나 어느새 잠들었다. 눈꺼풀이 사르륵 감긴다 싶더니 곤한 잠에 빠져들었다. 그리고 얼마나 지났을까?

'읍!'

그녀는 낯선 감촉을 감지하고 화들짝 눈을 떴다. 아니, 눈을 뜨자마자 누군가가 입을 틀어막은 걸 알았다. 무의식중에 얕은 소리를 질렀다. 물론 입 밖으로 새어 나올 소리가 아니었지만.

"쉿!"

'소림파?'

그녀뿐만이 아니다. 다른 여인들도 입을 틀어막은 사람이 다르다는 차이가 있을 뿐, 그녀와 똑같은 상황을 겪고 있었다.

"쉿! 조용히."

시마의 음성이다.

"쉿!"

짧고 강렬한 말, 마도의 음성.

금연화는 고개를 끄덕여 알아들었다는 뜻을 표시했다.

입을 막은 손길이 그제야 풀렸다.

소림파는 일어나 앉은 그녀에게 등을 내밀었다.

"업혀."

처음 만났을 때만 해도 이런 경우를 당하면 '왜요?' 라던가 '뭐 하는 거죠?' 라는 반문을 했을 게다.

그녀는 순순히 업혔다.

소림파는 밧줄로 그녀의 엉덩이 밑으로 한 가닥, 등으로 한 가닥을 묶었다. 그리고 그녀의 팔을 잡아 어깨 위로 올려놨다.

"단단히 붙잡아."

'무, 물속으로 뛰어들려고? 맙소사! 여기서 저기까지 거리가 얼만데 유, 유영을!'

이번에도 말하지 않았다. 대신 그가 시키는 대로, 먼 옛날에 아버지에게 업혔던 기억을 되살려 목을 꽉 끌어안았다.

스륵! 스르륵……!

불행히도 그녀의 예상은 적중했다.

소립파는 구렁이가 담 넘듯이 물방울 한 올 튀기지 않고 물속으로 잠수했다.


유영 정도는 할 수 있다. 잠수로 장강을 건너야 한다는 것이 다소 부담되기는 하지만, 이들이 할 수 있다면 자신도 해낼 자신이 있다. 다 큰 처자를 어린아이처럼 다루니 자존심 상하지 않나.

잠깐 동안 머릿속을 스쳐 간 생각이었지만 물속에 들어간 이후에는 말끔히 지워 버렸다.

물속은 그야말로 칠흑 같은 어둠뿐이다.

유부에 발을 들여놓은 듯 어디가 어딘지 전혀 알 수 없다. 혼자서 잠수를 감행했다면 적잖이 당황했을 게 틀림없다.

낮과 밤의 차이, 경험의 차이.

소립파는 물고기나 된 듯이 부드럽게 미끄러져 나갔다.

어디로 가는지 방향 감각조차 없다. 그래도 불안하지는 않다. 소립파가 하는 일에는 반드시 이유가 있다. 같이 일을 꾸미는 사람들의 능력을 충분히 고려해서 감행하는 행동들이다. 의문이 치솟아도 질문할 필요가 없다. 무조건 믿고 따르면 된다.

소립파의 등이 넓고 편안하다.

혈귀대주의 등은 달콤했다. 힘들거나 어려웠던 일이 없었기 때문일까? 그의 가슴은 항상 따뜻했고, 행복만을 끌어내 주었다. 그의 등에 기댈 경우가 생겼다면 그도 소립파처럼 넓고 편안한 등을 빌려주었을 것이다.

그랬을 게다. 그는 누구보다도 강한 사람이었으니까.

어느 정도나 이동했을까?

숨이 턱에 닿을 무렵, 소립파는 위로 솟구쳐 올랐다.

가둬놓은 숨으로 버틸 수 있는 시간을 자로 잰 듯 정확하게 셈해놓았다.

'아주 잠깐 동안 머리를 내밀 거야. 최대한 숨을 들이켜야 해.'

이제는 말을 해주지 않아도 그가 의도하는 바를 읽어낼 수 있다.

스윽!

머리가 물 밖으로 나오는 순간, 금연화는 한껏 탁기를 내뱉고 신선한 공기를 들이켰다.

스으윽……!

아니나 다를까. 소립파는 눈 깜짝할 사이에 다시 잠수해 버렸다.

숨을 들이키느라고 주위를 살펴볼 겨를이 없었다. 하나 황망 중에도 눈에 들어온 건 있었다.

거암(巨巖)처럼 우뚝 서 있는 배들.

남무림의 전선들일 것으로 추측되는 배들이 빼곡하게 서 있다.

자신들은 그들 사이를 헤쳐 나가고 있는 것이다.

'벌써 여기까지! 상당히 빨라. 물귀신이 아닌 바에 야……'

자신의 유영 실력으로는 전선에 근접하기 전에 한 번쯤 숨을 갈았어야 한다.

소립파가 밧줄로 동여맨 이유가 또 드러난 셈인가.

스윽! 스으윽……!

소립파의 움직임이 확연히 느껴질 만큼 느려졌다.

'왜……?'

물속이라 입을 벌려 말할 수 없지만, 말할 수 있어도 묻지 않았을 것이다.

'아!'

어둠에 익숙해진 눈이 그물들을 찾아냈다.

어부들이 쳐놓은 그물은 아니다. 일반적인 그물과는 형태가 완전히 다르다. 네모반듯한 형태에 윗부분은 배와 연결되어 있고, 끝자락에는 철추가 매달려 있다. 그물 구멍도 웬만한 물고기들은 쉽게 빠져나갈 수 있을 만큼 크다. 하나 닿기만 하면 살이 베어나갈 듯 날카롭다.

'물 밑에까지 이런 것을……'

소립파는 그물을 건드리지 않고 살짝살짝 비켜 나갔다.

스윽!

몸이 위로 솟구친다.

'숨을 갈아야 돼.'


잠수는 예상외로 길었다.

장강이 넓다. 하나 넉넉잡아 한 시진이면 건널 수 있다고 생각했다. 끝에서 끝으로 도강하는 것도 아니고, 강심에서 출발했으니 보통 사람이라도 체력만 구비되어 있다면 넉넉한 시간이다.

소립파는 근 두 시진이나 잠수 중이다.

이십여 장에 걸쳐 넓게 펼쳐진 그물들을 헤쳐 나오느라 시간이 많이 소모되었지만, 물고기와 버금가는 유영 실력에 비해서는 오래 걸리고 있다.

하나같이 상식 밖의 행동들, 하나 이번에도 묻지 않는다.

슈우웃!

몸이 위로 올라간다.

'아직 숨을 갈 때가 아닌데…….'

그녀의 의중은 아무 영향도 미치지 못한다. 행동을 하는 사람은 소립파이며, 그가 떠오르고 싶으면 떠오르는 거다. 그녀가 할 일은 순간순간마다 소립파의 뜻을 읽고 맞춰주면 된다.

"후웁!"

머리가 물 위로 내밀어지기 무섭게 탁기를 토해내고 맑은 공기를 깊숙이 들이켰다.

그런데 이번에는 상황이 달랐다.

숨 한 모금 들이쉬기 무섭게 잠수를 하던 소립파가 잠수 대신 유영을 택했다.

스윽…… 스윽……!

팔을 사용하지 않고 두 발만 이용하여 소리를 최대한으로 죽인 영법(泳法)이다.

'다 건너왔어. 휴우!'

금연화는 남몰래 긴 숨을 내쉬었다.

흙과 나무가 보인다. 산과 들도 보인다. 검은색 일색이지만 강을 건넜다는 사실이 피부에 와 닿는다.

소립파는 땅으로 올라서지 않았다. 강변을 끼고 계속 유영하다가 한쪽 귀퉁이에 세워져 있는 큼지막한 범선으로 다가갔다.

'이, 이 배는……!'

범선에는 밧줄이 늘어뜨려져 있었다.

소립파는 망설임없이 밧줄을 잡고 올라갔다.

곤혹스러운 사람은 금연화. 이게 도대체 어떻게 된 영문이며 어떻게 돌아가고 있는 것인가.

범선은 화려하다. 휘황찬란하게 치장을 한 요란한 배다. 어떤 배인지 한눈에 들어온다. 뱃전에 올라서기도 전에 술 냄새와 음식 냄새가 코를 찌른다.

한량들을 상대로 강에서 술과 여자를 파는 배, 하선루(河船樓).

소립파가 뱃전에 발을 디뎠을 때, 절혼마녀만큼이나 요염한 여인이 사뿐사뿐 걸어와 말했다.

"이제야 왔군요. 한참 기다렸어요."


## 2


주향(酒香)이 장강을 삼킬 듯 넘실거린다. 여인들이 희희낙락거리는 소리도 하늘 높이 솟구친다.

'팔(八) 선몽(仙夢)'이라고 적힌 배는 질펀하게 늘어진 술판을 이끌며 장강을 거슬러 올라갔다.

남북 양 무림에서 동원한 전선들이 까마득하게 멀어지더니 종래에는 자취를 감췄다.

소립파는 한마디만 남겼다.

"절대 선실에서 나오지 마."


퍽! 퍼억!

"으윽! 하악!"

판자 한 칸을 두고 격한 소리가 그칠 줄 모르고 새어 나왔다.

"아휴! 조용하나 하지. 하루종일 귀를 막고 살 수도 없고."

일령이 듣기 싫다는 듯 귀를 두 손으로 막으며 아미를 있는 대로 찡그렸다. 음성도 판자 너머에 있는 사람이 들으라는 듯 일부러 낸 큰 소리였다.

그래도 소리는 그치지 않았다. 일령의 말은 철저히 무시되었다. 나무 침상이 거친 풍랑을 만난 듯 삐걱거렸다. 여인의 비음 소리는 한시도 쉬지 않았다.

"언니, 원래 저런 거예요?"

금연화도 인상을 찡그리며 말했다.

소립파도 남자다. 정처 없이 떠도는 야인(野人)이다. 마인들로부터 마야라는 소리를 듣는 사람이다. 말이 좋아 마야지, 그 역시 마인이란 소리 아닌가.

그런 사람이 여자인들 알지 못할까.

동정(童貞)은 기대조차 하지 않는다. 행동에 거침이 없으니 예의범절에 어긋나는 것도 이해한다. 하지만…… 하지만 이건 해도 해도 너무한다. 어떻게 인간이 아침부터 그 짓을 시작해서 중천을 훌쩍 넘길 때까지 밥도 처먹지 않고 오직 그 짓만 할 수 있단 말인가. 판자 하나 사이에 자신들이 있는 걸 뻔히 알면서 말이다.

"술 취하면 일각도 안 걸려. 보통은 한 시진 정도 즐기고. 마야는 내가 만난 사람들 중에서 최고야. 호호호!"

절혼마녀가 엄지손가락을 추켜세웠다.

"언니, 저 사람을 마음에 두고 있다면서 농담이 나와요?"

"호호호. 마음에 두고 있다…… 잘못 생각한 거야. 그때는 내가 점찍으면 될 줄 알았거든. 나도 꽤 예쁜 편이잖아? 노류장화란 걸 알면서도 같이 살자는 놈들이 줄 섰으니 뻐길 만했지."

"저 여자보다는 언니가 훨씬 예뻐……."

절혼마녀는 금연화의 말을 끝까지 듣지도 않고 고개를 살래살래 흔들었다.

"예쁜 여자들의 단점이 뭔지 알아? 자기가 원하는 사내는 누구든 요리할 수 있을 거라고 생각하는 거야. 나도 그랬고, 동생도 그럴걸? 일령, 넌 어때?"

"사내는 생각해 본 적도 없네요."

일령이 단호하게 말했다.

"계집애, 내숭은……. 혈귀대주나 소립파 같은 사내를 대하고도 가슴이 울렁거리지 않는다면, 그건 석녀(石女)야. 마야는 네게 호감을 가진 모양이던데, 어때? 치마끈 풀 생각 있어?"

"무, 무슨 말씀을!"

"호호호! 계집애 농담도 못하니? 얼굴이 새빨개져 가지고는. 정말 꿍심있는 것 아냐? 호호호!"

"놀리지 마세요. 전 평생 아씨만 모시고……."

"됐네, 됐어. 너도 계집 운명에서 벗어날 팔자가 아니라면 잘 들어둬. 저 사람은 왕이야, 왕. 왕이 뭔지 알아? 무소불위(無所不爲)의 존재야. 여자의 마음 따위는 아랑곳없어. 절절히 연모해도 마음에 들지 않으면 내치고, 비구승이라도 마음에 들면 품을 수 있는 사람. 무슨 말인지 알아?"

"피이! 허풍도 너무 심하시네요."

"하루에 만나는 사내만도 이삼백 명. 어중이떠중이부터 이름깨나 있는 사람까지 두루 섭렵해 본 경험으로 말해주는 거야. 마야는 안달한다고 침상으로 끌어들일 수 있는 사내가 아냐. 올 때까지 기다려야지. 손님으로 치면 제일 편하면서 제일 까다로운 손님이야."

금연화는 혈귀대주를 떠올렸다.

그도 그런 사람이었다. 숱한 여인들이 안기려고 했지만 거들떠보지도 않았다. 그런 사람이 길에서 어깨를 스쳤다는 말도 안 되는 인연을 빌미로 당당히 자하부에 찾아왔다.

그는 어설픈 인사조차도 할 줄 몰랐다. 첫 말이 '평생 당신 품에서 쉬고 싶소' 였으니까.

"또 하나 알아둘 게 있어. 마야는 바람이야. 지금 곁에 있어도 있는 게 아니지. 언제 떠날지 모르는 사람이니까. 가정이라는 울타리에 가둬둘 수 있는 사람이 아니라는 거야."

그 점은 혈귀대주와 다르다. 소립파는 그럴지 몰라도 혈귀대주는 가정을 몹시 그리워했다. 아들딸 손 잡고 호호깔깔 웃어대며 꽃밭을 거니는 것이 그의 바람이었다.

"다른 건 다 좋은데 아주 진을 빼네요. 언제까지 저 짓만 할 건지."

일령이 사나운 눈초리로 한 겹 판자를 노려봤다.

'근 반나절 동안 방아만 찧어대는 마야도 그렇지만, 그걸 받아주는 여자도 대단해. 나 같으면 일어나지도 못할 거야.'

절혼마녀는 씁쓸한 미소를 띠었다.

삐걱! 삐걱!

"하악!"

여인의 교성과 침상이 흔들리는 소리는 그칠 줄 몰랐다.

덜컥!

소립파는 여인들만 있는 방을 거침없이 열어젖혔다.

"예의가 없군."

금연화가 화난 표정으로 싸늘하게 말했다.

기침 소리도 없이 문을 열었다고 화난 건 아니다. 방음이 되지 않아서 옆방의 숨소리까지 환히 들리는 곳이면 행동에 주의를 해야 하는데, 하물며 다른 소리도 아니고 관계 갖는 소리를 노골적으로 드러낸 데 화난 거다.

오랜만에 연인들이 만나서 애틋한 사랑을 나누는 것이라면 눈감아줄 수 있다. 한데 짐승들의 교합이라고밖에 볼 수 없는 거친 관계를 그토록 오랜 시간 동안 나누는 인간이 어디 있단 말인가.

그러고도 아무런 일도 없었던 듯이 태연한 표정이라니.

소립파는 금연화의 감정 따위는 생각할 필요도 없다는 듯

뚜벅뚜벅 걸어와 의자에 앉았다.

"짧으면 하루, 길면 이틀. 그동안은 편할 거다. 체력을 충분히 다져 놓는 게 좋을 거야."

"흥! 체력을 다질 사람은 그쪽 아냐?"

금연화의 말투가 곱지 않았다.

소립파는 두 시진 가까이 잠수했다. 남은 밤 동안은 하선루 기녀들과 함께 술을 마셨고, 동녘이 밝을 때부터 근 네 시진 동안이나 열락에 파묻혔다. 하룻밤을 꼬박 새우고 격렬한 운우지정까지 나눴으니 체력이 바닥을 보일 법하지 않은가.

소립파는 말을 끊고 금연화의 얼굴을 뚫어지게 쳐다봤다.

금연화도 처음에는 눈길을 피하지 않고 마주 봤다. 그러나 시간이 흐를수록 그녀의 눈꺼풀은 파르르 떨리기 시작했고, 마침내 눈길을 떨구고 말았다.

'무슨 사람의 눈길이…… 뱀이야.'

겁에 질렸다고 해야 하나?

소립파의 눈동자가 뱀처럼 차다. 감정이라고는 조금치도 담겨 있지 않다. 소립파의 표정, 눈길에서 무엇인가를 읽으려고 한다면 헛수고다. 반면에 죽음의 기운을 읽어내려고 한다면 무척 쉽다.

'트, 틀림없어. 눈빛 하나로 만기(萬氣)를 제압한다는 만공심안(滿空心眼)이야. 환희마소도 틀림없을 거야. 마령음도 맞을 거고. 이, 이 사람은 도대체가……'

금연화는 고개를 숙인 채 파르르 떨었다.

환희마소가 무공이 아닌 것처럼 마령음과 만공심안도 무공과는 상관없는 옛 전설이다.

소리에 미친 사람이 있었다.

그는 사자후(獅子吼)나 청룡음(靑龍音) 같은 음공(音功)에 관심을 가졌고, 기왕이면 소리 하나로 인간의 혼백을 제어할 수 있게 되기를 원했다.

기이한 소리가 존재하는 곳은 험산절벽도 아랑곳하지 않고 들렀다. 인간의 소리뿐만이 아니라 짐승의 소리, 새들의 소리까지 온 신경을 곤두세워 들었다.

그는 진정으로 인간 역사상 가장 많은 소리를 들은 사람이었다.

많은 소리를 분류해 냈다.

마음을 편하게 해주는 소리, 공포를 깃들게 하는 소리, 동정을 자아내는 소리……

그러나 그가 원하는 소리는 좀처럼 이끌어내지 못했다.

일갈을 내뱉어 절정무인의 혼백을 떨게 만들 수 있다면……

이름 대신 미친놈이라고 불렸던 그는 죽는 순간까지도 소리를 찾아내지 못했다.


"귀에 들리는 소리만이 전부가 아니다. 동물들 중에는 인간의 귀에 들리지 않는 극저음이나 극고음을 내는 것이 있다. 코끼리의 울음소리는 인간의 귀에 들리지 않지만 코끼리들 간에는 오십 리나 떨어져 있어도 알아듣는다. 극고음이나 극 저음을 낼 수만 있다면…… 거기에다가 짐승들이 죽음이 임 박했을 때, 고통이 극에 달했을 때 내뱉는 통음(痛音)만 실을 수 있다면……. 낄낄낄! 귀로 듣지는 못하지만 소름이 오싹 끼치겠지. 신음 소리만 내도 듣는 놈은 천둥소리처럼 느껴질 거야. 악마가 내는 소리, 마령음처럼. 낄낄! 평생을 바친 것이 인간의 성대가 감당할 수 없는 소리였다니."

그가 유언 삼아 내뱉은 말은 황당하기 짝이 없으나 무인들 에게는 좋은 호재(好材)였다.

사자후나 청룡음은 진기를 응축시켜 일거에 터뜨리는 공 부이니 극저음이나 극고음도 진기만 조절하면 가능하지 않을 까?

많은 무인들이 도전했지만 결과는 수포였다.

결국 '미친놈'이 말한 마령음은 코끼리 같은 몇몇 동물들 만이 낼 수 있는 특이한 능력일 뿐이라 비하되었고, 잊혀졌 다. 그리고 그것은 사실이었다.

만공심안 역시 특이한 능력인 점에서는 맥을 같이하지만, 도가(道家)에서 유래된 점이 환희마소나 마령음과 다르다.

도가의 도덕(道德)은 인위조작(人僞造作)을 배제하고 무위

자연(無爲自然)으로 돌아가는 것이다. 욕심을 버리고 자연의 순행을 따르다 보면 자연대도(自然大道)를 깨닫게 된다.

만물의 생성소멸과 우주의 순리를 깨달은 사람에게 지극히 작은 부분에 지나지 않는 한낱 기(氣)가 눈에 들어오기나 할까.

자연을 볼 줄 아니 만기를 제압한다.

순응하여 어울려 주기도 하고, 짓눌러 억제하기도 한다.

만통(萬通)의 도인이 자연을 보는 눈, 바로 만공심안이다.

환희마소는 과거에도 출현한 적이 있으니 소립파가 아니라 다른 사람이 펼치더라도 납득할 수 있다. 하지만 인간이 낼 수 없는 소리라고 규정지은 마령음이나 도문(道門)의 최종 목표인 만공심안이 나타났다는 점은 용인하기 힘들다. 소립파가 만공심안을 펼친다면 수백만에 이르는 도인들은 뭐가 되는가.

그래도 소립파를 대할 때마다 문득문득 만공심안을 떠올리는 것은 그의 눈길 속에 반항을 불허하는 강력한 기운이 자리하고 있기 때문일 것이다.

소립파는 금연화가 무엇 때문에 화를 냈는지 기억도 못할 즈음이 되어서야 눈길을 거뒀다.

"우리는 동도(同道)가 아니다. 목적이 같으니 함께 가지만, 갈라서고자 하면 지금이라도 갈라서는 거야. 내 생활에 간섭하지 마라. 주제넘다는 말은 이럴 때 사용하는 거야."

금연화는 분기가 치밀었다.

무공으로 뒤진다는 생각은 해본 적이 없는데, 어쩌다가 무공을 모르는 사람에게까지 모멸을 당해야 하는지. 자신이 이토록 무능력한 사람이었는지.

제대로 대꾸 한마디 할 수 없는 자신의 처지가 비감스러웠고, 그런 자신에 대해 분노를 느꼈다.

"이틀 정도 여유를 준다면 강릉(江陵)까지는 갈 수 있겠지."

"거의 절반이네."

절혼마녀가 어색한 분위기를 풀려는 듯 급히 말했다.

"예정대로라면 닷새. 닷새면 단문협에 도착한다. 그러니 옆방에서 꼴사나운 소리가 들리더라도 닷새만 참아. 그건 인내의 문제지만, 선실에서 한 발짝이라도 나서면 목숨의 문제로 바뀌게 된다는 점을 명심하는 게 좋아."

소립파는 철저하게 남처럼 말했다.


'강해져야 해. 무조건.'

가부좌를 틀고 앉아 자하밀공(紫霞密功)의 구결을 떠올렸다.

'심원즉심성(心願卽心聲:마음으로 원하면 마음의 소리가 된다), 명심인(明心印:바람을 마음에 새기고), 만만개장(慢慢開掌:양손을 활짝 편다)……'

자하밀공은 자하부의 모든 것이다.

사람들은 자하부 하면 자하공법(紫霞功法)과 자하쌍구검을 떠올린다. 그 생각은 맞다. 자하공법을 근간으로 하여 자하쌍구검을 펼치면 붉은 핏무리밖에 남지 않는다.

세상 사람들이 아는 것은 여기까지다.

자하밀공이라는 공부가 존재한다는 사실은 세상천지에 단 두 사람, 자하부주와 금연화밖에 모른다.


"자하밀공은 자하공법과는 비교조차 할 수 없는 초절공이다. 자하밀공을 십성 수련하면 두려움없이 무림에 나서도 될 것이다."


아버지의 말씀은 한 치도 과장되지 않다.

자하부가 북검문의 뜻에 따르지 않고 독자 노선을 걸으면서도 명맥을 유지할 수 있었던 것은, 오로지 자하밀공으로 펼치는 자하쌍구검의 무쌍한 위력 때문이다.

자하공법과 자하쌍구검이 자하부가 보여줄 수 있는 모든 것이었다면, 자하부는 일찌감치 주춧돌 하나 남지 않고 무너졌을 게다.

'현재 내 공부는 오성(五成). 터무니없이 부족해. 깨달을 수 있는 데까지 높여놔야 돼.'

공부라는 것이 한순간에 일취월장하지는 않는다. 오랜 세월에 걸쳐서 부단히 수련을 거듭한 끝에 조금씩 높아져 가는 것이 공부다. 단문협까지 도착 예정 시간은 닷새. 닷새 동안 수련한다고 얼마나 달라지겠는가.

안다. 알면서도 할 수밖에 없다. 요행히 전에는 깨닫지 못했던 세기(細技)라도 알게 된다면 다행이지 않나.

"으음! 하악!"

옆방에서 또다시 비음이 들려왔다.


"밤새도록 이러고 있었던 거야?"

절혼마녀가 눈을 크게 뜨며 물어왔다.

"후읍! 후우우……!"

금연화는 숨을 깊게 들이쉬어 진기를 갈무리하며 눈을 떴다.

"한잠도 안 자고 운공만 한 거야?"

"피곤하지 않아요."

절혼마녀는 금연화를 처다보다가 작심한 듯 맞은편에 앉았다.

"동생, 이란격석(以卵擊石)이란 말, 알지?"

"언니."

"들어. 나도 동생만큼 깊이 생각했는데, 아무래도 이건 아냐. 우린 지금 복수를 하러 가는 게 아냐. 단문협에서 무슨 일이 있었는지 알아보려고 가는 거야. 그런데 그것도 이렇게 힘들어. 마야가 도와주지 않았다면 진작 잡혔을 거라는 생각은 안 해?"

"언니에게 너무 부담을 드린 것 같군요."

절혼마녀의 얼굴에 냉기가 떠올랐다. 그러나 곧 깊은 한숨과 함께 굳어진 낯빛을 풀었다.

"한마디만 할게. 만약 이 배에 타고 있는 사람들. 마야나 마도, 수검, 혈유 같은 사람들이 혈귀대주를 죽였다면 복수할 수 있겠어?"

"해야죠."

"무턱대고 하는 말이 아냐. 혈귀대주는 여기 있는 사람들 누구와도 일전을 불사할 수 있는 무인이었어. 그런 사람이 음모 따위에 죽겠어? 음모도 음모지만 무공에 진 거야. 적어도 이 배에 타고 있는 사람들과 비슷한 수준 혹은 더 뛰어난 절정무인이 그것도 최소한 서너 명쯤 합공했을 거야. 다수로 밀어붙였다고 해도 좋아. 어쨌든 혈귀대주를 죽일 만큼 강한 힘이었겠지. 복수가 가능하다고 생각해?"

"안 되더라도 해보는 데까지는 해볼래요."

"고집불통. 자하부에 재지로 똘똘 뭉친 보석이 있다고 했는데, 이건 보석이 아니라 돌덩이네. 혈귀대주가 죽으면서 반짝이던 네 머리까지 가져간 거야?"

금연화는 이를 꾹 악물었다.

절혼마녀가 무슨 말을 하는지 안다.

현 상황에서 자신이 의지할 수 있는 곳은 아무 데도 없다.

북무림은 원수가 되어버렸고, 남무림은 원래부터 원수였다. 혈귀대주를 죽인 쪽이 남무림이니 그들과는 상종조차 할 수 없다.

이를 두고 혈혈단신이라고 하나?

그러나 하늘이 무너져도 솟아날 구멍이 있다고, 하늘이 도왔음인지 그녀들 앞에 소립파가 나타났다.

마도인들.

얼마 전까지만 해도 마도인들과 같이 생활한다는 것은 꿈도 꾸지 않았다. 그들이 건네주는 음식을 먹고, 그들의 도움을 받을 줄은 정말 몰랐다. 아니, 알았다고 해도 마음이 용납하지 못했을 게다.

며칠 되지 않았지만 그들과 생활해 보니 그들 역시 인간이었다. 소문처럼 흉한 면도 보이지 않았다.

그들에게 도움을 청한다면, 그들을 끌어들일 수만 있다면 복수도 요원한 일만은 아니다.

절혼마녀는 그 점을 말하고 있다.

"소립파에게 도움을 청해."

"싫어요."

"그는 마야라고 불려. 마야가 무슨 말인지 알지? 마도인의 아버지라는 뜻이야. 내가 알기로, 무림 역사가 생긴 이래 마야라고 불린 사람은 단 한 사람도 없었어. 다른 건 다 좋아. 이 배에 타고 있는 사람들만 도와준다고 해도 큰 힘이잖아.

소림파는 혈귀대주의 벗이었어. 도움을 청해."

금연화는 고개를 내저었다.

"그럴 수는 없어요."

"정말 답답하네. 이유가 뭐야?"

"복수는 할 수 있을지 몰라요. 그러나 저들의 힘을 빌리면, 마야를 중심으로 저들의 힘이 뭉쳐져요. 자연스럽게 뭉쳐지고 힘을 발휘할 수 있는 방법도 깨닫게 되죠."

"지금 무슨 소리를 하는 거야?"

"마도의 부활을 말하는 거예요. 언니도 봤잖아요. 저들이 마야를 중심으로 일사불란하게 움직이는걸요. 다행히 아직까지는 정파무림을 상대할 생각도 못하고 있는데, 만약 복수라는 명분으로 정파 몇몇 곳을 치게 되면…… 우리 손으로 상대하는 법을 알려주는 것과 같아요."

'저들은 이미 상대하는 법을 알고 있어. 움직이지 않을 뿐이지.'

절혼마녀는 내심을 말하지 않았다.

금연화는 아직 멀었다. 복수를 생각하는 마당에 무슨 얼어죽을 정도, 마도를 따지는가. 현재의 무림은 삼십 년 전쟁을 치른 탓에 많이 피폐해져 있지만, 한편으로는 최대 부흥기이기도 하다. 무인들의 병기가 섬뜩하리만치 잘 갈아져 있으니까.

소림파가 마도인을 얼마나 결집할지는 모른다. 여하튼 현무림의 상대는 되지 않는다. 마도인들이 뭉쳐서 일어선다면, 돌아가는 건 그나마 명맥을 이어오던 마도의 멸절이다.

그들이야 어찌 되었든 혼란스러운 틈을 잘 이용하여 복수만 하면 되는 것을.

금연화는 자신과 다르다. 그녀에게는 자하부가 있고, 그녀의 아버지가 있다. 일가붙이가 없어서 생각나는 대로 행동할 수 있는 자신과는 입장이 다르리라.

'어차피 죽을 각오로 나선 길이니……. 그래, 마음대로 해봐. 끝까지 도와줄 테니까.'

절혼마녀는 옅은 웃음으로 금연화의 마음을 편안하게 해주었다.

*       *       *

천비대주 석녕은 침통한 표정으로 침상에 누워 천장을 노려봤다.

"무엇이었지? 아는 사람 없나?"

객실에는 그 외에도 열다섯 명이나 있다.

만박선생은 다탁에 앉아 차를 마셨다. 그의 뒤로 늘어선 네 명의 사내는 잠사검주들이다. 천비대의 기둥인 십검수는 각기 편한 자세로 누워 있기도 하고, 서 있기도 하며, 창밖을 내다보고 있기도 하다.

그들은 아무 대답도 하지 못했다.

"만박선생. 세상에 모르는 것이 없다는 사람 아닌가."

만박선생은 눈을 반개(半開)한 채 조금씩 차를 들이켰다.

겉모습은 차를 마시고 있지만 깊은 생각에서 헤어나지 못하고 있음이 자명했다.

"허참! 기가 막힐 노릇이군."

천비대주는 자신이 생각해도 우스운지 실소를 터뜨렸다. 그러나 그의 눈매는 어느 때보다도 차디차게 얼어붙었고, 눈동자는 살기로 번들거렸다.

"노래를 빌은 장소성(長嘯聲). 저만 그랬는지 모르겠으나 장소성을 듣는 순간 진기가 반으로 감퇴되었죠."

"나도 그랬어."

천비대주가 짤막하게 말했다.

"그들은 그런 것 같지 않던데요. 오히려 증폭된 것 같더군요. 그렇게 빠른 비조선은 태어나서 처음 봤어요. 후후후!"

만박선생은 쓰게 웃은 후 말을 이었다.

"미친놈이 있었죠. 세상에는 인간의 귀로 듣지 못하고 인간이 토해낼 수도 없는 극저음과 극고음이 있다 말하고 다녔으니 미친놈이라는 소리를 들을 밖에요."

"마령음! 마령음이란 말인가?"

"죄송스럽게도 확신은… 심증만 그렇다는 것이죠."

"마령음이라, 후후후! 무림에 기이한 자가 나타났군. 마령음이라면 연구해 볼 가치가 있겠어. 좋아, 그건 그렇고…… 그럼 그 작자들이 어디로 간 것 같은가?"

이번에도 대답하는 사람이 없었다.

당연히 남무림으로 갔어야 한다. 야밤을 틈타 빠져나갈 것도 예상한 일이었다. 그러나 그들의 종적은 남무림 어디에서도 발견하지 못했다.

천비대의 눈이 북무림에만 있는 것은 아니다. 남무림에도 고정 간자인 목서(木鼠)가 땅 끝까지 깔려 있다.

그들 중 어느 누구도 금연화 일행의 행적을 보고해 오지 않았다.

쥐도 새도 모르게 사라져 버린 것이다.

추적불가(追跡不可)!

천비대가 탄생한 이후 초유의 사태다.

적선서라도 남았다면 뒤를 캐보겠는데……. 천목인 비응의 눈에도 띄지 않고, 고정 간자인 목서에게도 발견되지 않고.

"목서를 얼마나 믿으시는지요?"

만박선생이 조용히 물었다.

"십 할. 모든 걸 다 믿지."

"그럼 지금은 왜 믿지 않으시는지."

"지금은 믿지 않는다?"

"후후후! 강남, 강북 목서들이 발견해 내지 못했다면 셋 중 하나겠죠. 땅속으로 사라졌거나, 하늘로 솟았거나, 강 속에 숨어 있거나."

셋 다 불가능한 일이다. 그렇기에 목서를 믿지 못하고 어디로 사라졌나 고민하는 게다. 목서를 믿는다면? 하늘과 땅속과 물속을 뒤져야 한다.

"날개가 없으니 하늘로 솟구칠 수는 없죠. 하늘은 제외. 땅속은 가능합니다. 미리 굴을 파놨다면 가능한 일. 물속도 가능합니다. 장강에는 전선 외에도 상선들이 오르내리니까요."

"상선은 점검을 끝냈…… 후후후! 우하하핫! 이거 기가 막힌 놈이지 않나. 뒤통수를 때려?"

"무인들이 잘 알고 있다 생각하는 곳. 배신하면 죽음뿐이란 걸 알고 있으니 절대 배신할 리 없다고 생각하는 곳. 하선루죠. 하선루는 강남과 강북 양쪽에 모두 있습니다. 우선 그쪽을 뒤져 보심이."

명령은 신속했다.

"추혼!"

"존명!"

"목을 걸어!"

"존명!"

"파암!"

"명하십시오!"

"강남 목서와 연락을 취해."

"목을 걸겠습니다!"

"요명!"

"하명받습니다!"

"지금 즉시 본문으로 가라. 지금까지 보고 겪은 사실을 빠짐없이 고하도록. 특히 마야의 출현을 상세히 보고하고, 마령음에 관한 일은 노랫가락 하나 빠짐없이 고해."

"존명!"

명을 받은 무인들이 신속히 사라져 갔다.

"마령음을 취할 생각이시군요."

"본 문 전력은 배나 강해지고, 저놈들의 전력은 배나 약해져. 그런 무공을 포기할 수 있나."

"마령음은 무공이 아니라고 들었습니다만."

"한 놈이 해냈으면 열 놈도 해낼 수 있는 거야. 후후후! 좋은 일이야. 자하부를 쓸어버리는 것도 남는 장사인데, 마령음까지라."

천비대주가 침상에서 벌떡 일어났다.

만박선생이 남은 차를 마저 마시며 차분하게 말했다.

"자하일봉의 목적지는 단문협. 단문협에서 반경 오 리에 걸쳐 삭골망혼진(削骨亡魂陣)을 펼치면 나는 새도 넘나들지 못할 거예요. 대주께서는 그리 가시죠. 저도 체면을 세워야 하니……."

"후후후! 그것도 좋겠지. 가자!"

천비대주와 조장들이 썰물처럼 빠져나갔다.

만박선생은 비워진 찻잔을 내려놓았다. 그리고 한동안 묵묵히 빈 찻잔만 들여다봤다.

第十二章

애정가(愛情歌)
—사랑의 노래

조반을 마치고 차를 마시고 있을 때, 선실 문을 살며시 밀치며 한 여인이 들어섰다.

금연화는 배에 올라탈 때 본 적이 있다. 절혼마녀와 일령은 처음 본다. 하나 여인이 누구인지는 짐작할 수 있다.

'하선루 선몽주.'

'저 여자? 저런 여자가 밤새 그렇게……?'

절혼마녀와 일령은 여인을 뚫어지게 쳐다봤다.

"잠시 실례해도 될까요?"

여인의 음성은 옥구슬이 굴러가는 듯 맑고 낭랑했다.

음성뿐만 아니라 미모도 대단하다. 피부는 부드럽고 윤기가 흐른다. 눈은 크고 맑으며 혜지(慧智)로 반짝인다. 오뚝한 코, 붉은 입술, 수줍은 듯 방긋 웃는 미소. 어느 한 군데 흠잡을 데 없는 얼굴이다.

'맑다. 마인들과 어울리는 게 이상할 정도로.'

수많은 기녀들을 보아왔던 절혼마녀는 단번에 여인의 뛰어남을 알아봤다.

자신이 조용한 요물이라면, 여인은 밝은 요녀다. 청량한 얼굴 속에 뜨거운 열정을 품은 여자다.

"어서 오세요. 이리로."

절혼마녀는 옆 자리를 가리켰다.

여인은 망설임없이 걸어와 앉았다.

풋풋한 살 내음인가? 달콤함인가? 여인에게서는 한 번도 맡아본 적이 없는 향기로움이 풍겼다. 인위적으로 만들어낸 것 같지는 않고, 여인의 독특한 살 내음인 것 같은데 맡을수록 기분이 편안해진다.

"인사가 늦었네요. 어제는 아시다시피 몸을 뺄 처지가 아니라서."

"대단하던데요? 그 정도면 열 사내도 끄떡없겠어요."

일령이 도발적으로 툭 쏘아붙였다.

소립파는 사내이니 뻔뻔스러울 수 있겠지만, 여인까지 자신의 입으로 어제 일을 스스럼없이 꺼내니 불쾌한 게다.

여인은 웃음기를 지우지 않았다.

"동생, 그런 말을 하려면 당당해진 다음에 하는 거야. 도움이나 받는 처지에 그런 말을 한다는 게 우습지 않아? 이 방에 들어오는 음식도 모두 여기 있는 여자들이 몸 팔아서 만든 거야. 먹지를 말거나 말을 하지 말거나."

일령의 얼굴이 새빨개졌다.

당장이라도 일장을 터뜨려야 직성이 풀리겠다는 표정이었다.

"괜히 시비 걸지 말아줘. 그런 것 때문에 온 게 아니니까. 아침에 나누는 말, 본의 아니게 들었어요. 이쪽 벽은 있으나 마나 해서."

여인이 정색하며 금연화를 쳐다봤다.

"저희도 눈이 있고 귀가 있으니 알 건 알아요. 세 분이 왜 단문협에 가려 하는지도 알죠. 아까 이란격석이라는 말도 나오던데, 그 말이 맞아요. 세 분이 무슨 일을 해도 상관할 바는 아니지만, 마야를 끌어들이는 것만은 삼가세요."

지금 그녀의 입에서 흘러나오는 말은 단순한 충고가 아니라 경고다.

"무림에 마야라는 말만 흘러들어 가도 저 사람은 공적이 돼요. 저 사람은 마인이 아니라고 백 번을 우겨도 귀담아듣는 사람은 없겠죠. 무조건 추살령이 떨어질 거예요. 알아요?"

"그런 일은 없을 거예요."

금연화가 딱 부러지게 말했다. 여인은 금연화의 말에 아랑 곳하지 않고 말을 이었다.

"또 하나, 마야에게는 힘이 없어요. 몇몇 사람이 그를 따르니까 대단한 힘이라도 있는 것처럼 생각될 테지만, 사실은 아무런 힘도 없어요. 여러분을 데리고 여기까지 오면서 보여주었던 게 모두예요. 마도를 결집한다고요? 호호호! 삼십 년 동안이나 사냥당했는데 살아남은 사람이 있기나 하고요?"

거짓이 아니다. 여인의 말과 표정에서는 한 올의 거짓도 읽을 수 없다. 열 길 물속은 알아도 한 길 사람 속은 모른다고 했지만, 거짓이라고 해도 믿고 싶을 만큼 여인의 표정은 진지하다.

"그리고 이건 여담인데, 말을 듣다 보니 한 가지 불쾌한 점이 있더군요. 여기 있는 사람들이 마치 악마라도 되는 듯이 말하던데……. 강간살인범이 있어요. 그는 죗값을 치러야죠. 하나 그를 숨겨준 부모도 강간살인범으로 매도해서 죽일 수는 없는 거예요."

"동생, 무슨 말을 하는 거지?"

절혼마녀가 선봉주에게 동생이라는 칭호를 붙이며 말했다.

기녀들의 세계에서 언니, 동생 하는 것은 나이의 상하 관계에 지나지 않는다.

"언니가 시마를 곱지 않게 본다는 것 알아요. 녹혈마공을 수련했기 때문이라죠?"

"무슨 말을 해도 어린아이를 잔혹하게 죽인 것만은 용서받지 못해."

"언니가 봤나요?"

"뭐?"

"시마에게 물어봤나요?"

"……."

"시마가 어린아이를 잡아다가 원정지기를 흡취했다면 주화입마에 걸리지 않았을 거예요. 잔혹한 방법이지만 수천, 수만 번의 시행착오 끝에 완성된 방법이니까요."

"그, 그럼?"

"시마는 마야에게 주화입마를 치료받고 있어요. 한 번으로 끝나는 것도 아니고, 삼 년 간격으로 찾아오죠. 어린아이 대신 원숭이 새끼를 사용한 결과예요. 아셨어요? 눈에 보이는 것만이 전부는 아네요."

"그래도 마도는…… 절대감각을 유지시키기 위해 하루에 한 명은 꼭 죽여야 한다고……."

일령이 급히 반박했다.

"그래, 마도는 혈염도를 수련했어. 그럼 지금도 매일 한 명씩은 죽여야 해. 오면서 봤겠네? 그가 사람을 몇 명이나 죽였어?"

"……."

"마도의 옷을 벗겨보면 절대 감각을 어떻게 유지해 왔는지 알게 될 거야. 그는 사람을 죽이는 대신 자신의 몸을 썰었어.

세상에서 가장 상처가 많은 사람일 거야. 전신이 걸레가 되었으니까. 그런데도 세상은 그를 내버려 두지 않았지. 혈염도를 수련했다는 이유 때문에."

다담선자는 살며시 몸을 일으켰다.

"세 분도 조만간 마인으로 낙인찍힐 거예요. 살인강간범과 어울린 자는 무조건 살인강간범이 되는 세상이니까."

우습다.

여인은 금연화의 자존심을 여지없이 짓밟아 버렸다.

마인이 싫다고 했다. 그러면서 도움을 받고 싶어한다. 몸 파는 기녀는 더러워하면서, 그녀들이 지어준 밥을 먹는다. 그들이 아니면 한 발자국도 움직이지 못하면서 계속 투덜거리고 응석 부린다.

세 여인은 방문을 두들겼다. 판자 하나만 격해 있어서 얼굴을 보지 않고도 소리를 주고받을 수 있지만 꼭 만나서 이야기해야 한다는 생각이 들었다.

판자 문짝이 이쪽 방과 저쪽 방을 구분짓는다. 천당과 지옥처럼 전혀 다른 세계가 문짝을 경계로 나뉘어져 있었다.

소립파가 있으면 어쩌나 싶었는데, 다행히도 없다. 여인의 옷매무새가 몹시 흐트러져 있지만 아무 소리도 하지 않았다. 보고도 말하지 말아야 할 것이 있다는 것을 알았다.

"미안해요. 아까는 너무 실례 많았어요. 이런 쪽으로는 문외한이라서. 아! 비하하려고 하는 말은 아니고요."

여인은 방긋 웃었다. 하얀 박꽃 같은 이가 웃음 속에서 활짝 피어난다. 가지런하고 예쁘고…….

절혼마녀는 부산하게 생각했다.

이 정도의 미녀라면 소문이 나지 않을 리 없다. 장강 쪽에서 소문난 제일미녀라면 누굴까?

낙화향 퇴기들이 깔깔거리며 농지거리를 하던 말이 떠올랐다.

기녀이면서 웃음을 팔지 않고, 술을 따르지 않으며, 몸을 허락하지 않는 여자. 오직 다담(茶談)만 응하는 기이한 기녀라고 해서 다담선자(茶談仙子)라고도 불리는 기녀.

다담선자는 아닐 것 같다. 색(色)을 이토록 밝히는 여자가……. 그래도 마땅히 떠오르는 이름이 없어서 물어봤다.

'그래, 맞아. 장강 어딘가에 있다는 소리는 들었는데, 그럼 이 여자가…….'

"혹시 다담선자 아닌가요?"

"호호! 재미없게 단번에 알아맞히시네요. 그렇게 말씀하시는 분은 낙화향의 마녀, 절혼마녀시죠?"

'정말로 다담선자……?'

믿을 수 없다. 다담선자는 손님을 받지 않기로 유명한 기녀인데.

"호호호! 저야말로 재미없네요. 절혼마녀라는 별호는 신비에 가려져 있어야 재미있는데."

"기녀이면서 웃음을 팔지 않고, 술을 따르지 않고, 몸을 허락하지 않으며 오직 다담만 즐긴다. 다담선자를 지칭하는 말인데……."

절혼마녀의 말에 금연화와 일령은 놀란 토끼가 되었다.

"호호! 그런 다담선자가 색을 너무 밝힌다, 이거죠?"

"……."

할 말이 없다. 막상 묻기는 했지만 남의 사생활이 아닌가.

"난 한 사람밖에 몰라요. 처녀를 준 것도 마야고, 선루를 맡고 있지만 마야 외에 다른 사람과 살을 맞댄 적은 없어요."

"저, 정말요? 다, 다담만 즐기려면 다루를 운영하지 왜……?"

일령이 미안한 표정을 떠올리며 물었다.

아직도 놀란 마음이 가라앉지 않는다. 기녀이면서 몸을 허락하지 않는 여인이 있다니. 다담선자를 잘못 봐도 단단히 잘못 보지 않았나.

"마야가 원해서야."

"예?"

"뭐어?"

세 여인이 거의 동시에 경악성을 토해냈다.

"아까도 말했지만 난 마야의 숨결 없이는 못 살아. 마야를 만나지 못했다면 사는 낙을 몰랐을 거야. 이런 일이면 어때?

마야가 원한다면 이보다 더한 일도 할 수 있어. 그러니까 어제 일은 부부 사이의 일로 생각해 주면 고맙겠어. 마야를 욕하지도 말고."

"……"

아무도 말을 못했다.

혈귀대주의 죽음 때문에 복수를 결심한 금연화도 대단한 사람이라고 할 수 있지만 다담선자의 사랑도 대단하지 않은가.

그건 그렇고, 자기 여자를 기녀로 만든 사내는 또 뭐란 말인가. 마야도 단물만 빨아먹고 몇 푼 은자에 팔아먹는 놈팽이였단 말인가.

"부부라면 정식……?"

절혼마녀가 물었다.

"웬걸요. 가끔 찾아주는 것만도 고맙죠. 그 이상은 꿈도 안 꿔요. 호호호! 언니가 어제 말했잖아요. 마야는 바람 같은 사람이라고. 그 말이 꼭 맞아요. 붙들어두려고 해도 붙들 수 있는 사람이어야 말이죠."

"마야에게 당신 같은 여자가 많은가요?"

이번에는 금연화가 물었다.

"마야…… 잡을 수 없는 바람이지만 바람둥이는 아녜요. 제가 알기로는 저 혼자뿐. 모르죠. 워낙 말씀이 없으신 분이라 또 다른 여자가 있다고 해도 상관없고요."

착각일까? 말을 하는 다담선자의 얼굴에 광채가 어린다고 느꼈다. 세상에는 오로지 주기만 하는 사랑이 있다던데, 그런 것인가. 남녀 간의 사랑에 그런 사랑이 가능한 것일까?

"아무리 그래도 제 여자를……."

여자를 팔아먹는 사내, 절혼마녀가 가장 혐오하는 사내 유형이다.

"마야가 선루를 맡기며 말했죠. '염려하지 않아도 되겠지'라고요. 그 말이면 전 족해요."

알아들을 만하다. 다담선자가 기녀가 된 데는 모종의 사연이 있을 게다. 그것은 마야가 행하는 일과 연관이 있을 것이고.

세 여인은 비슷한 생각을 했다.

다담선자는 마야가 염려하지 않아도 될 여인이다.

염려하지 않아도 될 여인.

대단한 신뢰이지 않은가. 자하부의 금지옥엽인 금연화, 낙화향의 마녀인 절혼마녀도 그런 신뢰를 받지 못한다. 무공, 지모…… 모든 면에서 그녀들은 어린아이에 불과하다.

다담선자는 신뢰를 받는다. 뛰어난 미색이니 지분거리는 자가 오죽 많을까. 더군다나 돈만 주면 품에 안을 수 있는 야화인 바에야. 때로는 돈으로, 때로는 힘으로, 또 권력으로 짓누르려는 자들이 헤아릴 수 없으리라.

다담선자는 여인의 몸으로는 불가능에 가까운 일을 헤쳐 나왔다.

고절한 무공을 지녔나? 그럴 수도 있고 아닐 수도 있다. 어느 쪽이든 상관없다. 북무림이 인정하지 않는 무공을 소유했다면 차라리 지니지 않은 것만 못하다.

무공을 펼치는 즉시 북검문의 이목에 걸려들 터이고, 다담 선자와 연관된 사람들은 대번에 주목받을 게다.

그랬다면 다담선자가 지금까지 살아 있을 수도 없겠지.

무공을 펼쳐도 북검문의 이목에 걸려들지 않을 만큼 교묘하게. 무공을 지니지 않았다면 지모와 행동만으로 돈과 힘과 권력으로도 꺾지 못하는 야화라는 사실을 인식시켰다는 것이니, 어느 쪽으로 보든 뛰어난 여인이다.


선몽은 강릉에 정박했다.

이틀에 걸쳐서 주지육림에 푹 파묻혔던 손님들이 강릉 술 맛을 보기 위해 하선했다.

선몽은 하루 동안 강릉에 머물다 하선했던 손님들을 다시 태운 후 적혈구로 돌아간다. 오늘 하루가 기녀들에게는 손님의 주머니를 털 수 있는 절호의 기회인 셈이다.

"시간이 너무 빨리 흐르네요. 이제 막 만난 것 같은데 벌써 떠나실 때가 되셨다니."

"섭섭하냐?"

"드릴 수 있는 건 다 드리려고 했는데 드릴 수 있는 게 워낙 없어서…… 불편하지는 않으셨는지요?"

판자를 통해 소립파와 다담선자의 음성이 들려왔다.

흥청거리던 손님들과 기녀는 모두 하선했다. 시종과 주자(廚子:요리사)도 그들만의 즐거움을 찾아서 혹은 떨어진 물품을 구입하기 위해 뭍에 내렸다.

선봉에는 다담선자와 불청객들 외에는 남은 사람이 없다.

다담선자가 특별히 용채까지 건네주며 즐겁게 놀다가 오라고 했으니 해거름이 질 무렵에야 모습들을 비칠 게다.

"하선하지 않은 사람은 몇 명이나 되나?"

"알고 계셨어요? 네 명이요. 놀다 오라고 해도 가지 않네요. 어쩜! 눈짐작으로 지은 거라서 맞지 않으면 어쩌나 했는데 꼭 맞네요."

"나에겐 어울리지 않는 옷이야."

"그래도 오늘 하루만 입어주세요."

"그러지."

두 사람이 무엇을 하고 있는지 알 수 있다.

같은 여자로서 자존심이 상할 만큼 자신을 낮추고 있는 다담선자이지만 왠지 이 순간만은 세상에서 가장 행복한 여인이 아닐까 싶다. 소립파가 떠난 순간부터 가장 고독한 여인이 되겠지만.

"네 명이라. 한두 명쯤은 만들어놓을 줄 알았지만 네 명이라니. 그대를 다 보지 못했군."

"제 능력은 다 보셨어요. 제 마음을 조금 못 보셨을 뿐. 마야께서 원하시는 게 뭔지 알게 되니 죽을힘을 다하게 되더군요."

"그런 것이었군."

"지금 쓰시게요?"

"그래야겠어. 세 명을 추려서 단문협으로 보내. 자하령 일곱 명을 변복시켜서 단문협으로 보냈는데, 실수였던 것 같아. 어떻게 됐는지 알아보라고 해."

판자 너머로 말을 듣고 있던 세 여인은 가슴이 덜컥 내려앉았다.

이게 무슨 말인가! 그럼 자하령들이 탈이라도 났단 말인가? 아니다. 그럴 리 없다. 자하령을 아는 사람은 없다. 무림에서는 자하령이 있는 줄도 모른다. 그녀들이 어떤 무공을 지녔는지 용모는 어떤지, 모든 것이 철저하게 가려져 있다.

탈이라니!

다른 사람이 말했다면 코웃음 쳤을 일이지만 말한 당사자가 소림파이니 불안감이 가중된다.

"그런 일이라면 한 명만 보내도……."

"세 명 모두 죽을 거야. 천랑대를 상대해서 살아나길 바라는 건 어렵지."

"그렇군요. 그 일에 쓰시려는 거군요."

"그대도 떠날 준비해. 선몽을 인계하고."

"저…… 도 말인가요?"

다담선자의 음성에 잔잔한 흥분이 묻어 나왔다.

"선몽도 다칠 거야. 천비대가 선몽을 놓칠 가능성은 전무(全無). 기회를 잘 잡으라고 해. 조금이라도 빠르거나 늦게 도주하면 죽어. 그대에게는 친자매 같을 텐데, 살 수 있으면 살아야지."

"단단히 일러놓을 게요."

다담선자는 들뜬 마음을 숨기지 않았다.

언제까지고 찾아줄 때까지 기다릴 수 있다고 했지만 그녀 역시 사내의 사랑을 받고 싶은 여인이었다. 사랑하는 사람과 동행할 수 있다는데 지옥이면 어떻고 가시밭길이면 어떤가. 기다림이 끝났는데…….


"여긴!"

선몽에 올라탄 후 처음으로 바깥을 본 세 여인은 입을 쩍 벌렸다.

강릉에 도착했다고 해서 그런가 보다 했다. 여기서부터는 강을 버리고 육지로 가야 한다는 말을 듣고도 별다른 느낌을 갖지 못했다. 소림파가 길을 안내해 주는 이상 여하한 일이 있어도 단문협에 도착할 수 있으리라는 믿음이 있었다.

그런데 여기는…… 기가 막힌다.

온전한 강릉이다. 넓은 지역을 말하는 강릉이 아니라 정확하게 강릉이라는 도읍이다. 문제는 강릉이 강남에 존재하는 것이 아니라 강북에 붙어 있다는 점이다.

그러니까 그때, 소림파는 강을 건너간 것이 아니라 되돌아왔단 말이 된다. 천비대가 눈을 시퍼렇게 뜨고 있는데. 천비대가 출동시킨 전선들 사이를 뚫고. 그들이 펼쳐 놓은 그물망을 헤치고.

"말도…… 안 돼."

금연화가 뒤통수를 얻어맞은 표정으로 중얼거렸다.

"휴우! 언제는 말이 됐고?"

절혼마녀도 기가 막혔지만 이유가 있겠지, 하고 생각하니 체념이 빨리 들었다.

"그럼…… 그럼 우린…… 계속 천비대의 추적을 피해서 도주해야 한단 말이네요."

일령은 벌써부터 주위를 살폈다.

강남으로 넘어가서 변복을 하고 미행하면 쉽게 단문협에 도착할 줄 알았다. 강남 무인들도 자하일봉 사건은 알고 있을 테지만 그녀들의 진면목을 모르니 한결 쉽게 움직일 수 있지 않겠나.

소림파는 왜 쉬운 길은 놔두고 어려운 길을 택한 것일까.

덜컹!

갑판이 들썩이더니 밀실로 연결된 뚜껑이 활짝 열렸다. 그리고 마도, 시마, 수검…… 소립파를 따르는 마인들이 굴비 엮듯이 올라오기 시작했다.

지난 이틀간 푹 쉬었는지 무척 편안한 신색들이다.

특히 혈유의 경우는 몰라보게 달라졌다. 몇 달을 요양해도 모자랄 상처를 입었는데, 그동안 무슨 조처를 취했는지 아무 이상도 보이지 않는다. 지금이라도 당장 싸움을 하라면 할 수 있을 것 같다.

시마도 건강해 보인다.

다 나았다고는 하지만 선봉에 올라탈 때까지만 해도 안색이 누렇게 떴었는데, 지금은 노인답지 않게 윤택이 흐른다. 얼굴만 보아서는 깊은 산속에서 채식만 하는 스님 같다.

"휴우! 역시 맑은 공기가 좋단 말이야. 엇! 여자. 여자야, 여자야. 그동안 잘 있었어?"

혈유가 절혼마녀를 보며 반색했다.

"호호호! 누님한테 여자라니. 참 말 안 듣는 동생이네."

절혼마녀도 흔쾌히 맞아주었다.

"몸은 괜찮아?"

"나야 다 나았지. 여자야, 어때? 그동안 마야 마음 좀 녹여 놨어? 아니지, 아니지. 크크크! 다담이 있으니 국물도 없었겠네. 그렇지?"

"호호호! 동생, 어른들 일에 끼어들면 못써."

"엉? 크크크! 정말 재미있는 여자라니까."

혈유는 악의없이 웃었다.

그러면 그럴수록 절혼마녀의 마음은 무거워졌다.

다담선자의 말이 떠오른다. 비인간적인 방법을 버리고도 녹혈마공을 수련해 낼 수 있다고. 혈염도를 가졌지만 사람을 죽이기 싫어서 자신의 몸을 그어댔다고.

이들은 마인인가, 아닌가.

중원무림은 이들을 마인이라고 한다. 보는 즉시 즉참해야 할 무림공적이다.

정말 이들이 그토록 나쁜 자들인가.

회의가 치민다. 절혼마녀로서 살릴 자와 죽일 자를 구분하는 기준이 모호해진다.

삐걱!

선실 문이 열리며 소립파와 다담선자가 나왔다.

아! 뛰어난 공자다. 머리부터 발끝까지 반짝반짝 빛나는 은빛 일색이다. 이마에 둘러쓴 영웅건(英雄巾)도 은색이고, 잡티 하나 없는 무복도, 허리에 두른 요대(腰帶)도 은색이다.

소립파는 자신에게 어울리지 않는 옷이라고 말했다. 천만에! 너무 잘 어울린다.

다담선자도 색다른 면모로 나타났다.

기녀들이 입는 화려한 의복을 벗어던지고 간편한 경장 차림이다. 툭 튀어나온 가슴, 잘록한 허리…… 몸에 착 달라붙는 경장은 그녀의 아름다운 몸매를 한껏 드러내 주었다.

병기는 두 사람 다 휴대하지 않았다.

사라랑……!

절혼마녀는 격기(擊氣)를 내뿜었다. 다담선자의 무공 수위가 어느 정도인지 궁금해서.

파앗!

격기는 허공에서 소리없는 충돌을 일으켰다.

타인의 기가 몸을 더듬는 걸 원하지 않는다.

다담선자는 절혼마녀를 보며 활짝 웃었다.

"제 무공은 보잘것없어요."

보잘것없다니! 격기를 눈치챈 것도 모자라서 중간에 차단할 정도라면 상당한 고수인데.

"미안해요. 궁금해서."

절혼마녀도 웃었다.

'승산을 점칠 수 없는 고수야.'


소림파는 강릉 외곽을 빙 돌아 산으로 접어들었다.

"자하령에게 무슨 일이 생긴 거야?"

금연화는 산으로 들어서기 무섭게 소림파 곁으로 바짝 다가서며 물었다.

"운이 좋으면 한두 명. 그런 운마저도 없으면 몰살. 그렇게 생각해 두는 게 편할 것 같다."

음성이 몹시 침중했다.

"그, 그럴 리가. 그럴 리가 없어요."

금연화만큼이나 자하령의 신변을 염려하던 일령이 쥐어짜 듯 말했다.

"미처 생각하지 못한 게 있었어. 자하령이 수련한 무공은 자하쌍구검과 공령문의 절기. 그밖에 또 있나?"

"모르는 게 없네."

절혼마녀가 마음을 차분히 가라앉히며 말했다.

그녀는 자하령에 대한 애착이 전혀 없었다. 자하령이라는 존재가 있다는 것만 알았지, 낙화향을 벗어나기 전까지만 해도 얼굴조차 몰랐던 여인들이다.

그녀는 자하령과 일정한 거리를 둘 수 있었고, 그만큼 차분 했다.

"공령문의 절기를 생각하지 못했어. 선유비조신법은 족태 음비경(足太陰脾經)을 사용하는 경공(輕功). 여타 신법들이 용 천혈(湧泉穴)로 진기를 쏟아내는데 선유비조신법은 은백혈(隱 白穴)에서 터뜨려. 엄지발가락 안쪽. 당연한 말이지만 은백혈 이 발달하게 되어 있고, 신법을 펼치지 않을 때는 엄지발가락 을 드는 습성이 배이게 돼. 신발을 신고 있어서 잘 드러나지 는 않지만 천비대는 찾아낼 거야."

"겨우 그 정도로…… 사람들이 발가락만 쳐다보고 다니는 것도 아니고, 더군다나 신발까지 신었는데……."

"그 정도 눈썰미가 없으면 천비대가 아니지. 그 점을 간과했어. 아주 큰 실수야. 운이 좋기만 바랄 뿐."

세 여인은 안심 반, 불안 반의 심정이 되었다.

소립파 말처럼 선유비조신법을 수련하면 걸음을 걸을 때 엄지발가락을 들게 된다. 그렇지 않을 경우, 은백혈에서 쏟아져 나온 진기가 지면을 박차게 되어서 본인도 모르는 사이에 무척 빠른 걸음을 걷게 된다.

그러나 지금까지 엄지발가락을 들고 걸었어도 그런 사실을 파악해 낸 사람은 없었다.

'기우일 거야. 그러나저러나 공령문의 절기까지 환히 들여다보고 있다니. 사용하는 경맥이 족태음비경이란 걸 알고 있다면 펼칠 수도 있을 텐데. 정말 무공을 아는 거야, 모르는 거야?'

소립파는 의문의 사내다.


2


타다닥……!

모닥불이 타 들어갔다.

하루종일 사람 그림자도 볼 수 없는 산길을 걸었다.

자하령이 변을 당했을지도 모른다는 무거운 마음을 지니고 하루를 보냈다.

사슴 고기가 구수한 냄새를 풍기지만 식욕이 돌지 않는다.

소립파와 마인들은 불가에 둘러앉아 술과 고기를 즐겼다.

"내일은 쉽지 않을 거야. 상대는 만박선생. 지금쯤 선봉이 발각되었을 거고…… 목서의 눈에 띄지 않으니 인적없는 산길을 더듬고 있겠지. 그것도 오래가지 않아. 내일쯤이면 바짝 따라붙을 거야."

"그러게 남무림으로 넘어갔으면 좋잖아? 뭐, 말라비틀어진 게 있다고 북무림에서만 노냐 이거지."

시마가 투덜거렸다.

"후후후! 호랑이 입속으로 기어 들어가자는 거야?"

"귓구멍까지 막혔나. 말할 때는 뭘 듣고. 남무림으로 가서 편히 좀 가자는데 호랑이 아가리는 왜 찾고 그래."

"남무림은 조용해 보이지만…… 실은 북무림보다도 더 신경이 곤두서 있어. 혈귀대주를 죽인 책임이 있으니 초비상 사태야. 그런 상황에서는 편히 가기 어렵지. 걸린 사람이 자하일봉이라면 단칼에 죽여 없앨 테고. 노인네, 머리가 더 굳어지기 전에 죽는 건 어때?"

"썩을…… 말뽄새 하고는. 살란다, 악착같이."

"아마도 내일 죽을 것 같은데?"

"뭐야! 가만…… 그럼 내가 첫 번째로……?"

"만박선생도 쓴맛을 경험해 봤으니 이번에는 전력을 다할 거야. 동서남북, 철벽구망진 네 개. 동쪽을 맡아줘."

"엠병! 나 혼자서 철벽구멍진을?"

"그러니까 죽을 거라고 했잖아."

"빌어먹을! 산다니까!"

"마도, 북쪽."

"후후!"

마도는 옅은 웃음으로 대답을 대신했다.

"수검, 남쪽이야."

"……."

수검은 대답도 하지 않았다. 독사가 먹이를 노려보듯 인정이라고는 조금치도 담겨 있지 않은 눈빛을 띠었다.

"혈유와 고루쌍마는 전면."

"어! 왜 우린 같이 묶으시나? 나 혼자서 하면 안 돼?"

"꼬마야, 너나 뒤로 물러나. 흐흐흐! 오랜만에 늙은 뼈다귀에 걸리는 게 생기겠네. 흐흐흐!"

"이놈의 해골들이! 꼬마라고 하지 말랬지!"

혈유와 고루쌍마는 잡아먹을 듯이 서로를 노려봤다.

소림파가 모닥불을 뒤적이며 말했다.

"고루쌍마가 전면에. 혈유는 틈을 노려. 싸우자는 게 아니라 뚫고 나가는 것이 목적이야."

"글쎄, 그런 놈들쯤이야 나 혼자서도 된다니까."

"그렇게 말하는 놈이 열 고개를 넘나들었냐? 한심한 놈이 주둥이만 살아서는."

"이거 안 되겠네. 웬만하면 참고 넘어가려 했는데. 해골들, 일어서."

혈유의 눈가에 잔주름이 맺혔다.

살기를 일으킨 것이다.

고루쌍마는 코를 씰룩거렸다. 눈빛은 늑대처럼 잿빛으로 변했다.

고루쌍마와 혈유 사이에 일촉즉발의 긴장이 흘렀다. 방금 전까지 농담을 주고받던 사람들이라고는 믿지 못할 만큼 팽팽한 줄다리기다.

"다담, 가운데서 약한 곳을 막아줘. 그대가 제때 손을 쓰지 않으면 이 작자들은 다 죽어."

소립파는 그들 사이의 긴장을 보지 못한 듯 태연히 말했다. 그러나 그가 말을 꺼내자마자 놀라운 일이 벌어졌다.

"빌어먹을!"

"썅!"

고루쌍마와 혈유가 거의 동시에 눈빛을 거두며 욕지거리를 내뱉었다. 그뿐만이 아니다. 그들은 산공독(散功毒)에라도 당한 듯 비틀거리기까지 했다.

'그때 그 소리야! 마령음!'

같이 어울려 있으나 아무것도 할 일이 없는 사람들, 세 여인은 소립파의 입만 빤히 바라봤다.

이번에는 노래가 아니다. 말이다. 다른 때와 다름없이 평범하게 말을 꺼냈을 뿐인데…… 다른 사람들은 아무런 느낌도 받지 못했는데…… 진기를 가득 끌어올렸던 고루쌍마와 혈유는 본인들의 뜻과는 다르게 급감하는 진기를 제어하지 못하고 가벼운 진탕을 일으킨 것이다.

'이런 일이! 내공을 증폭시키는 것이 아니라 급감까지…… 이 사람…….'

다담선자가 고기 한 점을 집어 입에 넣으며 사근사근 대답했다.

"알았어요."

다담선자는 동요하거나 놀라지 않았다. 이럴 줄 알았다는 듯이. 마도, 수검, 시마도 마찬가지다. 고루쌍마와 혈유에게는 눈길조차 주지 않는다.

"해골들, 언젠가 한번 만나자고."

"크크크! 꼬마야, 멀리 갈 게 뭐 있어. 우리 이따가 조용한 곳에서 보지?"

"아! 그런 방법이 있었네. 역시 해골들은 누울 자리를 잘 찾는단 말이야. 좋아, 이따 보자고."

고루쌍마와 혈유는 살기 짙은 눈길을 주고받았다.

그런 모습이 세 여인에게는 낯설었다.

시마, 마도, 수검, 고루쌍마, 혈유.

자신이 최고라는 신념을 가지고 있어서 어느 한 사람도 다른 사람에게 지지 않으려고 한다. 시비가 붙으면 응전한다.

물러선다는 생각은 추호도 하지 않는다.

소립파가 기이한 능력으로 말리지 않았다면 고루쌍마와 혈유는 피 튀기는 싸움을 벌였을 게다. 어느 한쪽이 패배를 자인하거나 죽을 때까지.

이들은 싸움을 두려워하지 않으며, 자신이 죽는 것도 개의치 않는 독종들이다.

충(忠)이나 의(義) 때문에 목숨을 버리는 무인은 보아왔어도 별것 아닌 일에 상대를 가늠치도 않고 싸우려는 사람들은 확실히 낯설다.

"동방주, 병기 좀 보여줘."

절혼마녀는 배시시 웃으며 삭사를 꺼내 건네주었다.

소립파는 실처럼 가늘고 유연한 철사를 요리조리 살폈다.

"이런 걸 싸움판에서 쓰려면 박투술(搏鬪術)이 뛰어나야겠는걸."

"아직까지 누구에게 밀려본 적은 없어."

절혼마녀는 자신이 말하고도 깜짝 놀랐다.

왜 이런 말을 했을까. 이 자리에 있는 사람들 중 어느 한 명과 싸워도 자신이 없다. 아직도 시마의 등을 가격할 때 묵직하게 울리던 통증을 잊지 않고 있다. 그때 시마와 싸웠다면 어떻게 되었을까? 녹혈마공을 상대할 수 있었을까? 자신없다. 그런데도 자신만만하게 말했으니 얼마나 우스울까.

아니나 다를까,

"흥! 임자를 만나지 못한 거지."

시마가 시답지 않다는 듯 툭 쏘아붙였다.

"……."

절혼마녀는 대꾸하지 않았다. 대신 상큼 눈초리를 치켜 올린 채 시마를 노려봤다.

동자의 원앙지기를 흡취하지 않았다는 말은 들었지만 아직도 녹혈마공에 대한 인식은 좋지 않았다. 자연히 시마라는 사람에 대한 인식도 좋은 편은 아니었다. 썩어서 구더기가 나는 시신을 곁에 두고 희희낙락거렸을 사람이니 얼마나 역겨운가.

시마는 한술 더 떴다.

"눈깔에 독기 시린 것이 잘하면 치겠네. 이거 무서워서 어디 살겠나. 잠자리 조심해야지. 뒤통수 날아갈라."

절혼마녀가 활짝 웃었다. 꽃이 만개하듯 화사하게 피어난 웃음이다. 이는 절혼마녀가 사람을 죽이기 전에 늘 짓던 웃음이지 않은가.

그때 소립파가 전혀 예상하지 못했던 말을 했다.

"임자를 만났는지 아닌지 붙어보면 알겠지. 두 사람, 으르렁거리지 말고 붙어보지 그래?"

"지, 지금 뭐 하는 거예요!"

금연화가 벌떡 일어나며 말했다.

말려도 시원찮을 판에 싸움을 붙이다니.

"시마, 최대 칠성이야. 싸움은 공평하게 해야지."

"이건 또 무슨 소리래? 싸우면서 봐줘가며 싸우는 것도 있는감?"

금연화는 엉거주춤 자리에 앉을 수밖에 없었다. 다담선자가 살며시 옷자락을 끌어당긴 것도 이유였지만, 소립파의 말에서 즐기려고 싸움을 붙인 것이 아닐 거라는 예감을 받았기 때문이다.

소립파는 절혼마녀에게 삭사를 돌려주며 말했다.

"저 늙은이, 죽여봐."


시마의 눈동자가 녹광으로 번들거렸다.

풍문으로만 듣던 녹혈마공의 진체는 무엇인가. 어떤 무공이고, 어떤 싸움인가.

절혼마녀는 감히 방심하지 못하고 전신 진기를 최대한으로 끌어올렸다.

"계집아, 삼 초 정도 양보해 주면 되겠냐?"

"기꺼이 받아들이지. 약속하는데, 넌 삼 초 안에 죽을 거야."

"클클! 싸가지없는 계집 같으니라고. 오냐, 삼 초 안에 죽어줄 테니 발광해 봐."

파앗!

절혼마녀는 발끝으로 지면을 박찼다.

순간 그녀는 빗살이 되었다. 현현신법(玄玄身法) 중에서 가장 빠르다는 낙일비사(落日飛射)가 절정으로 펼쳐진 결과다.

촤르륵!

삭사도 영활한 뱀이 되어 꾸물거렸다.

사람들은 삭사 하면 두 손으로 양끝을 움켜잡고 목을 휘감아 잘라내는 정도만 생각한다. 소림파가 박투술이 뛰어날 것이라고 말한 것도 그런 경우다. 바짝 붙어서 상대의 신체 일부를 삭사로 휘감아야 된다는 발상이다.

삭사의 용법이 그 정도에서 그쳤다면 처음부터 삭사를 애병으로 선택하지도 않았다.

삭사에 진기를 주입하여 곧추세우면 검도 되고 창도 된다. 진기를 절반쯤 거두면 탄력있는 채찍이 되어 휘몰아친다. 휘감으면 싸움 끝, 스치기만 해도 피가 튄다.

찌르고, 베고, 후려치고…… 온갖 병장기의 용법을 고스란히 담고 있으면서 실제로는 실 한 가닥에 불과하기 때문에 눈으로 식별하기가 용이치 않다.

속도를 첨가시키면 무형(無形)의 병기가 되니 일(一)의 무공으로 십(十)의 효과를 불러오는 병기가 삭사다.

쉐엑! 쉐에엑! 파아앗!

허공이 수십 토막으로 갈라졌다.

삭사에 걸리는 것은 모조리 베어지고 갈라져 나갔다. 나무,

풀, 나뭇잎…… 면도로 베어낸 듯 매끈하게 갈려서 분분히 휘날렸다.

북풍한설이 휘몰아치는 것처럼 찬바람이 쌩쌩 도는 공격이다.

시마는 일절 반격하지 않았다. 약속했던 삼 초가 지나고 사초, 오 초…… 횟수가 거듭됐지만 손가락 하나 들어올리지 않았다.

절혼마녀의 공격이 너무 날카롭기 때문일까? 그런 것 같지는 않다. 매섭디매서운 공격을 유유히 피하는 신법은 절로 감탄이 새어 나올 만큼 고절하다.

금연화와 일령이 시마의 행동을 이해하지 못하고 있을 때,

"헉!"

일방적으로 몰아붙이던 절혼마녀가 급박한 비명을 토해냈다.

공격은 멈췄다. 언제 어떻게 당했는지 절혼마녀는 두 손을 축 늘어뜨리고 부들부들 떨었다.

"난 또 얼마나 대단하다고. 겨우 이 정도 가지고 오만방자하게 설쳐 댄 거야?"

시마는 능글맞게 웃으며 다가섰다.

싸움은 끝났다. 누가 봐도 시마의 승리다. 절혼마녀는 안색이 하얗게 질린 채 구슬 같은 땀방울을 흘리고 있으니 저항할 능력을 상실했다고 봐야 한다.

쉬익!

금연화는 단숨에 달려가 절혼마녀를 부둥켜안았다.

"비, 비켜. 저 늙은이를……."

그 말을 끝으로 절혼마녀는 썩은 짚단처럼 무너졌다.

세상이 가물거린다. 별도 달도 보이지만 두 겹, 세 겹으로
겹쳐 보인다.

'일어서야 해.'

의식은 있다. 무엇을 해야 할지도 안다. 하나 몸이 말을 듣
지 않는다. 땅을 짚으려고 내민 손은 허공에 맴돌고, 다리에
힘을 주려고 했는데 자꾸만 땅으로 곤두박질친다.

"언니, 괜찮아요. 마음 편하게 가지고 쉬어요."

누군가가 말을 하는 것 같은데, 금연화의 음성 같은데 꿈결
처럼 아득하게 들려온다.

자신이 왜 이러고 있는지 모르겠다.

무슨 일이 있었나? 왜 몸을 가누지 못하고 비틀거리지?

절혼마녀는 다시 한 번 혼절했다.

그녀가 눈을 떴을 때는 세상이 환하게 밝은 후였다.

태양 빛이 너무 밝아서 눈을 뜨기 어렵다.

절혼마녀는 몇 번 눈을 깜빡인 다음 손을 들어 얼굴을 가린
후에야 눈을 떴다.

짙푸른 하늘, 맑은 공기, 밝은 태양.

잠시 정신을 가다듬자 자신이 처한 상황이 확연하게 깨달아졌다.

'시마와 싸웠지. 졌어. 온몸이 마비되고, 심장에 통증이 치밀고…… 꼼짝없이 죽는 줄 알았는데 살았어.'

몸이 뒤뚱뒤뚱 흔들렸다.

누워 있는 몸이 흔들리고, 하늘이 움직인다.

들것에 실려 가고 있다.

누가? 눈을 돌려 발치를 보자 바짝 마른 사람의 등이 보였다.

'고루쌍마……'

꿈이 아니다. 현실이다.

"끄응!"

절혼마녀는 옅은 신음을 토해내며 몸을 일으켰다.

"기왕 들고 가는 것, 움직이지 말고 조금 더 쉬어. 쯧! 그런 무공으로 절혼마녀라는 별호를 얻었다니. 제법 한가락 하는 줄 알았는데. 요즘은 어떻게 된 게 강아지도 호랑이로 둔갑하는 세상이라니까."

머리맡에서 퉁명스런 소리가 들려왔다.


산을 빙글 돌자 귓가로 시냇물 흐르는 소리가 졸졸 들려왔다.

소림파 일행은 약속이라도 한 듯이 편한 곳에 자리를 잡고 앉았다.

절혼마녀도 몸을 일으켰다.

몸은 괜찮다. 난생처음 당하는 패배에 마음이 상할 뿐이다. 더군다나 녹혈마공을 수련한 마인에게 패했으니. 패하고도 어떻게 당했는지조차 모르고 있으니.

들것에 실려 오면서 내내 그 생각뿐이었지만 아무리 고쳐 생각해도 패배한 원인을 찾지 못했다. 그나마 소득이 있다면 자신의 무공이 형편없다는 것을 깨달은 것인데, 그런 마음은 그녀에게 삭사를 잡을 용기조차 빼앗아가 버렸다.

누군가가 옆으로 다가와 앉았다.

그녀는 고개도 돌리지 않았다. 소림파다. 발걸음 소리만 들어도 그라는 것을 알 수 있다. 다른 사람들은 풀잎을 밟아도 소리가 나지 않는데, 소림파만은 맨땅을 걸어도 묵직한 소리가 울린다.

"잘 봤어."

'잘 봤어? 잘 봤겠지.'

"현현보법에다가 육경검법(六耿劍法)을 응용해 사용하더군."

절혼마녀는 고개를 번쩍 들어 소림파를 쳐다봤다.

그녀가 반병신으로 만든 사람들 중에는 무인들도 상당수가 포함되어 있다. 일반인만 건드렸다면 절혼마녀라는 별호를 얻지 못했으리라. 삼류무인부터 일류무인이라 불리는 자들까지 고루 섭렵해 봤다.

그들 중 그녀가 사용하는 무공을 정확히 알아본 사람은 없었다.

육경검법은 일인비전(一人秘傳)으로 계승되는 사루(死樓)의 무학이니 알아보는 쪽이 이상하다.

소림파는 정확히 육경검법이라는 말을 했다.

"어떻게 육경검법을……!"

"사루의 무학은 두 갈래로 갈라져. 하나는 전통 무학을 계승 발전시키는 쪽인데, 그쪽 무학을 얻었더군."

"그것까지!"

"다른 한쪽은 받아들이고 버리는 과정을 반복하면서 새로운 무학을 창안하는 쪽인데, 사루와는 달리 귀루(鬼樓)라고 불릴 거야."

"정말 모르는 게 없네. 질리겠어."

"귀루는 맥이 끊겼어, 일 년 전에. 사루나 귀루나 일인부전이 치명적인 단점이야. 전인(傳人)이 죽어버리면 끝나 버리니까."

소림파는 급히 휘갈겨 쓴 듯 아직도 먹물 냄새가 진하게 풍기는 서책을 내밀었다.

"귀적무(鬼跡舞)라고 귀루의 무공이다. 귀루의 최종 결론은 귀신에게 있었던 것 같아. 귀신을 본 사람은 없지만 귀신이 나타나면 어떻게 움직일까 하는 정도는 모두 알고 있지. 허공에 둥둥 떠서 스르륵…… 움직이는 것 같지 않은데 움직인다."

귀루는 사루에서 떨어져 나갔다. 사루의 전인이 사부의 뜻을 좇지 않고 무단으로 타 문파의 절기를 융합시켜 나간 것이다.

그는 자신의 선택에 확신을 가졌다.

무공은 있는 것을 바탕으로 발전하는 것도 좋지만 대변혁도 필요한 법이라 생각했고, 몇 가지 시험을 거친 결과 자신의 생각이 옳았다고 확신했다. 그러나 마음에 걸리는 것이 있다. 사루가 영원하기를 바라던 사부의 유명이 항상 그를 괴롭혔다.

그는 두 명의 제자를 받아들였다.

한 명에게는 사루의 무공과 정신을 잇게 하고, 다른 한 명에게는 귀루의 무공과 발전성을 제시했다.

그런 일이 있은 게 백여 년 전이다.

지금에 와서는 사루는 귀루를 알지 못하고, 귀루는 사루를 모른다. 까마득히 먼 옛날에 그런 일이 있었다는 것만 전해들었을 뿐, 무공이 계승되고 있는지조차 알지 못했다.

귀루는 존재했다. 사루가 그랬던 것처럼 일인부전으로 맥을 이어오고 있었다.

"보면 알겠지만 사루의 무공과는 상당히 달라. 같은 뿌리에서 나왔다고 볼 수 없을 만큼."

"이걸 왜……?"

"우린 단문협에서 헤어질 거야. 저 여자, 보아하니 진상 파악 정도로는 끝나지 않을 것 같은데 한 사람이라도 쓸 만한 사람이 곁에 있어야지. 상소에서 현현보법 쓰는 걸 봤어. 엄밀히 말하면 사루의 무공은 육경검법뿐이야. 육경검법의 허점을 보완하기 위해서 현현보법을 빌려온 거지. 그것보다는 귀적무에 육경검법을 섞으면 제법 괜찮은 무공이 나올 것 같더군. 틈나는 대로 수련해 둬."

소림파가 할 말만 하고는 일어섰다.

"잠깐! 잠깐만! 그럼 시마와 싸움을 시킨 것도……."

"귀적무를 수련해 낼 여자인지 아닌지 알아야지."

"내, 내가…… 내가 어떻게 당했…… 는지 말해줘."

"후후후! 미련한 여자군."

"……."

절혼마녀는 아무 말도 못했다.

내심은 이게 아니다. 시마에게 패배한 원인을 찾고자 부심했지만 지금은 굳이 알고 싶지도 않다.

미련한 여자? 좋지 않은 말인 것만은 틀림없다. 하나 소림파가 말하니 달콤하게 들린다. 그가 옆에 앉아 있을 때 진한 사내의 체취를 맡았다. 그 냄새가 싫지 않다. 벌써 떨어지는 게 싫다.

"녹혈마공은 시기를 흡취해서 완성하는 무공. 당연히 독(毒)을 염두에 뒀어야지. 녹혈마공은 독공(毒功)이야. 사람이 만들어내는 천하에서 가장 지독한 독. 살아 있는 걸 다행으로 여겨."

"잠깐만!"

소립파는 아직 움직이지 않았다. 그런데도 절혼마녀는 다급하게 그를 제지했다. 금방이라도 걸음을 떼어놓을 것 같아서.

"어, 어떻게 이렇게 많이 알아? 정말 무공을 수련하지 못하는 것 맞아? 그런 사람이 무공에 대한 지식은 왜 이렇게 해박해?"

무슨 말을 하는지도 모르겠다. 혀가 마비된 것처럼 얼얼하면서 엉뚱한 말이 마구 새어 나온다. 평소에도 궁금한 부분이기는 했지만 물어도 대답을 듣지 못할 말이라는 것을 알고 있기에 묻지 않았던 것인데.

소립파는 그녀를 내려다봤다.

"외로운 여자군."

'외로워? 내가?'

"충고 한마디 하자면…… 마음에 정을 담지 마라. 그대가 갈 길은 혈육이 난무하는 죽음의 길이니 오로지 살심만 담아야 할 거야."

소립파는 가슴 미어지는 말만 남긴 채 무정하게 걸어갔다.

다담선자, 그녀는 무공이 약하지 않다. 그녀가 지닌 무공은 천안통(天眼通)과 천이통(天耳通)에 버금가는 시력과 청력을 필요로 한다.

그녀는 절혼마녀가 하는 말을 모두 들었다.

이런 경우를 얼마나 많이 보아왔나. 마음을 툭 터놓는 기녀가 있는가 하면, 죽는 날까지도 가슴에만 묻어두는 기녀도 있다.

낙화향은 기루가 아니다. 창기들이 모여서 사는 색주가(色酒街)다.

하루에 한 사내가 거치는 것도 아니다. 많을 때는 십여 명도 받아들인다.

그런 곳의 주인인 동방주가 가슴속 말을 하지 못하는 미련한 여자라면 누가 믿을까. 사내들을 죽는 것보다 못하게 만들어놓은 절혼마녀가 사내 때문에 가슴앓이를 한다면 몇 사람이나 믿을까.

'휴우!'

다담선자는 깊은 한숨을 내쉬었다.

第十三章

단문협(斷紊峽)
－단문협

# 1

　먼 길을 가면서 사람을 전혀 만나지 않고 갈 수는 없다.

　산길만 택한다고 해도 산맥이 끊긴 부분은 있기 마련이며, 땅꾼이나 엽사, 화전민 등 산을 터전으로 살아가는 사람도 상당수다.

　소림파는 십여 호쯤 어울려 사는 마을을 두 군데나 지나쳤다. 나무꾼도 만났고, 약초꾼 한 무리와도 어깨를 스쳤다. 루장하(洰漳河)를 건널 때는 이십여 명이 되는 사람과 같은 배를 탔다.

　그러고도 발각되지 않기를 바란다면 도둑놈 심보이리라.

　"염병할 자식들이 오려면 오고 말려면 말지 왜 이렇게 뜸을 들이는 거야. 그러다 뒈지면 염라대왕이 좋은 자리 줄 줄 아남."

시마가 하늘을 선회하는 비응을 보며 중얼거렸다.

벌써 이틀째, 비응이 머리 위를 선회한다.

"그놈들이 나 무서운 걸 안다니까. 짜식들, 나타나기만 하면 대갈통에 구멍을 내줄 텐데."

혈유가 코를 횡 풀며 말했다.

"마야, 말 좀 해보지. 도대체 저놈들 왜 뜸을 들이는 겨?"

소립파는 고개를 들어 비응을 쳐다본 후 낮은 소리로 말했다.

"만박선생이라는 자가 허명만 지닌 건 아니라는 뜻이지."

"엥? 그건 또 무슨 요상한 소리래?"

"나 같으면 돌 하나에 새 한 마리를 잡겠는데…… 그는 일석삼조(一石三鳥)를 노리고 있어. 성공할 가능성을 구 할까지 끌어올렸고."

"우릴 때려잡는 게 하나고, 우리와 저 계집들이 어울리는 걸 빌미 삼아 자하부를 무너뜨리는 게 두 개고. 끙! 또 하나는 뭐랴? 돌머리 시험하는 것도 아니고 대갈빡 좋은 놈들은 도체 마음에 안 든다니까."

"날 잡는 것."

"뭐? 크크크! 마야를 잡아?"

"그놈들이 드디어 미쳤군. 마야를 잡겠다니. <u>흐흐흐</u>!"

마인들은 별소리를 다 들었다는 듯 코웃음 쳤다.

소립파는 정색했다.

"말했잖아. 성공할 가능성을 구 할까지 높여놨다고. 그렇지 않았으면 나흘 전에 부딪쳤을 거야. 철벽구망진 네 개면 부딪칠 만했지."

소립파의 예측이 처음으로 빗나간 사례다.

고생할 각오를 단단히 하고 산길을 더듬었는데 아무런 공격도 없었으니까.

"마야, 놈들에게 구 할의 승산이 있다면 피해야 하는 것 아닌가?"

바위처럼 무거운 입을 가진 마도가 오랜만에 입을 열었다.

"나도 기분이 께름칙해."

수검도 한마디 했다.

소립파는 고개를 내둘렀다.

"지금 움직여서 피할 수 있다면 구 할 승산이라고 할 수 없지. 전면에는 삭골망혼진이 펼쳐져 있을 테고. 좌우로 철벽구망진 한 개씩, 배후에 두 개."

"무림 삼대공진(三大攻陣) 중 하나인 삭골망혼진이라면 확실히 더럽게 됐군."

고루쌍마가 손가락 마디를 꺾으며 말했다.

"그 정도면 승률은 오 할이야."

"그럼 뭐가 또 있어?"

"호아산(虎牙山)이 지척이야. 적붕문(赤鵬門), 팔영문(八影門)······ 제육역(第六域)에 밀집된 문파를 활용할 수 있어."

"에이, 천비대도 자존심이 있지 거기까지 손 내밀까."

"그들의 힘을 전에 만났던 제팔역 청호방 정도로 생각하면 큰 오산이야. 제육역은 싸움이 가장 치열한 곳. 생사고비를 한두 번씩은 넘나든 무인들이지. 오백 명 정도는 쉽게 차출할 수 있어. 승률이 육 할까지 높아지는 거야."

"뭐, 뭐야! 그게 육 할이면, 그럼 또 있다는 거야!"

"호아산이 지척이라고 했잖아. 천랑대 삼대 사십오조 총 육백 명."

"꿀꺽! 그러니까 뭐야. 대가리 수만 따져도 천이백 명 대 열하나란 소리네. 한 명당 백 명 넘게 맡아야 된다, 이거지?"

"맞았어. 그래서 승률 구 할이야."

"그렇게까지 해놓고도 공격해 오지 않는다?"

"북검문 칠성군(七星君)이 온다면······ 완벽하지."

이게 무슨 소린가! 칠성군이 움직인다니!

북무림의 최강자는 단연 북검문주다. 그 다음으로 우열을 가릴 수 없는 고수로 삼원로를 일컫는다. 북검문주가 아니었다면 북무림의 태두가 됐을지도 모를 초강자들이다.

북검문주와 삼원로, 그들은 인간의 한계를 벗어난 무신(武神)으로 평가받고 있다.

그럼 인간들 중에서 가장 강한 자는 누구일까?

강북무림은 단연 칠성군을 최우선적으로 손꼽는다.

북검문주의 제자들로, 삼원로의 절기까지 모두 이어받았다는 이 시대 최고의 기린아들.

그들이 이룩한 성취는 구파일방 장문인들과 버금간다고 하니 일대 종주(宗主)들이라고 해도 과언이 아니다.

그들이 오고 있단 말인가?

모두들 너무 놀라 입만 쩍 벌린 채 말을 잃었다.

말이 안 된다. 이만한 전력이면 구파일방도 칠 수 있다. 그동안 천비대가 골탕을 먹은 것은 인정하지만, 이런 식으로 대응한다는 것은 납득하기 어렵다.

"이, 이놈의 자식들이 단체로 못 먹을 걸 처먹었나. 뭐 뜯어먹을 게 있다고 우르르 달려드는 거야."

시마의 눈은 어느새 녹광으로 변해 번들거렸다.

"이제는 상황이 변했다는 거지. 마야라는 존재가 드러났으니까. 쯧! 그렇게 마야라고 부르지 말래도 부르더니만. 자하일봉은 지엽적인 문제가 된 거야. 주목적이 나로 바뀐 거지."

"이렇게 되면 끝장난 거군. 기분 상쾌한데."

수검이 입가를 일그러뜨렸다. 그는 기분 좋게 웃는다고 지은 표정이지만 사람들 눈에는 섬뜩하게 비쳐졌다.

"아무리 그래도 이건 너무해요. 이럴 수는 없어요."

일령이 파랗게 질린 얼굴로 말했다.

말만 들어도 숨이 막혀오는데 정작 모습을 드러냈을 때는 어떻겠는가.

"후후! 나뿐만이 아니라 마도, 시마, 혈유…… 모두 드러난 게지. 옛날에, 마도가 무림공적이 되어서 쫓길 때 너도나도 죽이겠다고 모여들었지. 그 인원이 물경 천여 명에 이를걸?"

"더 됐으면 더 됐지 못하지는 않아."

마도가 피식 웃으며 대꾸했다.

"그래도 빠져나왔으니까."

"그때와는 달라. 그때는 쫓고 쫓기는 추격전이라서 상대하는 자라야 한 번에 십여 명이 고작이었지만, 지금은 외통수에 걸려 포위된 거니 살기를 바랄 순 없지."

"시마도 비슷한 경험을 했을걸? 대담이 됐군. 그래서 이만큼 모여든 거야."

소립파는 담담하게 말하며 금연화에게 다가섰다. 그리고 오빠가 여동생을 다독거리듯 두 어깨를 붙잡으며 말했다.

"약속은 지킨다. 단문협에 데려다 주고 놈이 어떻게 죽었는지 알게 해준다. 안심하고 먼저 가."

"머, 먼저 가라니?"

금연화는 소립파의 손길을 피하지 않았다. 이런저런 점을 생각하기에는 당면한 상황이 너무 절박하다. 설마 일이 이 정도까지 커질 줄이야 누가 알았으랴.

"포위망을 만들어줬으니 어떻게든 해야지. 우리가 여기서 미끼를 물지 않으면 천랑대가 단문협에서 빠져나오지 않아.

그놈들을 빼내려면 미끼를 물었다는 흔적을 보여줘야 해."

"미끼를 물면…… 어떻게 포위망을 빠져나오려고."

"그보다…… 자하령이 모두 죽었다."

"뭣!'

금연화는 봉목을 부릅떴다. 일령의 안색은 새파랗게 질렸다.

"아픈가?'

"……."

마음이 찢어진다. 하나 찢어지는 아픔을 말할 수 없었다. 소립파의 눈길이 소름 끼치도록 매서웠다.

"자하령의 죽음을 확인하기 위해 세 여인이 죽었다. 아픔을 느끼지 마라. 몸이 찢어지고 팔다리가 떨어져도 고통을 느끼지 마라. 뒤돌아보지 말고 앞만 보고 가. 죽은 자는 버려두고 가라. 그게 복수의 길이야."

단문협까지는 같이 갈 줄 알았는데…… 정말 헤어진다는 느낌이 든다. 하기는 소립파의 말이 사실이라면 더 이상 어찌해 볼 여력도 없지만 말이다.

"많은 말을 하기에는 시간이 없어. 이제 그만 가. 은마(隱魔)!'

그의 말이 떨어지기 무섭게 땅이 들썩이더니 머리가 숭숭 빠지고 얼굴이 기괴하게 일그러진 괴인이 불쑥 나타났다.

키가 작은 혈유보다도 머리 하나는 더 작은 꼽추 노인.

"단문협까지는 십 리. 천랑대가 모두 **빠**져나왔으니 무사히 들어갈 수 있을 것. 언장은마는 미세한 흔적도 놓치지 않으니 큰 도움이 될 거야. 따라가."

"고마워…… 요."

금연화는 처음으로 존대를 했다.

혈귀대주의 벗이라고는 하나, 그의 도움이 없었다면 여기까지 오지도 못했다. 또한 단문협에 들어갈 엄두도 내지 못했다.

"후후! 곧 죽을 사람을 보는 눈길이군. 걱정 마라. 이 정도에 죽지는 않을 테니까."

그의 말이 끝나기를 기다렸다는 듯 절혼마녀가 바짝 다가서며 애써 미소를 지어 보였다.

"대책이 있는 거죠?"

그녀도 존대를?

"모사재인 성사재천(謀事在人 成事在天)이라."

"그 말뿐인가요? 일을 꾀하는 것은 인간이지만 성패는 하늘에 달려 있다. 다른 말은 없어요?"

"사람을 죽일 때는 육칠 할만 승산있으면 시행해야 돼. 한낱 인간의 머리로 십 할 승산을 꿈꾼다는 것은 어리석은 짓이지. 아직 십 할이 차지 않았어. 일 할이 비어 있다면 살길도 있는 거야. 걱정 말고 먼저 가 있어."

"다음에 만나면……."

"다음은 없어. 현재만 있는 거야."

"풋! 무정한 사람이네요. 평생 딱 한 번 마음이 흔들렸는데."

소립파는 세 여인에게서 등을 돌렸다. 그리고 남아 있는 사람들을 향해 두 팔을 활짝 펼치며 말했다.

"자, 시작하자! 혈유! 다담!"

페엑! 쉐에엑!

"까아악! 크윽!"

공기를 찢어발기는 소리와 답답한 비명 소리가 한데 어우러졌다.

혈유의 독수전은 숨어 있던 천비대원의 이마를 꿰뚫어 버렸다.

다담선자의 손에서 터져 나온 빗살은 너무도 빨라서 육안으로 좇을 수 없었다. 그녀가 손을 떨쳐 낸 것과 거의 동시에 하늘을 선회하던 비응도 두 쪽으로 갈라졌으니.

비응을 갈라 버린 빗살은 쏘아져 갈 때만큼이나 빠르게 돌아와 갈무리되었다.

"뭐, 뭐, 뭐야, 이거. 추, 추 추명반(追命盤) 아냐?"

"마, 맞는 것 같은데. 추명반."

고루쌍마가 경악성을 터뜨렸다.

그들만이 아니다. 마도, 수검…… 다담선자와 같이 손을 쓴 혈유까지도 깜짝 놀라서 다담선자를 쳐다봤다.

"추명반 맞아요."

다담선자는 생긋 웃었다.

핏물을 뿌린 빗살은 어디로 갔는지 보이지 않았다. 손에서 튀어나와 손으로 돌아간 것까지는 알겠는데, 모든 사람의 이목을 속이고 감쪽같이 사라져 버렸다.

'무적기병(無敵奇兵) 추명반!'

세 여인의 놀라움도 이루 말할 수 없었다.

세상에서 가장 빠른 병기, 빗살이 터짐과 동시에 생명을 앗아간다는 죽음의 마병(魔兵)이 나타났다.

마도도, 수검도, 어쩌면 강북무림의 무신이라는 삼원로도 추명반 앞에서는 속수무책으로 목숨을 내놓아야 할지 모른다.

다담선자, 그녀는 일행 중 가장 무서운 무인이었다.

세 여인은 모두의 얼굴을 훑어본 후 언장은마를 따라 땅굴 속으로 기어들어 갔다.


"하하하! 언장은마가 저렇게 생겼구나. 그러니 사람들 만나길 죽는 것보다 꺼리지. 우하하! 아이고, 배꼽이야."

혈유가 배꼽을 잡고 웃어댔다.

웃음이 나오나? 나온다.

죽음이 확실한 순간에도 흔들리지 않는 사람들이다. 몇 번을 고쳐 생각해도 절망적인 상황인데 말을 듣기 전이나 들은 후나 행동에 변함이 없다.

지독하게 꼬인 상황이 아니었다면 언장은마를 이대로 보내지는 않았으리라. 또 이런 상황이 아니라면 언장은마가 모습을 드러낼 리도 없지만.

"천목을 제거했으니 이미 일은 벌어졌고, 우리가 할 일은 뭔가?"

마도가 묵직한 음성으로 물었다.

"서쪽을 쳐야지."

소립파는 담담하게 말했다.

"서쪽에 뭐가 있는데?"

"철벽구망진."

"음……! 철벽구망진 한 개라면 무리없이 뚫을 수 있겠지만…… 한 명당 네 명 내지 다섯 명을 상대해야 하는데, 그러자면 시간이 지체될 거고. 발목을 붙들리지 않을까?"

"엠병! 살길이 있다잖아. 주둥아리 놀릴 시간 있으면 한 놈이라도 눕히는 게 나아."

시마가 마도의 말을 뚝 끊어버렸다.


철벽구망진.

서른 명이 한 조를 이뤄 펼쳐 내는 진법이다. 세상에 존재하는 학문을 두루 섭렵했다는 만박선생이 심혈을 기울여 만든 절진이며, 무림에 나타난 적도 없는 미지의 진이다.

잠사검귀 개개인은 팔 인의 상대가 되지 않는다. 잠사검귀를 이끄는 잠사검주 역시 팔 인 중 누구 하나 당하지 못한다. 그들이 강한 것은 철벽구망진이 있기 때문이다.

만박선생은 이쪽에 마도와 같은 고수가 여덟 명이나 있다는 사실을 알고 있다. 여덟 명 대 철벽구망진 하나의 대결은 잠사검귀들의 몰살로 귀결될 것도 예측한다.

그런데도 펼쳤다?

당연히 철벽구망진을 보완해야 하는데, 계란 껍데기처럼 얇은 막으로 포위망을 구축했다?

양쪽 옆은 건드리기만 하면 툭 터져 나간다. 반면 전면에는 천랑대가, 뒤에는 철벽구망진 두 개에 제육역 십 개 문파 정예 무인들 오백 명을 포진시켰다.

왜 이런 포위망을 구축했을까?

생각할 것도 없다. 장사진(長蛇陣)의 변형이다.

머리를 치면 꼬리가 달려들고, 꼬리를 치면 머리가 공격해 온다. 몸통을 공격하는 것은 최악이다. 머리와 꼬리가 한꺼번에 달려들어 빠져나갈 구멍이 없으니까.

소림파는 최악의 경우를 선택했다.

백여 장에 걸쳐 넓게 퍼진 초지(草地), 은신할 나무나 바위가 전혀 없는 들판.

여덟 명은 누가 먼저랄 것도 없이 멈춰 섰다.

기척이나 살기를 느낀 것은 아니다. 막아선 사람이 있는 것도 아니다. 너무 조용하고 평화로워서 섰다.

"지금쯤 우리 행로가 보고되고 있겠지. 명심해. 시간이 승부야. 일 다경(一茶頃) 만에 빠져나가지 못하면 뼈를 묻게 돼. 다급한 마음에 흩어져서도 안 되고."

펑! 펑! 퍼엉!

말을 끝나기 무섭게 사방에서 폭음이 터졌다.

"흑운무(黑雲霧)! 이놈들 밤에만 활동하는 밤귀신이라더니만 낮도 밤으로 만드네."

고루쌍마는 즉각 사슬 달린 낫을 꺼내 들었다.

콰콰콱! 스으으웃!

고루음마와 고루양마가 전개하는 겸도술(鎌刀術)은 극과 극의 성격을 띤다. 고루양마가 낮이라면 고루음마는 밤이며, 한쪽이 강(剛)이라면 다른 한쪽은 유(柔)다.

극과 극의 성격이 상생하기도 하고 충돌도 일으키며 세상을 뒤덮으니 이를 고루공(骷髏功)이라고 한다.

고루공을 수련하기 위해서는 영적으로 연결되어 있는 쌍둥이가 필요하다. 형제도 무방하고 자매도 상관없으나 오누이가 최상이다.

세상에 쌍둥이는 많다. 하나 영적 감응, 서로의 아픔과 기쁨을 감지할 수 있는 쌍둥이는 흔치 않다.

고루공은 그러잖아도 뛰어난 영적 감응을 극도로 활성화시켜 준다.

합격술(合擊術)로서는 절학 중에 절학이다.

문제는 고도의 영적 감응에서 일어난다. 상대의 생각이나 행동을 자신만큼이나 잘 알게 되면서 떨어지려야 떨어질 수 없는 사이가 된다. 정이 깊어지고, 종래에는 사랑으로 변질된다.

형제 간의 사랑, 자매 간의 사랑, 오누이 간의 사랑.

세상의 어떤 것도, 어떤 사람도 둘 사이를 갈라놓을 수 없다.

패륜(悖倫)을 불러오는 공부, 마공이 아니면 무엇인가.

쒜에에엑! 스으으웃⋯⋯!

고루쌍마는 연신 겸도술을 전개했고, 방원 삼 장에 걸쳐서 물샐틈없는 호신막이 쳐졌다.

파앗! 푸욱!

섬뜩한 파육음과 함께 피보라가 튀었다.

강맹한 양강 겸도가 휩쓸고 지나간 자리에는 틈이 생긴다. 사슬 달린 겸도라서 벌어진 틈이 더욱 크게 보인다. 잠사검귀들에게는 호기로 보였을 테고, 뛰어들고픈 충동을 일으켰으리라.

뛰어든 자들은 암중에 펼쳐진 음겸도에 찍혀 살과 뼈를 내줬다.

번쩍! 파아앗!

다담선자도 부지런히 손속을 떨쳐 냈다.

장님이 허우적거리듯 무작위로 뻗어낸 손길이다.

흑운무가 광명을 빼앗아갔다. 잠사검귀뿐만이 아니라 주위 경물조차 보이지 않는다. 반면에 그들은 환히 볼 수 있으며, 구궁(九宮)과 팔괘(八卦)가 혼합된 칠십이방(七十二方)을 자유롭게 옮겨 다닌다.

소리도 없다. 살기도 없다. 캄캄한 어둠 속에서 불쑥불쑥 검만 튀어나온다.

아주 효과가 없지는 않다. 고루쌍마와 다담선자가 쳐낸 방어막은 잠사검귀들로 하여금 쉽게 들어오지 못하게 만들었다.

"시마, 손(巽)!"

시마가 동남쪽으로 쑥 빠지며 시독(屍毒)을 뿌렸다.

"크윽!"

"컥!"

답답한 신음이 흑무를 뚫고 들려왔다.

"마도, 곤(坤)! 수검, 간(艮)!"

서남쪽에서 붉은 도광(刀光)이 번쩍 빛났다.

혈염도는 무림에서도 이미 인증된 도법이다. 수많은 무인들이 그의 도를 피로 물들이며 죽어갔다.

혈염도법은 초식이 존재하지 않는다. 무리(武理) 같은 것도 없다. 싸움을 반복하며 스스로 깨달아가야 한다. 따라서 본인이 죽으면 대가 끊기고 마는 단맥도(斷脈刀)이며, 철저한 살인도다.

혈염도가 살과 뼈를 취하고 피를 머금었다.

수검은 마도와 정반대인 동북방으로 움직였다.

그에게는 묘한 버릇이 있다. 한 명과 싸우든 열 명과 싸우든 한 사람을 베고 나면 반드시 검을 검집에 넣는 버릇이다.

그를 알지 못하는 사람들은 거만한 여유 때문에 언젠가는 큰 낭패를 불러올 것이라고 말한다.

정말로 알지 못하기 때문에 하는 소리다.

사흡검법(死吸劍法)이라고 들어봤나?

검을 잡는 집검법(執劍法)이 서른여섯 가지. 인체에 검을 대는 접검법(接劍法)이 백팔 개. 검이 닿은 후 베어내고 관통시키는 운검(運劍)이 사십팔 개. 검을 회수하는 수검법(收劍法)이 열여덟 개.

그의 검은 한줄기 검광만 뿜어내지만, 검을 뽑아 베고 회수하는 검로(劍路)의 수는 삼백만 가지가 넘어간다.

검이 갈 수 있는 길을 총망라한 검법이다.

검이 어디서 어떻게 꺾이고 변화할지 알 수 있는 사람은 없다. 번쩍! 하고 검광이 뿌려지는 순간, 상상도 하지 못한 각도에 일격을 당하고 쓰러지는 수밖에 없다.

사흡검법은 굴복시키는 검법이 아니라 죽이는 검법이다. 뿐만이 아니다. 격중된 후에도 계속 나아가 검집에 회수하기까지의 비중이 삼 할이나 차지한다.

베고 난 다음에 검을 검집에 넣는 것은 단순한 버릇이 아니라 그의 검법이 지닌 특성이다.

용서가 없는 검, 살기(殺技)에 치우친 검. 이것이 사흅검법을 마공으로 규정지은 이유이며, 사흅검법을 수련한 자는 이유 여하를 불문하고 무림공적으로 지목된다.

혈염도가 피를 머금을 때, 사흅검도 죽음을 끌어당겼다.

"혈유, 탄(彈)! 다담, 쌍마, 살(殺)!"

소립파가 또 다른 명을 내렸다.

혈유는 눈에 보이지 않을 속도로 일행의 주위를 돌며 백린탄(白燐彈)을 터뜨렸다.

펑펑펑! 펑펑! 화아아악!

초지에 불이 붙었다. 붉은 불길은 풀뿐만이 아니라 검은 운무까지도 태워 버렸다.

불붙은 초지 사이로 언뜻언뜻 검은 그림자가 비쳤다.

고루쌍마와 다담선자는 찰나의 움직임을 놓치지 않았다.

파앗! 쒜에엑…… 스스슷……!

다담선자가 번개처럼 손속을 떨쳐 낼 때 고루쌍마도 강맹하기 이를 데 없는, 너무 음유로워 미풍처럼 여겨지는 겸도를 뻗어냈다.

2

언장은마는 참으로 기묘한 신법을 펼쳤다.

나무가 많은 곳에서는 원숭이처럼 나무에서 나무로, 평지에서는 두꺼비처럼 바짝 엎드렸다가 크게 도약한 후에 다시 엎드리는 이해하기 곤란한 신법이다.

속도 면에서는 많은 제약이 따른다. 자신을 숨긴다는 면에서는 탁월하다고는 할 수 없지만 효과적인 것만은 확실하다.

세 여인은 언장은마의 뒤를 부지런히 좇았다.

이유야 어쨌든 세상 사람들과 어울리기 싫어서 숨어 살아온 사람이니 숨는 재주만은 단연 압도적이지 않겠나.

언장은마는 단 한 마디도 하지 않고 앞서 달리기만 했다.

'다 왔어. 이제 단문협이 지척이야.'

금연화는 주위를 두리번거리며 지형을 확인했다.

단문협에 와본 적은 없다. 자하부에서 출발하기 전에 지도를 보고 주변 지형을 숙지해 놓은 것이 고작이다.

자신이 머릿속에 그렸던 지형과 스쳐 가는 지형이 흡사하다.

꿈만 같다. 영원히 못 올 줄 알았는데. 평상시 같으면 위험해서 오지 않는 것뿐이지, 누가 길을 가로막아서 못 오는 것은 아니었는데. 더욱이 북무림의 공격을 받게 될 줄이야.

언장은마는 길이 없는 낭떠러지 위에서 신형을 멈췄다.

그가 손을 들어 병풍처럼 둘러쳐진 절곡을 가리킨다.

"저기가 단문협인가요?"

언장은마는 고개를 끄덕였다.

"정말 다 왔군."

절혼마녀도 감회 서린 눈길로 단문협을 쳐다봤다.

낭떠러지를 내려가면 코앞이다. 느린 걸음으로 걸어도 일다경이면 충분한 곳에 죽음의 사지가 펼쳐져 있다.

언장은마는 손가락 방향을 바꿔 절벽 중간 부분을 가리켰다.

깎아지른 낭떠러지에 사람 코처럼 완만하게 경사진 곳.

그는 자기 가슴을 탕탕 치더니 떨어지면 분골쇄신(粉骨碎身)을 면치 어려운 절벽을 훌쩍 뛰어내렸다.

절벽을 내려가는 모습도 특이하다.

양팔과 두 다리는 큰대 자로 활짝 펼쳐 공기 저항을 최대한으로 많이 받게 했다. 그런다고 떨어지는 속도가 현격하게 줄어드는 것은 아니지만.

그는 자신이 가리켰던 절벽 중간 부분에 다가가자 몸을 둥글게 말더니 완만한 경사를 박차고 위로 솟구쳤다.

터억!

아무것도 잡을 것이 없어 보이는 절벽에 육신을 실을 만한 곳이 있었나 보다.

언장은마는 절벽에 대롱대롱 매달렸다가 신형을 우측으로 쏘아냈다.

앗! 그가 갑자기 사라져 버렸다.

매달려 있는 곳에서 우측으로 뛰는 것까지는 봤는데 감쪽같이 증발해 버렸다.

"옆에 또 뭐가 있는 것 같네. 두더지 창자 속에도 숨을 수 있는 사람이라기에 설마 했는데, 언장은마가 숨기로 작정하면 찾을 사람이 없을 것 같아."

"아네요."

"아니라고?"

"마야를 잊었어요? 마야는 언장은마를 찾아냈어요. 그러니까 우리 앞에 나타난 거죠."

"호호호! 듣고 보니 그러네."

"가요. 우리보고 따라오란 것 같은데."

"잠깐만. 내가 먼저 내려갈게. 마야가 준 무공을 시험해 보고 싶거든. 현현신법보다 월등한 신법이라 가만히 있질 못하겠네."

절혼마녀는 금연화를 제치고 앞으로 나섰다.

'내려가기 전에 자세히 설명해 주고 가면 오죽 좋아.'

밑을 내려다보니 까마득해서 현기증까지 치민다.

귀적무를 시험하고 싶은 생각은 조금도 없었다. 금연화보다 자신이 조금 더 강하니 앞서려는 것이다.

절혼마녀는 언장은마가 했던 것처럼 절벽에서 뛰어내리며 사지를 활짝 폈다.

'언장은마가 했던 대로 따라 해야 돼. 안 그러면 뼈도 못

추려.'

그녀는 절벽 곳곳을 볼 수 있는 데까지 봤다. 한 번 도약으로 매달릴 수 있는 곳을 찾아야 한다. 낙하 속도는 몸통만한 바위도 찾기 어려울 만큼 빠르다. 하물며 언장은마가 잡아챈 것은 사과 크기에 불과하다.

'저것!'

눈썰미로 언장은마가 매달렸을 것 같은 돌부리를 발견해 냈다.

여유를 부릴 틈은 없다. 경사진 절벽이 코앞으로 훅 밀려든다.

이해할 수 없지만 언장은마가 했던 것처럼 몸을 둥글게 말았다.

타악!

비탈을 두 발로 박찰 때에서야 몸을 둥글게 말아야 했던 이유를 알았다.

단순히 몸만 말아서는 안 된다. 순간적으로 낙하 속도를 더욱 가속화시켜서 탄력을 받게 만들어야 한다. 그렇지 않으면 위로 솟구치지 못하고 비탈 아래로 굴러 떨어진다.

"잘 들어! 여기 아주 조그만 돌부리가 있는데 탄력만 제대로 받으면 잡아챌 수 있어!"

절혼마녀는 낙하하면서 알게 된 일들을 상세히 말해주었다.

'말이 너무 없는 사람도 문제야. 이게 무슨 생고생이람. 그러나저러나 이제는 옆으로 뛸……'

시선을 옆으로 돌리자 사라졌던 언장은마가 보였다.

그는 일 장쯤 떨어진 동혈 입구에서 두 발을 쭉 뻗고 앉아 먼 곳을 바라보고 있었다. 굴러 떨어질 가능성이 십 중 십인 비탈로 몸을 던지지 않았다면 발견해 낼 수 없는 동혈이었다.


"이, 이럴 수가! 이럴 수가! 너희가! 너희가……."

금연화는 부들부들 떨면서 동혈 안으로 걸어 들어갔다.

자하령이 당했을 거라는 말을 믿지 않았는데…….

동혈 안에는 여인들의 시신이 일렬로 나란히 누워 있었다.

촌부(村婦), 의녀(醫女), 광대…… 복장이 각기 달라 한데 모일 일이 없어 보이는 여인들인데 어깨를 나란히 하고 누워 있다.

한발 앞서서 단문협으로 떠났던 자하령이다.

정말 선유비조신법이 이들을 죽게 만든 것인가. 엄지발가락을 들고 걸었다는 말도 안 되는 이유 때문에 죽은 것인가.

금연화는 어깨를 가늘게 떨며 오열했다.

"복수해 줄게. 꼭 복수해 줄게."

일령은 같은 말을 반복하며 자하령의 얼굴을 하나하나 쓰다듬었다.

천진난만하여 아이 같던 일령의 얼굴에 한기가 뺐다. 오뉴

월에 서리를 맺히게 한다는 여인의 한이 그녀의 얼굴을 하나 가득 덮었다.

"큼!"

언장은마가 잔기침을 터뜨리며 다가오더니 자하령의 앞가슴을 활짝 열어젖혔다.

살아 있으면 수줍음에 파르르 떨었을 앙증맞은 가슴들이 환히 드러났다. 더불어서 신이 만든 아름다움을 철저하게 파괴한 흔적도 모습을 보였다.

'일직선으로 가슴을 갈라?'

육봉과 육봉 사이를 일 척 길이로 반듯하게 그어 내린 검흔(劍痕).

세 여인은 분노가 가득 담긴 눈 속에 검흔을 뚜렷이 각인시켰다.

얼굴에서 목 부분까지는 검에 스친 자국조차 없다. 가슴에서 시작해 배까지 일직선으로 그어 내렸다. 이는 검초가 머리 위에서 떨어진 것이 아니라는 사실을 말해준다.

사선(斜線)이다.

머리 위에서 시작한 것은 맞지만 목을 베어낼 것처럼 옆에서 흘러들었다. 자하령은 검을 피하기 위해 물러섰을 것이고, 상대는 검초에 변화를 주며 바짝 따라붙었다.

베어내는 검초에서 내리긋는 검초로 변화했으면서도 위력은 조금도 떨어지지 않았다.

이건 비정상적인 검초다.

사선으로 흐르는 검의 정점과 내리긋는 검의 시작점은 동일하다. 이럴 경우에 힘의 배분은 교차점에서 다시 주어져야 한다. 최초의 힘으로 내리긋기까지 마무리할 수는 없다. 호선(弧線)으로 둥글게 휘어지는 검초는 하나의 힘으로 마무리가 되지만 각도를 주어 꺾는 검초는 교차점을 통과하는 순간에 위력이 절반 이하로 감소된다.

자하령이 몸으로 보여준 검초는 비정상적인 검초가 정상적으로 운용되었다는 것을 말해준다.

금연화가 알고 있기에 이런 검초는 세상에 단 하나뿐이다.

북검문의 무류검법(無留劍法).

천랑대, 천비대, 천검대는 대라구절검(大羅九絶劍)을 사용한다. 표면에 드러난 북검문 무인들은 모두 대라구절검으로 위용을 떨친다.

무류검법은 세상에 선보인 적이 없는 미지의 검법이다.

하나 분명히 존재한다.


"겉으로 보이는 게 북검문의 전부라고 생각하면 안 돼. 소 꼬리를 보고 소를 봤다고 말하면 안 되지. 혈귀대는 지금보다 배 이상 강해져야 돼. 영검(靈劍). 검에 혼이 담긴 것처럼 막힘이 없이 자유자재로 흐르는 검. 다음 목표는 무류검법이야. 무류검법을 넘어서야만 죽어서는 안 될 사람이 되는 거야. 하하하! 간신히 소모품에서 벗어나는 거지. 걱정 마. 자신있으니까."


혈귀대주의 다음 목표였던 무류검법이 자하령의 몸에 나타났다.

그는 무류검법을 영검이라고까지 말했다.

누가…… 누가 이런 검법을 사용하는가.

'일이 점점 커지고 있어. 마야 말대로 복수는 요원할지도 몰라. 그래도 해야 돼. 무슨 일이 있어도.'

금연화는 주먹을 으스러져라 움켜잡았다.


단문협은 비어 있지 않았다.

무복 왼쪽 가슴에 이리 얼굴을 붉은 실로 새겨 넣은 천랑대 무인들이 군데군데 모여 앉아 한담을 즐겼다.

"마야도 틀릴 때가 있네. 단문협이 텅 비어 있을 거라더니."

절혼마녀가 바위 뒤에 몸을 은신한 채 무인들의 동태를 살피며 말했다.

"아네요. 반은 맞고 반은 틀렸어요. 이곳에는 천랑대 삼대가 있어요. 일대, 이대, 사대. 각 대는 십오조로 구성되었죠. 열세 명씩 열다섯 개 조. 거기에 대주가 있고, 대주 직속 무인들이 네 명 있어요. 그래서 각 대는 딱 이백 명이에요. 보세요. 저들은 모두 열두 명. 대주들의 직속 무인이에요."

"무공은 어느 정도야?"

"몰라요."

분명히 만만치 않을 게다. 북검문이 내놓은 최정예 무인들이지 않은가. 하나같이 싸움에는 도가 텄다는 싸움꾼들이다.

"빨리 무슨 방법을 찾아야 되는데, 도무지 생각나는 게 없네. 이럴 때 그 사람이라도 있었으면 좋을 텐데."

'마야.'

금연화는 마야를 떠올렸다.

절혼마녀의 말대로 마야가 있었다면 무슨 방도를 강구해 냈을 것 같다. 그가 있었다면 지금쯤 단문협 안으로 들어가서 혈귀대주의 체취를 맡고 있으리라.

'저기서 그 사람이 죽었어. 저렇게 음침한 곳에서. 하늘이 손바닥만하게 보이는 곳에서 외롭게 죽어갔어.'

마음 같아서는 당장 뛰어들고 싶은데.

시간이 없다. 마인들이 절망에 가까운 포위망을 뚫었는지 협격당하고 있을지 모르지만, 어떤 경우든 오래가지는 않을 것이다. 천랑대 무인들이 곧 들이닥칠 게고, 그러면 영원히 들어갈 기회는 사라진다.

'방법을 찾아야 되는데……'

세 여인은 아무 방법도 찾지 못했다. 그러나 단문협에 들어설 수 있는 기회는 너무 쉽게 찾아왔다.

쒝에엑! 쒝에에엑!

하늘에서 뚝 떨어진 듯 귀신처럼 나타난 사람들이 무서운 속도로 협곡 안을 휩쓸어갔다.

천랑대의 반격도 신속했다.

마음이란 마음은 모두 풀어놓고 한가하게 잡담을 늘어놓고 있었는데, 어느새 검을 움켜잡고는 허공으로 도약했다.

벼룩 수십 마리가 일제히 튀는 것 같다.

이쪽이나 저쪽이나 발이 땅에 닿을 틈도 없이 쾌속하게 움직인다.

제일 먼저 피를 이끌어낸 것은 번쩍! 하고 터진 섬광이었다.

"크윽!"

허공으로 솟구쳤던 천랑대원이 낮은 비명을 토해냈다.

그의 머리는 섬광에 잘려져 하늘 높이 떠올랐다. 머리가 잘린 줄은 모르고 비명을 토해내며. 몸통도 끔찍하다. 머리 없는 몸통이 예정된 수순에 맞춰 검을 쳐내고 있다. 검에 실린 강기(剛氣)도 전혀 흐트러지지 않았다.

뇌가 감지하지 못할 속도로 죽음을 끌어내는 섬광.

파파파팟!

허공을 가르는 것이 있는 것 같다. 소리도 없고 형체도 보이지 않아서 무엇인지는 모르지만 분명히 공기를 가르는 것이 있다.

"으윽!"

천랑대원 한 명이 느닷없이 비명을 내질렀다. 몸에서는 사방에 구멍이 뚫린 듯 선혈이 치솟았다. 머리, 어깨, 가슴, 배, 팔, 다리…… 몸 안에서 화약이 터져 폭발하는 것 같다.

철컥! 철컥!

검이 검집을 빠져나왔다가 다시 들어가는 소리도 연신 들렸다. 그리고 그때마다 천랑대원이 썩은 짚단처럼 무너졌다.

천랑대원은 강하다. 하나 그들이 맞이한 자들은 더욱 강하다. 그들이 상대하는 자 중에 한 명은 정사마를 통틀어 가장 강한 몇 명 속에 포함된 사람이다. 그리고 다른 사람들은 그런 자를 무서워하지 않는 괴물들이다.

천랑대원 열두 명이 시신으로 변하는 것은 순간이었다.


세 여인은 부지런히 단문협을 누볐다.

흔적을 하나라도 찾아야 되는데…… 검 쪼가리도 좋고 핏자국도 좋고 뭐가 되었든 찾아내야 하는데.

단문협은 무슨 일이 있었냐는 듯 시치미를 뚝 뗐다.

'아무것도 없다니. 이럴 수는 없어. 이럴 수는 없는 거야!'

없는 것은 없는 것이다. 종이 쪼가리 하나 나오지 않는 곳을 백날 뒤져 봐야 무얼 하는가.

금연화는 허탈한 심정을 이기지 못하고 털썩 주저앉았다.

절벽은 왜 이렇게 높을까. 하늘은 왜 이리도 시릴까. 땅은 왜 이렇게 척박할까.

무얼 하러 왔나. 목숨을 걸고 왔는데 삭막한 돌덩이만 보고 돌아서야 하나. 이곳에서…… 이곳에서 그는 어떻게 죽었나. 누가 그를 죽였나. 검에? 창에? 도끼에? 그를 죽음으로 몰아넣은 병기는 무엇인가.

단 한 명이라도, 단 하나의 근거라도 발견해 낸다면 차근차근 되짚어가려고 했건만 아무것도 할 수 없게 되었다.

돌아갈 곳도 없다.

이제는 어디로 가나. 무엇을 하나.

망연자실하게 앉아 있던 금연화는 문득 마야를 떠올렸다.

'저 사람이라면…… 어떻게든 할 수 있을 거야.'

마야는 단문협을 뒤지지 않았다.

벗이 죽은 곳인데, 어떻게 죽었나 알아봐야겠다는 말이 아직도 귀에 쟁쟁한데 그가 한 일이라고는 우두커니 서서 협곡 사이로 불어오는 바람을 음미하는 일뿐이었다.

마야라면…… 그가 알아보고자 한다면 조그만 흔적이라도 찾아낼 수 있을 게다.

빠져나올 구멍이 전혀 없다고 생각되던 포위망을 뚫은 사람이다. 도주하기도 급급하리라는 생각을 비웃듯 역으로 단문협을 쳐 버린 사람이다. 무엇보다 그에게는 특이한 능력이 있다.

금연화는 자리에서 벌떡 일어나 마야에게 다가갔다.

"찾아줘요."

밑도 끝도 없이 한 말이다.

마야는 대답하지 않았다.

"무엇이든 좋아요. 찾아줘요."

마야는 그녀의 말을 무시했다.

"다담, 그놈이 죽은 곳이야. 그놈답게 좋은 곳에서 죽었군."

"차릴까요?"

다담선자는 사근사근 말했다.

경장이 착 달라붙어 몸의 굴곡을 완연히 드러낸 대담한 여인이다. 천랑대 사이를 누빌 때는 표범을 능가하는 민첩함을 보였다. 사람을 죽일 때도 망설임이라고는 티끌만치도 찾아볼 수 없었다.

그런 여인이 마야 앞에서는 세상에서 다시 찾아볼 수 없는 현숙한 여인이 된다.

마야는 고개도 돌리지 않은 채 말했다.

"정성을 다해."

다담선자는 널찍한 바위를 골라 준비해 온 것을 풀어놓았다.

사과, 배, 대추, 곶감, 떡, 고기······.

언제 이런 것을 준비했나. 싸우고 도주하기도 바빴을 텐데,

사람들을 피해 다녀야 할 처지였는데.

다담선자는 술병을 꺼내놓고 향까지 살랐다.

"마야."

소립파는 고개를 끄덕였다.


향이 하늘하늘 피어난다.

"자식…… 네놈은 술복이 없었지. 마실 만하면 떨어졌으니까. 네놈 복이 그러니 오늘이라고 다를까. 입만 버렸다고 지랄할 것 같으면 아예 처먹지를 말고."

소립파는 술병을 들어 땅 위에 콸콸 쏟아 부었다.

그가 한 일은 그게 전부다. 그는 절도 하지 않고 뒤돌아 협곡 밖으로 걸어갔다.

다담선자가 금연화에게 다가와 지전(紙錢) 한 뭉치와 술병을 내밀었다.

"저쪽에서 기다릴게요. 천랑대가 오려면 반 각 정도 더 있어야 될 거예요. 이야기는 나중에 해요."

술병과 지전 뭉치를 어떻게 받았는지 모르겠다.

금연화는 몽유병 환자처럼 비틀비틀 걸어가 제상 앞에 털썩 주저앉았다.

"아가씨."

일령이 어깨를 잡으며 말을 걸어올 때에서야 정신이 돌아왔다.

'그래, 여긴 단문협이지. 그 사람이 죽은 곳.'

우선 새로운 향을 사르고, 술을 따라 올린 후에 재배(再拜)를 했다.

혈귀대주에게 두 번째 하는 절이다.

지전 뭉치도 살랐다. 그의 무덤 앞에서 준 용채도 넉넉할 텐데, 또 준다.

'가가, 돈이 없어서 기죽는 일은 없을 거예요. 그렇죠?'

눈물이 솟구치지만 꾹 눌러 참았다. 두 번 다시 울지 않는다고 했다. 복수를 끝낸 다음에 속 시원히 펑펑 울겠다고 약속했다.

'가가 친구를 만났어요. 마야라고 하네요. 야속해요. 이런 친구가 있다고 귀띔이나 해주시지. 가가 친구가 아니었으면 여기까지 오지도 못했을 거예요. 정말 대단한 사람이에요. 가가, 가가께서 보내신 거죠? 그렇죠? 그럼 끝까지 도와주세요. 저, 저 사람 도움이 필요해요. 가가께서 힘 좀 써줘요.'

그가 죽은 곳에서 다시 한 번 복수를 다짐한다.

일은 상상 이상으로 크다.

북검문에 충성을 바쳤던 사람이 죽었는데, 죽은 곳을 보지도 못하게 한다. 굳이 보러 가겠다고 하니 되레 죽이려고 한다.

세상이 미쳤다. 미치지 않고서는 이런 일이 벌어질 수 없다.

금연화는 마지막 지전까지 사른 후 몸을 일으켰다.

'가가께서 죽은 곳, 다시는 오지 않을 거야.'


"잘 봐둬."

소립파의 얼굴에서는 증오를 읽을 수 없다. 복수심이나 혈기도 느껴지지 않는다. 얼굴만 아는 벗이 죽었을 때처럼 담담하다.

"이 협곡 양쪽에 상조문이 있었어. 혈귀대가 지나간 자리에 풀 한 포기 남지 않고, 상조문이 지나간 자리에는 시신 썩는 냄새만 풍긴다고 했나? 상조문이 저 위에서 화살을 쏴댔지."

'사, 상조문!'

금연화는 깜짝 놀랐다. 듣고 있던 절혼마녀와 일령도 소스라치게 놀랐다.

남무림 저승사자인 상조문이 왔었나.

"저 앞…… 협곡 입구에는 독조림이 있었다."

"남만의 맹수들까지!"

소립파는 놀랄 틈도 주지 않았다.

"그리고 우리가 서 있는 이곳에는 철사문의 기마대들이 있었어. 사방이 포위된 형국이지. 이만하면 죽을 자리 아닌가."

"음……!"

신음밖에 나오지 않는다.

소립파가 천여 명에게 둘러싸였다고 말할 때도 기가 막혔지만 지금은 더 기가 막힌다.

상조문, 독조림, 철사문…… 어느 한 문파도 녹록한 문파는 없다. 혈귀대가 살육의 집행자들이지만, 이들 문파와 정면으로 부딪쳐서는 승산이 없다. 혈귀대는 단 아홉 명뿐이지 않나.

소립파는 세 여인의 얼굴에 나타난 표정을 보고 마음을 읽은 듯 피식 웃었다.

"당신들은 혈귀대주의 진가를 모르는군. 상조문, 독조림, 철사문이 나섰으니 곤혹스러운 것은 맞지만 혈귀대를 어쩌지는 못해."

"혈귀대가 그, 그 정도였나요?"

절혼마녀가 놀란 눈으로 물었다.

금연화의 연인이 혈귀대주이니 혈귀대에 대해서 귀를 기울여 왔다. 북검문의 수련관을 거치지도 않은 일개 무부가 일약 영웅의 반열에 올랐기에 더욱 관심을 가졌다.

확실히 대단한 사람이다. 하지만 남무림 최강 정예들과 부딪칠 정도는 아니라고 봤는데. 그들이 명성을 날린 것은 뛰어난 전략과 기습 때문이라고 생각했는데.

"혈귀대에는 삼첨양익진이 있었어. 돌파력으로 따지면 단연 중원 최강. 후후! 언젠가 삼첨양익진을 깨뜨릴 방법에 대해서 토론한 적이 있었지."

"토론한 적이 있다면…… 삼첨양익진은 혈귀대주가 창안한 진법이 아니란 말인가요?"

소립파는 절혼마녀의 말에 대답하지 않았다.

"나나 그놈이나…… 일단은 이런 곳으로 몰아넣어야 한다는 데는 의견이 같았지. 삼면이 막힌 곳이면 더 좋지만 그런 지형으로 걸어 들어갈 바보는 없고. 좌우만 막아도 최선이지. 그리고 앞뒤를 막으면 첫 단계는 성공이야."

북무림 사람들 모두가 삼첨양익진은 혈귀대주가 창안한 진법으로 알고 있다. 그런데 마야도 알고 있으며, 같이 토론까지 했다면…… 혈귀대주와 마야는 어디에서 태어나 어디에서 자란 사람들인가.

"삼첨양익진을 깨뜨리는 방법은 차이가 났어. 그놈은 절벽 위에서 만 근 화약을 던지겠다고 하더군."

"마야는 어떤 생각이었는데요?"

"화살."

"네? 방금 전에 상조문이 화살 공격을 했다고……."

"그런 화살이 아니라 강궁이어야 하지. 화살 한 대에 혈귀대원 한 명을 죽일 수 있는 강궁. 일장일단이 있어. 화살은 번거롭고 실패 가능성이 있는 반면에 화약은 실패가 없는 대신 길을 막은 자들까지 몰살을 면키 어렵지."

"가만! 강궁이라면…… 남도문주의 의제, 궁왕 강창도!"

금연화가 소리를 빽 질렀다.

"말해줄 건 다 말해줬어. 이제 헤어질 때가 된 것 같군."

'여기서 헤어질 순 없어.'

금연화는 소립파가 종종 그랬던 것처럼 그의 말을 무시했다.

이런 상황에서 어디로 가란 말인가. 무엇을 어떻게 하란 말인가.

"소저."

소립파의 말투가 변했다.

그가 여인을 지칭하는 말은 너 아니면 그대였다. 평상시 말투는 너였고, 아끼고 존중하면 그대였다. 소저라는 말은 너무 생소하다.

"혈귀대주는 잘 살다 갔어. 소저 같은 여자를 만난 것만으로도 인생 하나쯤 버릴 만한 가치가 있었다고 봐."

"고마워요. 잘 봐줬네요."

"진담이다. 괜찮은 여자야."

그 말을 끝으로 소립파는 마인들과 함께 멀어지기 시작했다.

第十四章

인취집(人聚集)
—사람들이 모이다

# 1

시신 마흔두 구가 사인별(死因別)로 분류되었다.

"절반 정도는 사인이 독특해서 쉽게 파악할 수 있었습니다."

추혼검수가 허리를 굽힌 채 말했다.

"어떤 놈들이야! 빨리빨리 말해봐!"

호랑이가 포효하는 듯 사방이 쩌렁 울렸다.

우람한 덩치에 이목구비가 크고 굵으며, 수염이 거칠고 짙은 협골호한(俠骨豪悍)의 사내가 터뜨린 음성이다.

천랑대주 열화신검(熱火神劍) 왕립위(王立偉).

사내의 이름이다. 자잘한 일은 신경도 쓰지 않는 대범한 사내이며, 패주하는 남무림 문도들을 쫓아서 단신으로 장강을 넘어 이백 리나 추적해 들어갈 만큼 담력이 큰 사내다.

추혼검수는 깍듯이 예의를 갖춰 말했다.

"제일 먼저 찾은 건 독수전. 혈유라는 개새끼에게 여섯 명이 당했습니다. 그 다음은 시독. 녹혈마공의 특징인데, 다섯 명이. 겸도술을 놀라운 경지까지 수련한 작자도 있는데, 당금 무림에서 이 정도로 겸도를 사용할 수 있는 자는 고루쌍마. 여섯 명이 죽었습니다."

"크하하핫! 때려죽일 놈들! 쥐새끼들이 기어나왔단 말인가! 북검문을 물렁하게 봐도 아주 단단히 물렁하게 봤군. 그럼 대가를 치러야지. 크하하핫!"

천랑대주는 드넓은 허공에 분노를 발산했다.

"또 어떤 자들이지?"

천랑대주와는 정반대로 지독한 한기를 뿜어내는 음성.

언제나 잔잔하지만 먹이를 물면 결코 놓치는 법이 없는 천비대주다. 어떤 먹이든 물었다 하면 사지를 찢어놓지 않는 한 결코 멈추지 않는 잔혹한 사내다.

"나머지 스물다섯 명의 사인은 좀처럼 구분할 수 없었습니다. 직접 봐주시기를."

천랑대주는 말이 끝나기도 전에 성큼성큼 걸어가 시신들을 뒤적거렸다.

"마…… 도?"

그의 입에서 심상치 않은 소리가 새어 나왔다.

"이리 와서 봐봐. 내 눈에는 마도의 혈염도 같은데, 잘못 본 건가?"

천비대주도 이미 시신을 보고 있었다.

"추혼, 시신들의 위치를 바꿔. 세 번째 시신을 끝으로 놓고, 두 번째는 네 번째로. 다섯 번째를 두 번째로 옮겨."

추혼검수는 말이 떨어지기 무섭게 시신들을 옮겼다.

도에 베인 시신은 모두 일곱 구. 잠사검귀가 다섯 명에 천랑대원이 두 명이다.

"혈염도에 죽은 시신을 보면 초식이 아니라 싸우는 광경이 떠오른다고 하더니 사실이군. 올려치고 내려치고, 뒤로 돌아 찌르고. 여기까지가 한 호흡. 도를 빼서 우측으로 몸을 틀며 후려치고, 몸을 낮춰 두 다리를 베어내고 흐른 도를 되돌려 몸통을 가르고. 이 다섯 명은 두 호흡 만에 당했어. 무서운 쾌도야."

천비대주는 잠사검귀들의 시신을 분석했다.

"마도가 살아 있었다니! 후후후! 오랜만에 피가 끓는군. 한동안 잠잠해서 몸이 근질거렸는데, 붙을 만한 놈과 만난 건가."

"마도는 정사마 통틀어 최강자 중 한 명으로 거론되는 자야. 난 자신없는데, 자신있나 보지?"

"후후후! 그렇게 말하는 걸 보니 피가 얼음장처럼 차졌겠군. 마도 그놈, 내 손에 걸리면 목이 베이는 것으로 그치지만 자넬 만나면 살점이 남아나질 않겠어."

"북검문을 건드린 대가는 녹록치 않아."

두 사람은 말을 나누면서 다음 시신들로 다가섰다.

어떤 자에게 당했는지 분별할 수 없다는 두 번째 시신들이다.

시신은 모두 여덟 구. 잠사검귀가 여섯 명에 천랑대원이 두 명이다.

두 사람은 한참 동안이나 시신을 뒤적거렸다.

"음……! 모르겠어. 이게 어떤 초식이지?"

천랑대주가 신음을 토해내며 말했다.

"똑같은 수법이 하나도 없다? 사혈(死穴), 미혈(微穴) 가리지 않고 쑤시고 베었는데 하나같이 치명상. 검이 박힌 자국도 전부 다르고…… 여덟 명이 한 문파에서 배출한 여덟 명에게 당했다면 설명이 되겠는데…… 혹시!"

"사흡검법을 생각하는 건가?"

"자네도?"

"마도에 이어 사흡검법까지. 이건 장난이 아닌데."

두 사람은 농담할 여유가 없었다. 마도 한 명이라면 처리해보겠지만 사흡검법까지 등장했다면 심각해진다.

누가 먼저랄 것도 없이 세 번째 시신에 달라붙었다.

한 사람에게 가장 많이 당했다. 시신은 모두 열 구. 잠사검귀가 일곱 명에 천랑대원이 세 명이다. 잠사검귀들 중 한 명은 만박선생의 수족이나 다름없는 잠사검주다.

"명검(名劍)이나 보도(寶刀)에 당한 것 같은데 어떤 병기인지 파악할 수가 없었습니다."

추혼검수가 자신이 파악한 바를 말했다.

그의 말처럼 시신들은 깨끗한 솜씨에 당했다. 목이 떨어져 나가고, 심장이 갈라지는 잔혹한 상처인데도 참으로 편안하게 죽었구나 하는 생각이 절로 일었다.

"살이 조금도 밀려 들어가지 않았어. 마도도 이 정도로 빠르지는 않은데."

"이게 인간의 솜씨란 말이지."

그때다. 그들의 등 뒤에서 조용한 음성이 들려왔다.

"반은 맞고 반은 틀린 말이오. 인간이 펼쳤으니 인간의 솜씨인 것 맞지만, 결정적인 사인은 병기의 효험이 컸기 때문이니 병기의 솜씨라고도 할 수 있죠."

두 사람이 일어나 포권지례를 취했다.

천랑대주와 천비대주로 하여금 포권지례를 취하게 만든 자, 그가 착 가라앉은 음성으로 말했다.

"추명반이라는 마병이 있는데, 들어봤소?"

장막(帳幕) 안에 자리잡은 사람들은 숨소리도 흘리지 못했다.

"만박, 이번 일은 당신 머리에서 구상된 것 같은데, 맞나?"

천랑대주와 천비대주로 하여금 예를 취하게 만든 자가 말했다.

나이는 서른 중반쯤 되어 보인다. 키는 보통보다 조금 더 크고, 몸매는 다부지다. 풍기는 기도가 너무 단단해서 싸움을 걸 엄두가 나지 않는다. 그러나 두렵지는 않다. 여인의 마음을 단숨에 끌어당길 만한 용모와 포근한 미소가 사람들의 마음을 편안하게 풀어준다.

무림의 살아 있는 신화인 북검문주와 삼원로에게서 직접 무공을 사사받은 행운아 중에 행운아. 대외적으로는 칠성군으로 불리나 문내에서는 공자(公子)로 불리는 사람들 중 한 명.

삼공자(三公子) 단부동(段付東)은 인용(仁勇)을 겸비해서 따르는 문도가 많다. 하나 그가 지닌 무쌍의 권력 또한 무시하는 사람이 없다.

만박선생은 고개를 가볍게 숙여 보인 후 말했다.

"맞습니다. 미천한 머리로 치졸한 수를 내놨는데 역시 안 되는군요."

"하하하! 만박선생의 머리가 미천하다면 내 머리는 돌이지. 차근차근히 풀어보자고. 겨우 열한 명을 잡기 위해서 천이백이나 동원한 것은 보통 발상이 아닌데, 뭐였어?"

"천비대주님께 말씀드렸습니다만……."

"아! 나도 전서는 오면서 봤어. 요명에게 설명도 들었고. 마야가 나타났다고?"

만박선생은 의미 모를 미소를 지었다.

마야라는 존재는 북검문 입장에서는 눈길도 받지 못할 만큼 미미하다. 소문처럼 그가 마도인들을 결집시킬 힘이 있다고 해도 언제든 발로 밟아 죽일 수 있는 벌레쯤으로 생각한다.

관심을 끄는 것은 마야가 적혈구에서 보여준 능력이다.

짐작대로 마령음이 맞는다면 무림 판도를 단번에 바꿔 버릴 대사건이다.

별것도 아닌 일에 강북무림의 최강자들이라고 할 수 있는 칠성군이 우르르 몰려나온 것도 같은 이유다.

마령음은 마야의 손에서는 제 위력을 발휘하지 못한다. 기껏해야 탈출할 때 도움을 줄 수 있는 정도랄까? 하나 그만한 힘이 오공자 이신녀에게 주어진다면, 또 남무림에 넘어간다면 그때야말로 치명적인 사건이 된다.

칠성군에게 넘어가면 남무림과의 팽팽한 대치 상태가 깨어진다. 또한 마령음을 취한 사람이 차기 북검문주로 등극할 것도 눈에 보인다.

남무림이 취한다면 반대의 경우가 되겠지만.

마령음은 이 시대에 사는 사람이라면 누구나 욕심낼 법한 진기(珍技)다.

만박선생은 드러내지 않은 삼공자의 속내를 짐작하고 마령음에 대한 말부터 꺼냈다.

"적혈구에서 노랫가락을 들었습니다. 잘 부르는 소리는 아니었는데…… 그 소리를 듣는 순간 마야 쪽의 힘은 배가되었고, 저희는 반감되었죠. 소리로 진기를 끌어올리고 감소시키는 무공이 또 있다면 모르겠지만, 천박한 제게는 마령음 같더군요."

"인간이 낼 수 없는 소리가 나왔다는 말이군."

삼공자가 궁금해하는 점은 이것뿐이다. 다른 이야기는 관심도 갖지 않으리라. 하지만 명분은 채워줄 필요가 있다. 그리고 또 알아야 한다.

"상소라는 곳에서 잠사검귀 다섯 명이 죽었죠. 그들을 죽인 자가 혈유, 마야의 수족입니다."

"혈유라……."

역시 관심없다. 진지하게 듣는 듯해도 머릿속으로는 딴생각을 하고 있는 게 눈에 보인다.

"적혈구에서 비조선을 타고 건널 때 고루쌍마도 봤죠. 특이한 체형이라서."

"그리고?"

"경산(京山)에서부터 자하일봉과 행동을 같이했던 노인이 있었고, 기도가 심상치 않은 두 사내도 있었죠."

"그들이 시마, 마도, 사흡검법을 지닌 자군. 가만! 그럼 그

때까지만 해도 추명반은 없었다는 말이네?"

"그렇습니다. 추명반은 합류하지 않은 상태였죠. 추혼검수께서 하선루를 뒤졌는데……."

"선봉이란 선루를 지워 버린 이야기는 들었고. 다음."

삼공자는 부드러운 어조로 이야기를 재촉했다. 왜 그렇지 않을까. 지금이라도 당장 마야를 붙잡고 싶은 욕구가 부글부글 끓어오를 텐데.

"마야가 선봉에 있을 때 추명반이 합류한 것으로 보여집니다. 전 그때까지만 해도 시마, 마도, 사흅검법, 추명반은 생각지 못했지요. 혈유와 고루쌍마가 있으니 그에 필적하는 자들일 것이라고. 그래서 말씀드렸다시피 미천한 재주를."

"철벽구망진이 그렇게 허약했다면 처음부터 삭골망혼진으로 몰아넣지 그랬어."

"아서야 할 게 하나 더 있죠. 철벽구망진을 허약하다고 말씀하실 분은 공자님뿐. 그런데 깨졌단 말이죠. 그것도 몰살이라는 최악의 경우로. 천랑대주님."

만박선생은 '공자님'이라는 말을 하려다 천랑대주 쪽으로 화살을 돌렸다. 천비대주나 삼공자와는 우의를 쌓아야 한다. 조그만 자존심도 건드릴 필요가 없다. 하지만 천랑대주는 경계해야 할 자다.

"흑운무를 깔아놓고 잠형신법(潛形身法)을 펼친 후에 무음검(無音劍)을 전개하는 자들과 만났다면 어떤 수를 쓰실지.

단, 일 다경 안에 파해해야 한다는 조건이 붙습니다만."

천랑대주는 쉽게 대답하지 못했다.

어떤 식으로든 깰 수야 있을 것 같은데, 일 다경이라는 시간적 제약이 붙는다면 쉽게 해답이 나오지 않는다. 더군다나 그가 알고 있는 철벽구망진은 만박선생이 말한 게 전부가 아니다. 잠사검귀들을 운용하는 묘리에는 팔괘와 구궁의 묘가 깃들어 있다.

"나로선 힘들겠군. 일 다경 안에 끝내야 한다면."

천랑대주가 눈살을 찡그리며 말했다.

"딱 하나. 눈으로 보고 칠 수 있다면 가능하죠."

"하하! 농담하나. 그럼…… 마야가 흑운무를 뚫고 은신해 있는 잠사검귀를 보았다는 말인가?"

"도가에 자연을 보는 눈이 있죠."

"만공심안!"

"마야라는 자, 괴상한 자예요. 그가 펼치는 능력이라는 것이 전부 무공이 아네요. 만약 무공을 지녔다면 어떨까요? 전 끔찍하다는 생각이 드는데."

모두들 벙어리가 되었다.

마령음은 진기의 흐름을 절반 이하로 떨어뜨릴 수 있다. 만공심안을 무학에 응용하면 쾌검을 둔검으로 만드는 효과가 있다. 아무리 빠른 초식이라도 한눈에 꿰뚫어 볼 수 있다.

어떤 자라도 그의 앞에서는 삼류무인으로 전락할 수밖에

없다.

삼공자 단부동의 얼굴에서 웃음기가 사라졌다.

그는 의자에 깊숙이 몸을 묻고 깊이 생각하다가 불현듯 생각난 게 있는 듯 말을 꺼냈다.

"사형제들이 올 거야. 마야 건은 사형제가 모두 모이면 다시 이야기하자고."

"그럼 저 먼저 일어서겠습니다."

천랑대주는 삼공자의 얼굴을 힐끗 쳐다본 후 몸을 일으켜 장막 밖으로 나갔다.

삼공자는 천랑대주가 사라진 후에도 한동안 입을 열지 않았다.

뜨거운 차가 차게 식을 무렵, 삼공자는 상체를 반듯하게 일으키며 형형한 눈길로 만박선생을 쳐다봤다.

"북검문에는 삼뇌(三腦)가 있지. 내 개인적인 생각이지만 머리가 너무 많아. 떠드는 사람이 많아서야 배가 산으로 가지. 일뇌(一腦)면 충분하다고 보는데, 자네 생각은?"

'위험!'

만박선생은 살기를 감지했다.

너무 위험한 말을 단도직입적으로 한다. 대답 여하에 따라서 이 자리에서 목을 벨 수도 있음이다. 죽음을 안겨줄 사람은 천비대주다. 천비대주와 삼공자가 한 배를 타고 있다는 사실은 비밀도 아니니까.

천랑대주가 물러갈 때 조금은 비밀스런 이야기가 나올 것이라고 예상했는데, 직접 몸통을 치고 나오는 것인가. 삼공자답다. 툭툭 털어놓고 즐기는 것은.

인용을 겸비했다고 알려진 사람, 그에게는 추진력도 있다.

만박선생은 웃음 띤 얼굴로 말했다.

"천기수사(天機修士)와 육능자(六能子)를 제거하겠다는 말씀처럼 들리는군요."

상대가 노골적으로 나올 경우 대응 방법은 세 가지다. 이쪽도 탁 터놓는 것이 하나요, 두루뭉술하게 피해가는 것이 둘이요, 암계(暗計)를 심는 것이 셋이다.

만박선생은 네 번째 방법을 선택했다.

뜸을 들이는 것.

"바로 그거야. 만박선생이 할 일이."

"어려운 말씀. 소생에게 무슨 힘이 있다고요."

"하하하! 이제 와서 발뺌하기는 너무 늦었지. 본문에 있어야 할 만박이 천비대주와 동행한다는 건 나보고 오라는 소리 아니었나? 그 정도 눈치는 있다고 보는데. 왜? 다시 생각해보니 그릇이 너무 작은 것 같은가?'

"절 너무 높게 보시는군요. 하나 이미 나온 말이니…… 일생일대의 도박 같은데, 공자님을 관찰할 시간쯤은 주실 거로 생각됩니다만."

"후후후! 나를 관찰하겠다?'

"우선 선물은 드리지요."

"선물이라."

"마야면 되실는지."

삼공자의 눈에 광채가 어렸다.

"좋아. 주는 선물이니 기꺼이 받지."

"마령음과 만공심안은 얻으실 수 있으신지요?"

"자네가 내게 오는 게 그땐가?"

"마령음과 만공심안이 한 사람에게 집중된다면 승패는 갈라진 것. 망설일 이유가 없죠."

"얻지 못한다면?"

"선택의 여지가 없죠. 공자님께서는 망인(亡人)이 되셨을 테니. 제 선물에는 독이 발라져 있는데, 그래도 받으실지."

삼공자 단부동은 촌각도 망설이지 않고 답했다.

"언제 줄 텐가?"


칠신녀(七神女)를 제외한 사남 일녀, 그들은 삼공자보다 한 시진이나 늦게 도착했다.

천비대가 상황이 종료되었다는 소식을 늦게 전한 까닭이다. 그러나 그들은 불쾌한 기색을 띠지 않았다. 천비대와 삼공자는 한 몸이나 다름없으니 조그만 불이익을 받는 것은 당연하다.

지금까지 항상 그래 왔다. 정보를 접하는 면에서 삼공자는 늘 한발 앞서 나갔다. 어떤 경우에는 삼공자만 알고 넘어가는 사건도 왕왕 발생했다.

솔직히 화가 난다.

그래도 참는다. 정보 쪽에서는 뒤지지만 다른 쪽에서 우월한 힘을 가지고 있으니 한쪽에서 뒤진 것은 그쪽에서 만회하면 된다.

천랑대주는 호탕하게 웃으며 걸어가 일공자에게 포권지례를 취했다.

"하하! 마야란 놈이 마령음뿐만이 아니라 만공심안까지 펼쳤다는군요. 안으로 드시죠. 만박선생이 자세한 말씀을 해줄 겁니다."

마흔쯤 되어 보이는 중년인, 일견하기에도 끊고 맺음이 분명해 보이는 일공자 고굉성(顧宏星)이 기분 좋게 웃으며 천랑대주를 반겼다.

"고생한다는 소리는 들었네. 단문협 건은 끝났는가?"

"소제가 하는 일인데 빈틈이 있을 리 있겠습니까. 자하일봉이 단문협에 들어와 제사까지 지내고 가는 수모만 겪지 않았어도 개운할 텐데, 꼭 똥 싸고 밑 안 닦은 것마냥 찜찜합니다. 하하하!"

"그게 어디 자네 탓인가. 천비대가 그 정도 일은 해줬어야지. 쯧! 천비대도 한물 간 모양이야. 들어가지. 마야란 놈이 어떤 놈인지 들어나 보세."

일공자는 장막 안으로 걸어 들어갔다.

그 뒤를 삼남일녀가 뒤따랐다.

이, 사, 오공자. 그리고 육신녀(六神女).

육신녀는 들어가려다 말고 천랑대주를 보며 한마디 했다.

"천랑대도 수련을 더 해야 되는 것 아닌가요? 천랑대의 첨봉(尖峰)들이라는 사람들이 어떻게 촌각도 버텨내지 못하는지. 그러다 허수아비라는 소릴 듣겠어요."

"말이 지나치시오!"

"천랑대가 허수아비가 되든 개똥이 되든 상관할 바는 아니지만 북검문의 명예는 지켜주세요. 한낱 마도 놈들에게 휘둘려서야 북검문도라고 할 수 있어요?"

한기가 풀풀 날리는 이십대 중반의 여인, 서군봉(徐軍峰). 천랑대주에 비하면 십여 년이나 나이 차가 난다. 그러나 뼈를 얼리는 얼음 조각들이 쏟아져 나오는 그녀의 눈은 천랑대주를 같은 눈높이에도 두지 않았다.


천비대주는 죄인이 되었다.

추적해서 잡지 못한 자가 없다는 천비대의 역사에 오점을 남긴 최초의 대주가 되었으니 입이 열 개라도 할 말이 없다.

그러나 그는 당당했다. 자신을 문책할 사람은 문주이지 그 제자들은 아니다. 칠성군과 대주가 상하 관계인가? 아니다. 서로 존중하는 사이이지 간섭할 권리는 없다.

무시하는 측면도 있다.

칠성군이라는 거창한 호칭으로 불리지만, 그들이 한 일이란 무공 수련이 고작이다. 직접 땅을 밟으며 땀을 흘린 사람은 자신들이다.

운이 좋아서 무신들에게 무공을 하사받은 자들.

천비대주는 속내를 숨긴 채 그간의 경과를 담담하게 말했다.

빠진 부분은 없다. 사실 파악을 끝낸 후일 테니, 숨겨봤자 사람만 치졸해진다.

"마야가 자하일봉에게 접근한 이유는 아직 파악되지 않았나?"

이공자 도건평(陶建平)이 표정없는 얼굴로 말했다.

눈매가 날카로운 삼십대 후반의 사내. 머리숱이 거의 없고, 피부가 거무튀튀해서 더욱 강퍅해 보이는 사람.

그의 심성은 마도에 더 어울린다 싶을 정도로 잔인하다.

"그놈들은 일가붙이가 없는 놈들이라서 파악하기가……."

"너 천비대주 맞아!"

살기를 품고 쏟아져 나온 호통이 천비대주의 말을 가로챘다.

천비대주는 울컥했다.

그러면 뭐 하나. 참을 수밖에 없는 것을. 문주의 총애를 받는 사람들이고, 무공도 최강을 달리는 절대고수들인 것을.

천비대주는 입술을 잘근 깨물며 말문을 닫았다.

"지금 마야란 놈은 어디 있어?"

"단문협에서…… 삼십 리 떨어진 옥천산(玉泉山)에…… 있습니다."

"몇 놈이나!"

"그 사람들 그대로…… 열한 명입니다."

"박살났다던데 그래도 뒤를 밟을 생각은 했나 보군."

천비대주는 주먹을 으스러져라 움켜잡았다. 만박선생이 제때 끼어들지 않았다면 한마디쯤 했을 게다.

"이공자님, 제가 잠시 말씀을. 제게 잠사검귀가 있다는 것은 아실 테고. 잠사검귀 일대가 몰살당했으니 허튼 수야 쓰지는 못하죠. 힘으로 부딪치는 것은 무리, 하지만 뒤만 밟는 정도는 충분한 아이들입니다."

"천비대가 아니고 잠사검귀들이 따라붙었다는 건가? 쯧! 밥버러지들. 뭐 하나 제대로 하는 게 없으니."

'넌 언젠간 내 손에 죽어.'

천비대주는 눈을 감아버렸다.

육신녀 서군봉이 차게 굳은 얼굴로 만박선생을 쳐다보며 말했다.

"본문에 있어야 할 만박선생이 왜 여기 있는 거죠? 거취를 결정한 건가요?"

만박선생은 옅은 웃음을 띠었다.

"저같이 둔한 사람을 어디에 쓴다고요. 받아주실 분이나 있으실지. 우연히 적선서가 죽었다는 소리를 접했죠. 호기심이 치밀더군요. 어떤 자가 적선서를 죽일 수 있을까 하고. 아! 제가 말하는 것은 보통 무인들의 경우죠. 사실 적선서 같은 영물을 죽일 만한 무인은 흔치 않으니까요."

"호기심뿐인가요?"

"어딜요. 처음에는 호기심이었는데, 놈이 움직이는 꼴을 보니 조직적이더군요. 그때부터 본격적으로 달려들어 봤는데. 하하하! 아시다시피 창피만 톡톡히 당했어요."

"그럼 이젠 본문으로 돌아가실 건가요?"

육신녀는 심문이라도 하듯 날카롭게 물었다.

만박선생은 여전히 웃는 얼굴이었다.

"아직은 돌아가고 싶지 않군요. 이렇게 망신을 당해서야 체면도 서지 않고. 어느 분이 마야를 쫓으실지. 마야와 한두 마디쯤은 나눠봐야 되지 않겠어요? 제 아이들이 뒤를 쫓고 있으니, 길도 제가 안내해야 되겠죠."

그제야 사남일녀는 날카로운 눈빛을 풀었다. 그리고 내내 침묵만 지키던 삼공자의 눈가에는 웃음기가 살짝 드리워졌다.

'자, 시작해 볼까. 첫판이 무림의 운명을 건 도박이라면 나도 운이 좋은 편이지.'

만박선생의 미소는 더욱 짙어졌다.

2

　향화가 끊긴 지 오래된 절은 들쥐들로 들끓었다. 머리가 떨어진 불상은 거미줄로 뒤덮여 세상의 무상함을 말해준다.

　"밤이슬만 피하면 됐지 뭘 더 바라. 객지에 나와서 호강할 생각한 것도 아니고."

　시마는 혼잣말로 투덜거리며 바닥에 나뒹구는 불상 머리를 베개 삼아 드러누웠다.

　소립파도 한쪽 구석에 자리를 잡고 누웠다.

　다담선자는 소립파의 옆 자리를 차지했다. 그의 팔을 베고, 그의 허리에 팔을 두르고. 많은 사람들이 한자리에 모여 있지만 두 사람은 전혀 개의치 않았다.

　"자요?"

　"아니."

　"이걸로 되겠어요?"

　"……."

　"후회 안 하겠어요?"

　"……."

　"처음 봤어요. 마야께서 우는 것."

　"그만 자."

"저한테 그러셨죠. 가가 때문에 웃으면서 죽을 수 있는 사랑이면 옷을 벗으라고. 기다려 줄 테니 세상에서 제일 깊은 사랑을 할 수 있다는 자신이 들 때 오라고."

"그랬나?"

"전 그 말 잊지 못해요. 가가 품에 안긴 날이잖아요. 죽어도 좋다는 생각을 했으니까요. 깊이를 잴 수 없는 사랑을 받는데 그런 마음이 들지 않는 여자는 없을 거예요. 혈귀대주라는 분, 가가께는 그런 친구 아니었어요?"

"그만 해. 피곤해."

두 사람의 대화는 끊겼다.

소립파의 삶, 인생, 사랑…… 어떤 것인지 짐작된다.

그런 사랑이기에 남들이 보는 앞에서도 껴안고 잠들 수 있으리라. 그토록 치열한 삶이기에 섶을 지고 불속으로 뛰어드는 행동도 할 수 있는 게다.

세 여인은 한쪽 구석에 다소곳이 앉아 각자의 생각에 잠겨들었다.

금연화는 소립파만 생각했다.

혈귀대주의 복수를 하기 위해서는 그의 힘이 필요하다. 어떻게든 힘을 얻어야 하는데, 당사자는 제 갈 길로 가잔다. 먼 길을 따라오며 사정을 거듭해도 좀처럼 마음을 열지 않는다.

소립파를 얻지 못하면 무엇을 해야 하나.

남무림으로 가서 그가 열거한 문파들을 초토화시켜야 하

는데 언감생심, 꿈도 꾸지 못할 일이다. 상조문, 철사문, 독조림이 만만한 문파도 아니고, 궁왕 강창도는 무신으로 추앙받는 사람이고.

방법이 없다.

그녀는 혼란스러웠다. 그러면 그럴수록 소립파가 더욱 간절해진다.

혼란스러운 사람은 또 있었다.

일령에게 자하령은 그녀의 삶 자체였다. 피붙이나 다름없이 아끼고 사랑했다. 눈을 뜨면서부터 잠이 들 때까지 붙어다녔다. 잠을 자는 동안에도 서로의 체온을 느꼈다. 자하령의 특성상 만나는 사람이 있을 수 없으니 서로가 서로에게 가장 소중한 사람들이다.

그들이 죽었다. 처참한 몰골로.

일령은 머릿속이 텅 비어 아무 생각도 할 수 없는 정신적 공황 상태였다.

절혼마녀도 생각이 많았다.

낙화향으로 돌아가야 되나, 금연화의 복수행에 동참해야 하나. 동참하자니 계란으로 바위 치기다. 뾰족한 방법은 생각나지 않고 소립파에게 의지하고 싶은 마음만 든다.

소립파란 사내는 어떻게 해야 하나. 처음 봤을 때는 마음만 먹으면 치마폭에 휘감을 수 있는 보았는데, 시간이 지날수록 멀어져 간다. 그리고 다담선자와 같이 누워 있는 지금은 영원히 손에 잡을 수 없는 사람처럼 여겨진다.

어떻게 해야 하나.

'풋!'

그녀는 속으로 웃었다.

자신이 사내 때문에 고민하게 될 줄이야 누가 알았나.


혈유는 꼭두새벽부터 멧돼지를 잡아와 구웠다.

통으로 굽기 시작한 게 벌써 두 시진, 구수한 냄새가 풍기고 색깔도 노릇노릇해졌지만 아무도 먹을 생각을 하지 않았다.

다담선자는 소립파보다 먼저 일어났다.

그녀는 멀리 산봉까지 올라가서 물 중에 가장 맑은 물로 양칫물과 세숫물을 떠왔다. 그리고 소립파 옆에 단정히 앉아 그가 깨어날 때까지 기다렸다.

소립파는 그녀의 정성을 당연한 듯 받아들였다.

"아침부터 멧돼지 고기라니, 식성들이 좋군."

"헤헷! 언제 또 배불리 먹을지 알 수 없는 일이라."

"먹지."

그게 신호였다. 아귀가 따로 없었다. 마인들은 걸신들린 사람들처럼 허겁지겁 먹어댔다.

혈유도, 시마도, 마검도, 수검도…… 체면이나 염치, 성격까지도 던져 버리고 조상 중에 먹지 못해 죽은 귀신이라도 있는 듯 입 안에 쑤셔 넣기 바빴다.

"먹어둬. 어제저녁도 변변히 먹지 못했잖아."

다담선자가 맛있는 부위만 잘라서 내밀었다.

"언니도 어서요."

그녀는 절혼마녀에게도 권했다.

단문협을 벗어나면서부터 갑작스럽게 어색한 관계가 되었다.

마인들은 서로를 잘 알고 있으니 스스럼없이 웃고 떠들지만, 세 여인은 이별을 선고받은 터라 한자리에 앉아 있는 것도 가시방석에 앉은 기분이었다.

소립파가 전처럼 대해주었다면 이런 기분은 들지 않을 텐데, 처음 본 사람처럼 데면데면하니 자존심만 생각한다면 당장 자리를 뜨고 싶은 심정이다.

"수고들 했다."

한참 정신없이 먹고 있는 와중에 문득 새어 나온 말.

"지금쯤 모두 파악되었을 테니까 각별히 조심하는 게 좋을 거야. 일 년 정도 숨어 사는 것도 괜찮을 거고."

마인들은 못 들은 척 먹는 일에 집중했다.

"다담, 한 번 더 수고해 줘야겠어."

"알았어요."

다담선자는 곱게 웃었다. 그때 수검이 제동을 걸고 나섰다.

"듣자 하니 배알이 뒤틀려서 못 듣겠네. 왜 하필 여자 손에 피를 묻히려고 하는 거야. 내가 다담을 얼마나 좋아하는지 몰라서 그래? 마야만 아니었으면 지금쯤 다담은 내 옆에 있을 거야. 그런 여자보고 손에 피를 묻히라고?"

"맞아요. 너무했어요. 그죠?"

다담선자가 생긋 웃으며 맞장구쳤다.

소립파는 아무 말도 하지 않고 고기만 뜯었다. 한 번 한 말, 두 번 하지는 않겠다는 듯.

"나도 한마디 하고 싶은데."

마도가 품에서 마른 헝겊을 꺼내 입가에 묻은 기름기를 닦았다.

사람들은 마도 하면 살육자쯤으로 생각한다.

정말 그럴까? 마도는 사람들과 어울려서 산다. 웃고, 떠들고, 농담하면서. 그를 아는 사람들은 그와 도를 함께 떠올리지 못한다. 인상만으로 본 마도는 벌레 한 마리 죽일 수 없는 마음 착한 사람이니까.

그가 도를 들 때는 냉정함을 넘어서 비정해질 때다.

"내가 죽인 사람은 삼백 명도 넘지. 공식적인 비무는 백이 십칠 회. 단 한 번도 패한 적이 없어. 하지만 이건 사람들이 알고 있는 거고. 백 회가 넘는 진검 승부를 벌이는 전에 쉰네 번의 패배가 있었고, 패할 때마다 죽을 고비를 넘겼다는 건 아는 사람이 없지."

세 여인은 깜짝 놀라 마도를 쳐다봤다.

마도에게도 패배가 있었나? 그것도 쉰네 번이나? 진검 승부였다면 패배는 곧 죽음. 한 번 쓰러질 때마다 죽음 직전까지 치달았을 테니, 살아 있는 것이 용하다.

놀라는 건 그녀들뿐이다. 다른 사람들은 익히 알고 있다는 듯 일말의 흔들림도 보이지 않는다.

마도는 헝겊을 곱게 접어 품속에 갈무리하며 말을 이었다.

"난 강해. 누구보다도. 어떤 사람과도 승부를 피할 생각이 없어. 자신도 있고. 이 시대의 최강자라면 북검문주나 남도문주를 손꼽겠지만 나도 양보할 생각이 없어."

"그건 나도 마찬가지지."

수검이 동조했다.

보통 사람보다 머리 하나는 큰 키에 외눈, 남은 눈에서는 싸늘한 한광이 줄기줄기 새어 나온다.

마도가 말했다.

"이 친구, 나에게 한 칼 먹었어. 그런데도 자기가 최강자라네."

"헛소리들 그만 하고…… 먹을 만큼 먹었으면 일어나지."

소립파가 먼저 일어섰다.

마도는 말을 이었다.

"진짜 강한 자는 이긴 자가 아냐. 패배를 자양분 삼아 딛고 일어선 자야. 백이십칠 회의 승리 속에서 얻은 것보다 쉰네 번의 패배가 날 최고로 이끌어줬어. 무엇보다도 패해본 자는 패배를 알기 때문에 상대를 두려워하지 않아. 승리만 한 자는 느껴보지 못한 감정이야."

소립파는 누웠던 자리로 돌아가 행낭을 꾸렸다.

그러거나 말거나 마도는 말을 계속 했다.

"수검, 이놈. 내 배에 검을 쑤셔 넣을 기회만 노려. 그런데도 손을 쓰지 못해."

수검이 말했다.

"기회만 닿으면."

"그건 나도 마찬가지야. 뒷목이 근질거리는 건 참을 수 없지. 노리는 놈이 있다는 걸 알면서 무심할 수는 없는 노릇이니까. 기회만 닿으면 요절낼 건데…… 이긴다는 자신감이 들지 않는단 말이야."

"후후후! 역시 그랬나."

"이게 우리의 한계야. 입으로는 최강자라고 떠들면서 정작 싸우지는 못해. 마야, 우리가 북검문주와 싸우게 되면 어떻게 될까?"

'자신이 없으면 반은 패한 것……'

세 여인은 동시에 같은 생각을 했다. 그것이 마도가 마야에게 던지는 말의 요점일 것 같았다.

무공 수준이 똑같다고 가정했을 때, 상대가 자신보다 조금이라도 낫다는 느낌이 들면 그 싸움은 패한다. 싸울 때만은 자신이 훨씬 낮다는 생각이 들어야 한다.

"이대로 흩어지면 우린 도살당해. 몇 놈, 몇십 명, 몇백 명까지 죽일 수 있겠지만 끝내는 죽어."

"알고 시작한 일이잖아. 한둘이라도 사는 게 나아."

"무슨 말을 그따위로 한다냐? 알고 보니 이거 순 호로자슥일세. 마야, 이놈. 우릴 완전히 핫바지 취급하는 거 아녀!"

시마가 눈을 부라렸다.

"야, 이놈아. 솔직히 말해봐. 겨우 그런 낭떠러지 몇 군데보려고 우릴 불러 모은 거여? 싸가지없는 몇 놈 먹이나 따라고? 에라, 이놈아. 그 정도는 저기 저 재수없는 해골바가지 두 놈만으로도 충분하겠다."

"크크크! 시마, 간덩이가 배 밖으로 튀어나왔구나."

"우리보고 재수없는 해골바가지라고 한 것 같은데, 내가 잘못 듣지는 않았지?"

고루쌍마가 금방이라도 검도를 뽑을 듯 어깨를 들썩였다.

"시끄러, 잡자슥들아. 어른이 말씀하시는데 싸가지없게 끼어들기는. 이놈아, 솔직히 말해. 겁먹었다고. 우릴 부를 때는 아작난 혈귀대주인가 뭔가 하는 놈 복수 나부랭이를 해주려고 한 것 아냐. 그런데 돌아가는 꼴쌍을 보아하니 일이 엄청 커지게 생겼고. 그래서 꼬리를 마는 것 아냐!"

"그래, 맞아."

소림파는 의외로 순순히 시인했다.

이 순간, 금연화는 가슴속에서 치미는 격정을 가누지 못하고 부르르 몸을 떨었다.

'가가…… 당신에게 이런 친구가…… 보고 있어요? 당신 복수를 해주려고 했대요. 당신 복수를 말예요.'

그가 죽은 지금, 아무도 혈귀대주를 말하지 않는다. 그러나 그에게도 친구가 있었던 것을.

금연화는 들려오는 소립파의 음성을 한마디도 놓치지 않았다.

"일이 너무 커. 몇 놈 죽이는 것으로 끝나는 일이 아냐. 혈귀대주를 죽인 것은 남도문이지. 당장 상조문, 철사문, 독조림을 쓸어야 하고, 궁왕 강창도도 죽여야 해. 또 있어. 이번 일은 북검문에 내통자가 있어야만 가능해. 북검문도 상대해야 된다는 거지. 적은 한두 명이 아냐. 중원무림 전부가 적이야. 누가 말해보지. 우리가 살아날 가능성이 얼마나 되는지. 아니야. 그건 전무하니까 말할 것도 없고, 복수할 가능성만 따져 볼까? 누가 말해봐."

'중원 전 무림……'

금연화는 할 말을 잃었다.

아니다. 전부터 마음 밑바닥에 깔아놓고 있던 생각이다. 어쩌면 중원 전 무림을 상대해야 할지도 모른다고. 너무 엄청나고, 너무 큰 벽이라서 애써 눌러놓고 있을 뿐이었는데……
소립파가 잔인하게 끄집어냈다.

"내 실수를 인정해. 상조문, 철사문, 독조림, 궁왕 강창도. 그 정도는 되어야 혈귀대를 몰살시킬 수 있지. 딱 그들이라고는 알지 못했지만 그 정도의 세력일 거라고 생각했어. 그래서 도움을 청한 거고."

"알고 있으면서 꼬리는 왜 말아?"

"복면을 썼다거나, 암중에서 일을 저질렀다거나…… 그 편이 우리에겐 나았어. 그랬다면 지금쯤 남무림으로 들어서고 있을 거야. 어둠의 싸움이니 암살을 당하더라도 숨기기 바쁠 테니까. 한데 놈들은 자신을 환히 드러냈어. 밝음의 싸움이지."

"빌어먹을! 뭐가 그렇게 복잡해. 싸움은 다 같은 싸움이지, 어둠의 싸움은 뭐고 밝음의 싸움은 뭐야! 드잡이질 치다가 죽고 죽이면 그만 아냐."

"우리가 어느 하나를 치는 순간 남무림 전체에 비상령이 떨어져. 남무림 전체가 우릴 죽이고자 달려드는 거야. 이게 어둠과 밝음의 차이. 가망이 없어. 너희에겐 미안하지만 몸을 빼는 게 최선이야."

"빌어먹을, 언장은마, 이 개새끼. 혈귀대주를 밤낮 쫓아다녔다는 새끼가 돼지는 모습도 똑똑히 못 봤다는 거야! 그놈이 눈깔만 제대로 뜨고 있었어도 이 지경까지는 되지 않았잖아."

소립파의 말까지는 이해한다. 하나 이어지는 시마의 말은 세 여인을 어리둥절하게 만들었다.

언장은마가 혈귀대주를 따라다녔다니?

그때 절간 밖에서 음침한 괴소가 들려왔다.

"클클! 시마…… 네놈이 감히 노부에게 개새끼라고 했단 말이지. 많이 컸네. 클클!"

낯선 음성, 언장은마다.

"엠병! 귀신은 뭐 하나 몰라. 저런 두더지 새끼 하나 잡아 가지 않고. 나이만 처먹었으면 단가? 눈깔은 동태눈을 해갖고는."

"시마…… 흐흐흐! 내 장담하지. 네놈 시신은 반드시 쥐들이 갉아 먹을 거야."

"모르면 잠자코나 있을 것이지 아는 척은. 노괴물아, 쥐새 끼들도 난 안 파먹어. 내 몸이 보통 몸인 줄 알아? 저렇게 텅 빈 머리로 뭐 하러 오래 사나 몰라."

소립파는 그들의 말을 못 들은 듯 행낭을 걸머메고 일어섰 다.

"그만둬. 내 잘못이야. 모두 행운이 있기를 빈다. 다담, 가 자."

다담선자는 일어서지 않았다. 그녀는 모닥불만 응시했다.

"다담."

다담선자는 이어지는 재촉에도 움직이지 않았다.

"다담!"

다담선자는 계속 모닥불을 응시한 채 입을 열었다.

"장강을 넘지 않으신다면 일어설게요."

"다담!"

"혈귀대주가 북검문에 투신한 순간부터 언장은마로 하여금 뒤를 돌봐주게 한 마야예요. 선봉을 이용하겠다는 서신을 받은 건 혈귀대주가 죽은 다다음날. 전서는 하루 거리이니 마야가 혈귀대주의 죽음을 안 건 사건 다음날. 사건의 진위조차 파악하지 못한 상태에서 우리 모두를 불러 모은 마야예요. 마야, 제가 마야를 모르나요? 혼자서 장강을 넘는 건 개죽음이에요."

다담선자의 말은 충격이었다.

이제까지 중구난방으로 떠들던 마인들도 입을 뚝 다물어버렸다. 고기를 먹던 혈유는 입 안에 들었던 고기까지 뱉어내고 소립파를 쳐다봤다. 금연화도 소립파만 멍하니 쳐다봤다.

수검이 툴툴 웃으며 입을 열었다.

"혈귀대주의 죽음. 하루 이틀의 여유를 가질 사이도 없이 분노를 느꼈군. 혈귀대주…… 그런 벗이었군."

시마도 한마디 했다.

"이거 돌아가는 상황을 보니 노선배께 사과해야겠네. 그렇지. 그렇게 무지막지한 놈들이 몰려들었는데, 아무리 언장은마 선배라고 해도 끼어들 수가 없겠지. 남무림 놈들이 물러가고 난 다음에는 천랑대 놈들이 뛰어들었을 테니…… 노선배,

사과할 테니 사이좋게 지냅시다."

절간 밖에서 괴소가 들려왔다.

"클클! 네놈은 땅속 구경을 한번 해야 돼."

"빌어먹을 영감탱이. 소갈머리는 코딱지만해 가지고. 사람이 사과를 하면 받아줄 줄 알아야지."

"클클클!"

농담을 할 분위기는 아니었다.

시마와 언장은마의 말다툼도 어색한 분위기를 깨뜨리지는 못했다.

"너무했네. 우리에게는 살길을 찾으라 하고는 마야는 장강을 넘으려고 했단 말이지. 잘됐네. 이목이 마야에게 쏠릴 테니, 우린 살길이 넘치잖아."

혈유가 들고 있던 고기를 내던지며 말했다.

"은마, 하나만 물어보지. 단문협 혈사에 간여한 자들이 누군지 정확하게 알아낸 게 언제야?"

"클클! 네놈들이 장강에서……."

"은마! 그만!"

소립파가 쩌렁 일갈을 내질렀다.

언장은마는 말을 뚝 그쳤다.

소립파는 다담선자의 손목을 잡아 억지로 일으키며 말했다.

"변한 건 없어. 중원무림 전체를 상대해서 살아날 가능성은 전무해. 지금까지 도와준 것만도 충분히 고맙게 생각하고."

"이런 썩을! 말도 말 같아야 들어주지."

시마의 눈에 녹광이 어렸다.

"마야, 앉아!"

수검은 검을 잡았다. 여차하면 사흡검법을 전개할 태세다.

"앉는 게 좋겠어."

마도도 손가락을 털었다. 그의 전신에서는 혈염도를 뽑기 직전에 발출되는 살기가 뭉클뭉클 피어났다.

"싸우고 싶지 않다."

"그거야 네 생각이지. 네가 누군지 모르는 모양인데, 다시 한 번 알려줘야겠군. 마야. 마도인의 아버지. 마야의 목숨을 엄한 놈들에게 내줄 바에는 내 손으로 거두고 말겠어."

수검의 외눈이 광기로 번들거렸다.

소립파는 다담선자의 손목을 놓았다. 그리고 고개를 숙인 채 무엇인가를 잠시 생각했다. 이윽고 고개를 든 그의 표정은 얼음처럼 냉막해져 있었다.

"역시 안 되겠어. 길을 뚫어야겠군."

시마의 녹광이 더욱 짙어졌다. 수검의 살기는 소름 끼치도록 높아져 핏물이 뚝뚝 떨어지는 듯했다.

고루쌍마가 겸도를 꺼내 들며 말했다.

"마야라면 우리도 양보할 수 없으니까. 특히 우릴 이 지경으로 만든 정도라는 놈들에게는 마야를 내줄 수 없지."

일촉즉발의 긴장이 흘렀다.

고루쌍마, 시마, 수검, 마도는 자리에서 일어나 오행(五行)의 방위를 점했다.

전부가 초강자인 그들이 무공도 수련한 적이 없는 한 사람을 가운데 두고 오 대 일의 합공을 펼치려는 것이다.

자리에 앉아 있는 사람은 혈유와 다담선자뿐이었다.

금연화, 절혼마녀, 일령은 느닷없는 상황에 일어서기는 했지만 아무 말도 못하고 지켜보기만 했다.

마야와 마인들 간의 거리는 반 장이 채 안 된다. 누구든 손만 뻗으면 승기를 잡을 수 있다.

긴장감이 폭발 직전까지 치달았을 때, 다담선자가 조용조용히 말문을 열었다.

"마야, 언젠가 제게 이런 말을 해주셨죠. 마도인이라고 불리는 사람들이 어떤 사람들인지 아냐고요. 첫 번째가 올바른 무공을 수련했음에도 마음이 사악해서 못된 길을 걷는 자이며, 두 번째가 지나치게 강하고 독선적이라서 무림과 상존하지 못하는 자이며, 세 번째가 무공 수련 과정이 사악해서 인류을 저버린 자라고 하셨어요."

다담선자가 행복한 표정으로 모닥불을 쳐다봤다.

"첫 번째는 존재해서는 안 될 자. 두 번째는 가까이 다가가기 전에 죽어 있을 자. 벗으로 사귈 사람은 세 번째 부류밖에

없다고도 하셨죠. 패륜적인 부분을 제거한다는 조건하에서
요."

긴장이 풀어진다. 마인들의 살기가 급격하게 소멸된다.

다담선자가 말을 잇는 동안 그들의 몸에서는 가는 경련이
일어났다.

"마야, 여기 있는 분들…… 죽으라면 죽어주실 수 있을 거
예요. 이분들이 괜히 마야라고 부르는 게 아니잖아요. 도움을
받으면 안 되나요? 무공을 버리지 못하고 평생 숨어 살아야
할 사람들인데, 죽을 자리를 마련해 주는 것도 좋잖아요."

"후후! 내 말이 그 말이라니까."

수검이 여전히 소립파를 노려보며 말했다.

"엠병! 더욱 괘씸한 건 말이야. 마야, 저놈…… 혈귀대를
죽인 놈들이 어떤 놈들인지 진작 알았다면 우릴 부르지도 않
았을 거라는 거야. 아주 벼락 맞아 뒈질 놈이라니까. 제놈이
뒈지면 난 어떡하라고. 삼 년마다 온몸이 뒤틀리게 만들어놓
고 제놈은 쏙 빠지겠다는 거야, 뭐야."

시마가 침을 튀겨가며 말했다.

"마야, 그래도 혼자 가겠다면 말리지 않겠다."

마도가 살기를 거두고 한 발 물러섰다.

"제길!"

고루쌍마도 겸도를 거뒀다.

소립파는 한참 동안 다담선자의 등을 쳐다보다가 말했다.

"다담, 앉아 있을 시간이 없다. 쥐새끼들 치워."

"알았어요."

다담선자는 홱 돌아서며 밝게 웃었다.

第十五章

중정리(重整理)
－깊게 정리하여

1

"귀적무 좀 봤어?"

며칠 만에 말을 걸어오는 건지.

천비대에 포위당해 언장은마를 따라갈 때부터 한마디도 나누지 못했는데.

"약간. 이제 겨우 형태만 잡았어요."

"나이 많은 여자가 말 올리니까 어색해. 말 놔."

"다담선자도 많지 않나요?"

"다담은 내 여자니까."

"이상한 말이군요. 반대 아녜요? 일반적으로는 서로 올리기도 하고 내리기도 하다가 자기 여자가 되면 내리는 편인데.

남존여비(男尊女卑). 이런 건가요?"

"내 여자는 존중받고 존중해 줘야 하니까 아무래도 상관없어. 편한 대로 하는 거지. 다른 사람들과도 편한 대로 하는 거야. 그게 서로 등을 돌릴 때 편하니까."

"똑같이 편한 대로 하는데 의미는 다르다는 말이군요. 좋아요. 전 이게 편해요. 절혼마녀가 된 건 기간으로 따지면 모두 합쳐 한 달도 되지 않을 거예요. 그 외의 나날은 동방주였죠. 손님을 받는 입장에서 존대는 입에 붙었으니까요. 그것보다도 마야 여자만이 말을 올리는 거라면 놓고 싶지 않군요."

절혼마녀는 생긋 웃었다. 웃을 때마다 양 볼에 파이는 보조개가 그녀의 웃음을 한층 매혹적으로 만든다.

"그런 생각이면 낙화향으로 돌아가. 지금 가는 길은 한 치의 방심도 허용하지 않는 길이니까."

"다담선자가 마야를 생각하는 마음도 방심 아닌가요?"

"다담은 제 몫을 하는 여자니까 괜찮아."

"저도 제 몫은 해요."

"그럼 알아볼까? 귀적무는 귀신의 춤. 삼십 장 정도는 흔적 없이 스며들 수 있지. 귀신이 내뿜는 검에는 숨결이 없으니 무영(無影), 무성(無聲). 잠사검귀들은 잠형신법으로 은신해 있고, 무음검을 사용하니 좋은 상대가 될 거야. 정확히 삼십 장 앞에 잠사검귀 여섯 명이 있다. 해볼 텐가?"

절혼마녀의 얼굴에 웃음이 사라졌다.

농담이 아니다.

현현보법과 육경검법을 펼친다면 상대할 수 있을 것 같다. 그러나 아직 수련조차 하지 않은 귀적무로는 어림도 없다.

"철벽구망진인가 하는 것도 펼쳐져 있나요?"

"물론. 여섯 명이 펼치는 진과 서른 명이 펼치는 철벽구망진은 천양지차이지만 웬만한 자는 충분히 요리할 수 있지. 참고로, 다담은 절간에서 여섯 명을 죽이는 데 두 호흡밖에 걸리지 않았어."

마지막 말이 절혼마녀의 자존심을 건드렸다.

목숨을 건 결전에서는 지극히 냉정해야 한다는 사실을 알고, 누구보다도 냉정하게 행동해 왔지만 소림파를 앞에 두고는 그럴 수 없다.

'훗! 절혼마녀. 네가 사랑을 하는 거야? 정신 차려. 다담은 청백지신. 넌 창기. 술 따르는 여자라고 해도 같을 리가 없잖아. 이런 사내가 뭐가 아쉽다고 닳고 닳은 계집을 원하겠어.'

이런 생각은 한 번도 해본 적이 없다. 어떤 사내든 치마폭에 휘감을 자신이 있었다. 그만한 용모와 매력을 지녔다고 자부했다. 자신을 거둘 만한 사내가 없으니 마음을 열지 않은 것이지, 한 남자의 여자로 살아갈 생각이 있었다면 창기지만 정실 부인을 꿰찰 자신이 있었다.

남자의 눈을 한눈에 현혹시키는 미모를 지니고도 폐기들

이나 하는 넋두리를 하게 될 줄이야.

"마야가 하라면 해야죠."

절혼마녀는 말을 마침과 동시에 신형을 날렸다.

스스슷······!

그녀의 신형이 안개처럼 흐려지는가 싶더니 벌써 오 장 앞을 달려나갔다.

"혈유."

"히힛! 그럴 줄 알았다니까."

혈유가 신이 난 듯 절혼마녀의 뒤를 좇았다.


퍼엉!

절혼마녀는 숲으로 들어서자마자 단단한 철벽이 가로막아선 느낌을 받았다. 마치 벽에 거센 힘으로 부딪친 듯 기혈이 흔들렸다.

'여기야!'

귀적무를 수련하면 사물의 기에 민감해진다.

본격적으로 수련하지는 않았지만 육경검법과 귀적무는 한 사문에서 출발한 무공. 요체를 파악하기는 어렵지 않았다. 머릿속으로 그려보고 틈이 날 때 몇 번 신형을 놀려본 것만도 이럴진대 정작 십성 성취를 이루고 난 다음에는 어떨 것인가.

스스슷!

일말의 기척도 없이, 그림자도 남기지 않고 나무와 나무 사이를 오갔다.

잠사검귀 여섯 명은 분명히 숨어 있다. 그들이 펼치는 잠형신법이란 무엇인가. 이름이 잠형이니 몸을 숨기는 데는 탁월한 효능이 있는 은신술이리라.

'눈으로 찾으려고 해서는 안 돼. 귀적무를 펼치라고 한 것은 귀신의 눈으로 보라는 뜻.'

스으으으……

모공을 활짝 열고 기감을 최대한 멀리 쏘아냈다.

자신이 기감을 쏘아내면 잠사검귀도 알아차린다. 흘러드는 기감을 눈치채지 못할 정도라면 은신술을 펼칠 자격이 없다.

알고 알아차리고. 그 다음은 누가 빠르고 은밀하냐에 달려 있다.

'잡혔어! 우측 이 장!'

스으윽……!

느낌이 왔다 싶은 순간 절혼마녀의 신형은 바람에 흔들린 운무처럼 흐물거렸다.

사악!

"컥!"

땅속에 숨어 있던 잠사검귀는 손가락조차 꿈지럭거려 보지 못하고 절명했다.

그러나 그들은 약한 자들이 아니다. 귀신의 춤을 추어 소리

없이 검을 찔러 박는 순간, 절혼마녀 역시 흑무에 휘감겼다. 그리고 흑무 사이로 다가오는 다섯 자루의 검기를 감지했다.

피할 수 없다. 방어하기에도 늦었다.

'이렇게……'

아무 생각도 나지 않는다. 날카로운 쇠붙이가 몸을 뚫고 들어와 빨리 목숨을 거둬주기만 기다렸다. 그때,

퍽퍽퍽퍽퍽……!

검기 사이를 누비는 부드러운 물결이 느껴지고, 붉게 피어나는 혈화(血花)가 상상 속에 그려졌다.

아니다. 상상이 아니라 현실이다. 짤막한 비명이 연이어 터져 나왔으니 확실한 현실이다.

"여자야. 겨우 한 명 죽인 거야?"

'혈유!'

"귀적무 그것, 내가 탐내던 무공이었는데. 내 것도 좋지만 살수들이 쓰기에는 귀적무가 이거거든."

혈유는 엄지손가락을 추켜 보였다.

"고마워."

"어! 이 여자 봐? 어린 마야에게는 존대를 하고 내게는 계속 반말이네? 좌우지간 제정신인 인간이 한 명도 없다니까."

절혼마녀는 혈유의 말을 들으며 숲 밖을 쳐다봤다.

소립파를 비롯하여 다른 사람들이 천천히 걸어오고 있다.

"여자야, 독수전의 흐름을 느꼈어?"

"응."

"느끼라고 일부러 천천히 펼쳤어. 공기에도 물결이 있는데, 이걸 잘 타야 저항을 최소한으로 감소시키거든. 귀적무를 수련할 때 참고로 하면 득이 될 거야."

"귀적무를 잘 아나 보네?"

"친구 놈이었거든."

"그…… 래? 작년에 죽었다던데……."

"섬전잔영(閃電殘影)이란 놈이 있는데."

들어봤다. 점창파(點蒼派)의 고수로 독문신법인 비천십이표(飛天十二飄)를 극성으로 수련하여 중원에서 제일 빠른 자가 되었다. 쇄락의 길을 걷던 점창파가 그의 등장으로 인해서 단번에 주목받는 대방파로 거듭났으니 무림의 별이라고 할 수 있다.

마인들은 혈유가 가장 빠르다고 한다. 하나 중원무림인들은 섬전잔영을 으뜸으로 여긴다.

"그놈한테는 안 된다고 그렇게 말려도 부득불 달려가더니만 뒈지더라고. 언제 섬전잔영이라는 놈을 만나면 검을 박아줘. 단번에 죽이지 말고. 육십사 개 혈을 차근차근 저민 다음에 두 눈을 뽑고, 코를 베어내고, 양 귀를 잘라내고, 두 팔을 잘라. 다리는 맨 마지막이야. 그동안 부지런히 발악을 해야지. 족근을 차례차례 끊고, 정수리에 천천히 검을 박아. 그놈이 그렇게 뒈졌거든."

'맙소사!'

절혼마녀는 치를 떨었다.

섬전잔영이 그런 사람이었나. 그토록 잔악한 심성을 지녔나. 아니면 마인이라서 일벌백계를 한답시고 그런 죽음을 내린 건가. 아무래도 너무 심했다.

"귀적무를 이은 이상 놈의 복수는 해줘야지."

쉬운 일이 아니다. 섬전잔영을 죽이는 것도 문제지만 그런 식으로 죽이면 당장 마도인으로 매도된다.

그래도 절혼마녀는 망설이지 않았다.

"알았어. 같은 하늘 아래 있으니 언젠간 만나겠지. 똑같은 방법으로 죽일게."

"여자. 하하하! 여자, 처음부터 마음에 들더라니까."

혈유는 만족스럽게 웃었다.

소립파가 숲으로 들어와 죽은 자들을 살폈다.

"그래도 한 명은 죽였군."

"꼭 말을 그렇게 해야 돼요? 어떤 때 보면 정말 정이 없더라."

다담선자가 절혼마녀에게 다가와 손목을 잡았다.

"언니, 대단해요. 수련하지도 않은 귀적무로 잠사검귀를 죽일 줄은 몰랐거든요. 혈유가 그렇게 달라고 해도 안 주더니, 역시 임자가 따로 있었네요."

절혼마녀는 입술을 꽉 깨물었다.

'지금 아니면 기회가 없어. 이대로는 아무것도 못하겠어.'

잠사검귀는 자신들이 변을 당할 경우를 대비해서 언제 누구에게 당했다는 흔적을 남긴다. 전서를 날릴 만한 시간적 여유가 있을 때는 전서로, 그렇지 않을 때는 독문표기로.

그들만의 독특한 표기를 찾아내기 위해서는 은신했던 곳을 중심으로 방원 십 장을 샅샅이 뒤져야 한다.

모두들 조그만 흔적이라도 찾기 위해 사방으로 흩어졌다.

절혼마녀는 다담선자에게 다가가 옷깃을 살짝 붙잡았다.

"동생, 할 말 있어."

"그래요?"

다담선자는 천진난만하다는 말이 맞을 정도로 환하게 웃었다.

'지금은 웃지만 말이 끝난 후에는 원수로 대할지도.'

"여기선 할 수 없는 말이죠?"

"그, 그게……."

"우리 저쪽으로 가요."

'무슨 말인지 알고 있나?'

상황이 역전되었다. 말을 꺼낸 것은 절혼마녀였지만 그녀를 이끄는 사람은 다담선자다.

다담선자는 개울가를 찾아 신발을 벗고 맨발을 물에 담그며 말했다.

"언니도 이리 와서 앉아요. 여자들은 편히 쉴 권리가 있다고요."

"풋!"

절혼마녀는 피식 웃으며 다담선자처럼 신발을 벗고 맨발을 담갔다.

"마야 좋아하죠?"

"그게……."

"언제부터예요? 어디가 마음에 들었어요?"

"그러니까 딱히 언제부터라고……."

"호호호! 절혼마녀가 말을 더듬거린다면 아무도 안 믿을 거야."

절혼마녀는 마음이 편해졌다.

다담선자는 많은 취객들을 상대해 본 선루의 루주다. 사람 다룰 줄을 안다. 그러고 보니 그녀 옆에 있는 사람들은 각기 다른 색깔이지만 즐거움과 평화를 느낀다.

"놀리는 취미도 있었어?"

"그래요. 이제야 언니다워요."

'무슨 말을 할지 알고 있었어. 창피하게. 무언의 승낙도 곁들여져 있어. 언니답다는 말, 마야와 편하게 지내도 좋다는 뜻이야.'

"나도…… 괜찮을까?"

"쓰레기 같은 계집이. 돈 받고 몸이나 파는 주제에. 배 위로 몇 놈이나 거쳐 갔어? 하루에 한 명만 쳐도 일 년이면 삼백 명이네? 이거 완전히 정액받이 아냐. 에이, 하수구에 쏟아버리는 셈 치지."

"……."

"하루에 한 번씩은 들어본 말이에요. 그렇죠?"

"휴우! 동생은 아니지만 난 정말 그런 여자야."

"언니를 알아요. 열세 살에 윤간당해 버려진 걸 동방주가 거뒀죠. 취옥이란 기명(妓名)은 그때 얻은 거고. 열세 살…… 사내를 알기에는 너무 어린 나이잖아요."

"그걸 진심으로 즐긴 적도 많아."

"알아요. 방중술, 섭혼술을 수련하기 위해서요. 그래야 무인들에게서 무공을 빼낼 테니까요. 정한문(情恨門)의 탈백섭심공(奪魄攝心功). 호호! 언니도 마인이에요. 탈백섭심공은 펼치면 펼칠수록 마음이 사악해진다는 거 알죠? 나중에는 만나는 사람마다 탈백섭심공을 쓰려고 할 거예요."

"어떻게…… 그런 걸……?"

"마인으로 살아남으려면 유난히 눈과 귀가 밝아야 해요. 나중에 한가해지면 마야에게 손봐달라고 하세요. 시마, 마도, 수검, 혈유…… 전부 마야에게 신세졌어요."

'그럴 줄 알았어. 그 사람 무공에도 뛰어난 재능이 있어. 그런데 왜 자신은 못 고치는 거지? 경맥이 딱딱하게 굳으면 움직이는 것도 괴로울 텐데. 그것보다 이들…… 상상 이상으

로 큰 조직이야. 세상이 알지 못하는.'

"언니, 마야를 위해서 죽을 수 있어요?"

'죽는다…… 쉬운 말은 아니네.'

절혼마녀는 즉시 답할 수 없었다. 그를 좋아하는 것만은 틀림없지만 그를 위해서 죽을 수 있는지는 모르겠다. 흔히 장난삼아 말하는 식으로 답해줄 수도 있지만, 다담선자가 말한 죽음이란 진짜 죽음이란 걸 알기 때문에 허투루 말할 수 없었다.

"죽을 수 있을 만큼, 정말 절절이 사모하게 될 때 마야 곁에 서세요. 그런 사람이면 전 얼마든지 환영해요. 그런 사랑이라면 마야도 무시하지 않을 거고요. 요조숙녀, 창기. 이런 건 상관없어요. 이 세상에는요. 사랑을 위해서 목숨을 버리는 사람, 흔치 않거든요. 물이 참 시원해요. 그렇죠?"

"그래. 참 시원해."

절혼마녀의 텅 비었던 마음은 하나 가득 채워졌다.

희망이란 걸 모르고 살았다. 술과 사내를 즐기며 한평생 보낼 것으로 생각했다. 그렇게 퇴폐 속에 파묻혀 곪아갈 줄 알았다.

이제 희망이 생겼다.

이 세상…… 살 만하지 않나.


소림파는 잠사검귀의 은신처를 정확히 찾아냈다. 그리고

그때마다 절혼마녀와 혈유가 움직였다.

"실전을 통한 수련처럼 좋은 건 없지. 귀적무가 상당히 좋아졌어."

수검이 절혼마녀의 움직임을 보며 평가했다.

"마야도 대단하지만 잠사검귀도 대단하네요. 어떻게 우리가 갈 길을 환히 알고 있는 거죠? 사람을 만난 적이 없으니 목서에 들킨 것도 아니고, 매를 본 적이 없으니 천목에 걸린 것도 아닌데."

금연화의 표정도 밝았다.

왜 아니 그렇겠나. 소립파가 본격적으로 복수행에 뛰어들었는데.

"옥천산에서 장강을 넘는 길은 세 개지. 단문협을 건너는 길이 하나고, 이릉(夷陵)을 통해 넘는 길과 남진구(南津口)로 가서 삼협(三峽)을 건너는 길이 있어. 단문협은 손도 못 댈 곳이고, 이릉으로 가면 편하지만 단문협에서 너무 가까워. 고생되더라도 남진구로 간다. 뻔한 수지."

소립파 대신 마도가 대답했다.

"그럼 지금 이 길이……?"

"남진구로 가는 길이야."

그때다. 소립파가 절혼마녀를 불렀다.

"절혼."

"고마워요. 마녀라는 말을 빼줘서."

"전방 사십 장. 실전으로 배울 수 있는 마지막 기회야. 이번에는 꼭 두 명을 죽여봐."

절혼마녀는 깊이 보조개를 새기며 웃었다.

"실망시키면 안 되겠죠?"


절간에서 시작하여 모두 다섯 번에 걸친 싸움. 잠사검귀 서른 명은 불귀의 객이 되었다.

그때부터 바빠졌다.

소립파는 남진구를 얼마 남겨두지 않고 방향을 꺾어 북으로 치달렸다. 촌각도 쉬지 않고, 끼니도 굶어가며 최상의 신법을 펼쳐 북으로, 북으로 나아갔다.

혈유는 과연 가장 빠른 자라는 소리를 들을 만하다.

꼬마처럼 작은 그는 덩치 큰 소립파를 업고도 누구보다 빨랐다.

하루 낮을 꼬박 달리고, 밤까지 지새우고, 새벽이 밝아올 때까지 오로지 달리기만 했다.

절혼마녀에게는 귀적무를 수련할 수 있는 최상의 기회였지만 금연화나 일령에게는 처절한 싸움이나 마찬가지였다.

모두들 하나같이 고강한 고수들.

그들에게는 그저 약간의 인내를 요구하는 일에 불과했지만 두 여인에게는 체력과 진기를 극한까지 짜내야 하는 고통이었다.

진기가 고갈된다.

전신이 땀으로 범벅이고, 숨은 턱 밑까지 차 오른다.

'천천히 좀 갔으면…… 조금만…… 조금만 쉬었으면…….'

진기가 바닥을 드러내 더 이상 견디지 못하겠다 싶을 무렵, 소립파는 큰 산을 마주하고 섰다.

"헉헉! 헉! 여, 여기는…… 헉!"

숨이 막혀서 말도 나오지 않는다. 무공 수련을 하면서 엄청난 고통을 많이 겪었지만 이처럼 온몸을 쥐어짜 보기는 처음이다.

다담선자가 등 뒤로 다가와 명문혈(命門穴)을 쳐주며 말했다.

"정자산(亭子山)이에요. 여기서 두어 달 정도 있어야 될 거예요."

그녀도 거친 숨을 내뱉기는 했지만 음성은 상당히 고른 편이었다.

내력의 우열이 명확히 갈라졌다.

다담선자는 마도나 수검과 비교해도 전혀 손색이 없고, 절혼마녀가 뒤를 잇는다. 어처구니없게도 유일하게 정도무공을 수련한 금연화와 일령이 가장 처진다.

기가 막힐 노릇이지만 결과가 그렇게 나왔으니 겸손히 받아들일 수밖에 없다.

"천비대의 눈은…… 후웁! 천하에 안 깔린 곳이 없다고 하던데…… 후우! 여기는 안전하겠어?"

절혼마녀가 체한 사람처럼 얼굴이 샛노랗게 변한 일령의 명문혈을 자극해 주며 물었다. 본인도 땀을 비 오듯 흘리고 있지만 일령에 비하면 양호한 편이었다.

"제가 선봉주가 되었을 때 마야가 찾아와 이런 말을 해줬죠. 적을 무시하지 마라. 싸움이 벌어지기 전에는 신과 싸울 것처럼 최선에 최선을 다하라. 하지만 적과 마주 서면 상대 역시 인간이라는 점을 잊지 마라. 완벽하지 않은 인간임. 전 사람과 만나기 전에는 최선을 다해서 조사했고, 하늘에 나는 새도 떨어뜨린다는 고관대작, 효웅, 거상일지라도 마주하는 순간에는 허점 많은 인간이라는 점을 되새겼어요. 그러니까 그 사람들, 편히 대할 수 있더라고요."

'천비대도 허점이 있다? 여긴 안전하겠어.'

사내들 쪽에서는 다른 이야기들이 흘러나왔다.

"엠병! 올 때부터 혹시나 했는데…… 이놈의 팔자는 어떻게 쥐 굴만 들락거리나."

"후후! 재미있을 텐데, 왜 그래?"

시마의 말을 마도는 웃음으로 받았다.

"엠병, 재밌기는……."

시마가 말한 뜻은 금방 알게 되었다.

산등성이를 오르고, 계곡을 건너고, 다시 길도 없는 산길을 더듬어 갔다.

경사가 너무 급해서 산짐승도 돌아다니지 않을 산이다.

그렇게 오르길 얼마간, 산하가 한눈에 조망되어 속이 후련해지는 곳에 허리를 굽혀야 들어갈 수 있는 동혈이 나타났다.

"제길! 동굴은 싫다니까 뻔질나게 찾아다니네. 뱃속에 검댕이가 들었나, 왜 이렇게 동굴을 좋아해!"

"여기 온 게 두어 번 되나? 마음에 들지 않는단 말이야."

수검도 인상을 찡그렸다.

금연화는 피식 웃었다. 초강자 운운하는 사람들이 한낱 동굴을 싫어하다니. 풍찬노숙을 밥 먹듯 하는 무인이라면 동굴처럼 아늑하고 편안한 곳도 없는데.

'설마 전처럼 한기가 극심한 곳은 아니겠지.'

마인들은 동굴 내부를 잘 알고 있었다.

그들은 동굴에 들어서자 소림파의 말도 듣지 않고 뿔뿔이 흩어져 쉴 곳을 찾아갔다.

소림파는 네 여인을 이끌고 동굴 안쪽으로 깊숙이 들어갔다.

이리 구불, 저리 구불. 두 갈래, 세 갈래로 갈라진 갈림길도 나오고, 십여 명이 쉴 수 있는 공간도 있다.

'미로야. 길을 알지 못하면 갇히기 십상이야.'

소림파는 어떻게 이런 동굴을 많이 아는 것일까.

전에 거쳤던 동굴도 적선서가 없으면 감히 뒤따라올 엄두가 나지 않을 만큼 복잡했다. 이곳도 마찬가지다. 몸에 천리향(千里香)을 묻혀놓거나 적선서 같은 영물의 힘을 빌리지 않으면 뒤따라올 엄두가 나지 않는다.

"여기서 쉬지. 오늘은 그냥 푹 쉬어."

말할 기력도 없다. 무인이 그까짓 산 하나 오른 것 가지고 헐떡이냐고? 그런 말을 하는 자가 있으면 주둥이를 찢어놓고 싶다. 하루 밤낮 동안 젖 먹던 힘까지 죄다 쏟아낸 후에 산을 타보라고 해라.

금연화, 절혼마녀, 일령은 누가 먼저랄 것도 없이 털썩 주저앉았다. 그리고 패그르 쓰러져 잠들었다.


2


동혈 생활은 견딜 만했다.

다행히도 천장에 어린아이 주먹만한 구멍이 뚫려 있어서 낮과 밤의 구별은 되었다.

음식도 어렵지 않게 구했다. 편복(蝙蝠)이 득실거려서 손만 뻗으면 먹을거리다. 편복이 질리면 뱀이나 쥐를 잡아먹을 수도 있고.

남은 시간은 오로지 무공 수련에 매진했다.

절혼마녀는 귀적무를 능숙한 경지까지 끌어올렸다.

어두컴컴하다는 동굴의 효능을 빌린 탓도 있지만, 그녀가 호흡을 멈추고 숨으면 찾을 길이 없다. 그러다 목 뒤가 서늘해서 돌아보면 어느새 검이 닿아 있다.

귀적무를 능숙하게 펼치게 된 후에는 귀적무와 육경검법의 혼합을 시도했다.

귀적무가 귀루의 정화라면 육경검법은 사루의 정화. 한때는 죽음을 부르는 빛이라고도 불렸던 검법이지 않나. 수련이 미숙해서 그렇지, 결코 귀적무에 못지않은 절기다.

금연화와 일령은 본문의 무공을 심도 깊이 수련했다.

자하부의 무공은 마공에 뒤지지 않는다. 수십, 수백 번에 걸쳐서 검증된 결과다. 자하부 무공을 지니고도 마인에게 뒤진 것은 수련의 깊이가 얕은 탓이다.

동굴 생활을 시작한 지 한 달이 지나갈 무렵, 험오스러워 욕지기가 생기던 고기들이 구수하게 느껴질 즈음, 소립파가 네 여인을 불러 앉혔다.

그는 밑도 끝도 없이 마공에 대한 이야기를 시작했다.

"마공이란 녹혈마공처럼 수련 과정이 패륜적인 것도 있지만 끝이 좋지 않은 무공도 있어. 본성을 바꿔 버리는 무공."

'날 말하는 건가?'

절혼마녀는 뜨끔했다.

"힘을 얻은 자가 사람을 치고 싶은 것은 본능. 정도 무공은 강함과 자제심을 함께 양성하는데, 마도 무공은 오로지 강함만 추구해. 한쪽 발을 관에 담고 사니 당연하다는 거지. 거기에 함정이 있어. 끝없이 강함만 추구하고 본능에 충실하다 보니 사람이 사람 같지 않고 벌레처럼 여겨지는 거야."

다 알고 있는 말이지만 소림파가 말하니 새삼 진리처럼 여겨진다.

그에게는 그런 힘이 있다. 자신의 말을 무조건 믿고 따르게 하는 힘이 존재한다.

"그런 예로 가장 대표적인 게 탈백섭심공이야."

'역시 내 이야기였어.'

"사람의 눈은 두 개, 이어지는 신경과 혈(穴)도 두 가닥. 양쪽 눈을 통해 기파(氣波)가 양백혈(陽白穴)을 건드리고 임유혈(臨泣穴), 목창혈(目窓穴), 정영혈(正營穴), 승영혈(承靈穴)을 타고 간 다음 뇌호혈(腦戶穴)에서 모이게 되지. 모이는 게 아냐. 충돌을 일으키는 거야. 극심한 충격을 받은 사람은 일순간 이성이 마비되는데, 이게 탈백섭심공의 요체야."

"탈백섭심공을 아는군요."

"이론상으로는 간단하지. 하지만 실전에서 응용하려면 부단한 수련이 필요해. 기파가 조금만 강해도 당하는 사람이 미쳐 버려. 약할 경우에는 혼을 빼앗기도 전에 발각당해. 반격은 당연히 예상해야 되고. 결국 강한 쪽에서 서서히 줄여와야 되는데, 그 과정에서 많은 사람이 정신병자가 돼."

"맞아요?"

금연화가 깜짝 놀라서 절혼마녀에게 물었다.

"그놈들, 죽일 놈들이었어."

절혼마녀는 그 말로 시인을 대신했다.

"아무리 그래도!"

절혼마녀가 정상적인 무공을 수련하지 않은 줄은 알고 있었다. 하지만 이 정도까지 마성이 깊은 무공인지는 몰랐다.

"수련 과정도 문제지만 능숙해지면 더 문제가 커. 재미가 붙게 되거든. 무공이 강하다고 잘난 척하던 놈들도 순식간에 꼭두각시가 되니 재미가 없을 수 없지. 시전하고 또 시전하고."

"재미로 펼친 적은 없어요."

정말 그렇다. 하지만 어떤 말로 변명해도 받아들여지지 않으리라. 탈백섭심공을 수련했으니 마인이다. 이게 세상의 눈이다.

'나도…… 그랬어. 똥 묻은 개가 겨 묻은 개를 나무란다고…… 내가 시마를 증오했다니. 녹혈마공은 안 되고 탈백섭심공은 된다는 생각이었어. 이런…… 호호! 나는 괜찮다고 생각했는데. 정당했다고, 죽일 놈들한테만 펼쳤다고……. 호호호! 이렇게 해서 마인이 되는 거구나.'

얼굴을 들 수가 없다. 시마는 물론이고 금연화, 마야의 얼굴까지 볼 낯이 없다.

"그런데 기파란 놈이 아주 공정해. 탈백섭심공이 사용하는 기파는 상단전(上丹田)에서 나오는데, 쌓지 않고 쓰기만 하니 문제가 생길 수밖에. 상단전인 인당혈(印堂穴)은 정신(精神)이 존재하는 곳. 상단전에 이상이 생긴 자를 두고 미친 사람이라고 하지."

"그, 그래서!"

정한문 여인들…… 그녀들은 결국 미친 여자가 되었다.

정한문이 선택한 것은 정신에 이상이 생길 즈음, 깨끗한 죽음으로 마무리 지어준다는 것이었다.

"다담에게서 들었어. 탈백섭심공을 손봐달라고. 방법은 있어. 가르쳐 달라면 주지."

"아뇨. 됐어요. 탈백섭심공…… 버릴게요."

"됐어. 그런 생각이면. 이미 수련한 것, 버릴 이유가 없지. 세상에 존재하는 무공은 어떤 무공이든 존재 가치가 있는 거야."

소립파는 귀적무를 건네줄 때처럼 책자를 주었다.

"인당혈을 손상시키지 않고 기파를 사용하는 방법이야. 자신은 버린다고 했지만, 절박한 상황이 되면 무엇이든 손에 잡히는 대로 휘두르는 게 인간이야. 꼭 수련해 둬."

"고마워요."

소립파는 일령에게 시선을 돌렸다.

"공령문의 절기를 제대로 이어받았더군. 단점이라면 자하쌍구검에 대한 비중이 너무 크다는 거야. 염화옥수와 선유비조신법은 정말 뛰어난 절기인데, 자하쌍구검이 더 크게 보였나?"

"자하쌍구검은 자하부의……."

일령은 대답하려다 말문을 급히 닫았다.

무공을 보는 안목에서 마야는 타의 추종을 불허한다. 사람의 용모와 신체가 각기 다르듯 몸에 맞는 무공도 따로 있다. 마야는 그 점을 말하고 있다.

"일령의 몸은 아주 뛰어나. 선유비조신법을 펼치면서 염화옥수를 전개한다면 그야말로 멋있는 그림이 될 거야."

어떻게 생각하면 얼굴이 화끈거리는 말을 서슴없이 말하는 사람.

"자하쌍구검을 버려. 공령문주도 그 말을 하고 싶었을 거야. 자하쌍구검을 먼저 익히고 있어서 차마 말을 못했을 뿐이지. 한마디 해주면, 공령문 절기를 완벽하게 습득하면 여기 있는 사람 누구에게도 밀리지 않아."

"그, 그 정도까지!"

"정말이에요?"

일령은 물론 금연화, 절혼마녀까지 깜짝 놀랐다.

공령문주는 일령보다도 금연화와 절혼마녀가 잘 알고 있다. 자하령에게 공령문의 절기를 전수해 준 것도 두 사람과의 인연 때문이라고 생각했다.

그것이 아니었던가. 일령을 욕심냈기 때문인가.

"싸움을 할 때는 수십, 수백 가지의 절기를 알고 있다고 해서 이기는 게 아냐. 한 가지 절기라도 딱 부러지게 알고 있으면 돼. 공령문주 그 사람, 술과 여자라면 사족을 못 쓰지만 약자가 아냐. 북검문주와도 일전을 겨룰 수 있는 사람이지."

놀란 게 너무 많아서 이제는 놀랄 기력도 없다. 분명한 것은 허풍이 아니라는 것이다.

이번에는 금연화 차례.

"자하부에는 자하밀공이 있는데, 성취는?"

'자하밀공도 알고 있었어.'

"이제 겨우 육성 정도예요."

"한 달 만에 일성이나 높였다면 겨우라고 할 수 없지."

"그, 그것까지! 어, 어떻게 성취도까지! 무공을 보인 적도 없는데!"

놀랄 기력이 없다지만 놀라지 않을 수 없다. 자신의 무공 수준을 정확히 꿰뚫고 있으니 이 사람…… 사람이 아니라 귀신인가!

"자하밀공이 뒷받침된 자하쌍구검이라면 해볼 만해. 요체는 진작 깨달았는데 성취가 더딘 것은 내력이 딸리기 때문이겠지."

"할…… 말이 없군요."

"다담."

옆에 다소곳이 앉아 있던 다담선자가 백옥으로 만든 피리를 꺼내 건넸다. 아무런 문양도 새겨져 있지 않아서 단순하면서도 고급스러운 분위기를 풍기는 피리다.

"오늘부터 한 시진씩. 매일 이 시간에 여기 와서 운공하도록 해. 장단을 맞춰줄 테니까."

'그때 그 능력이야. 마령음.'

삘리, 삘리리리…… 삘리리…….

옥적에서 구슬픈 소리가 울려 퍼졌다.

세 여인은 즉시 가부좌를 틀고 앉았다.

절혼마녀는 사루의 독문심법인 육기일원심법(六氣一元心法)을 운용했고, 금연화는 자하밀공을 끌어올렸다. 일령은 지금까지는 자하공법을 운용해 왔으나 소립파의 충고를 받아들여 공령문의 공령삼기(空靈三氣)를 끌어올렸다.

진기가 폭주한다. 미쳐서 날뛰는 야생마처럼 제어할 수 없는 힘으로 전신 경락을 질주한다.

피리 가락에 묻혀 다담선자의 옥음이 들려왔다.

"의심은 주화입마의 지름길. 의심을 떨쳐 버려요. 진기가 날뛰면 날뛰는 대로 놔두고 길만 열어요. 사람이 걸어 다닐 수 있는 소로였다면 마차가 다닐 수 있는 대로로 만들어야 해요. 경락을 채울 생각은 버려요. 우선은 넓혀야 채워지는 거예요. 큰 그릇이 빗물을 많이 받듯이. 그 생각만 해요."

삘리리, 삘리리, 삘리…….

세 여인은 옥적음에 도취하여 점차 자아를 망각해 갔다.

북검문은 허점이 없다. 앞으로 백 년이 더 흐른다 해도 무너질 것 같지 않은 철옹성이다.

"흐흐흐! 내가 누구야. 혈귀대주를 따라다니며 북검문을 내 집 안방처럼 들락거리던 사람이야. 설마 내가 틈을 못 찾아냈겠어? 틈…… 틈은 칠성군에서 찾아야 해."

언장은마가 자신있게 말했다.

칠성군, 그들은 사형제 간이면서도 상호 견제하는 관계다. 그러한 관계는 한 산에 한 마리만 살아야 할 호랑이가 일곱 마리나 살고 있다는 태생적인 필연에서 비롯되었다.

호랑이들도 새끼 적에는 어미젖을 물며 함께 뒹군다. 장래에는 서로가 난적이 되겠지만, 현재까지는 어느 사형제나 다름없이 돈독한 관계를 유지하고 있다.

하나 더 이상은 아니다. 그들 사이에 노골적인 반목이 시작되고 있다. 새끼 호랑이가 컸다고 제 몫을 챙기기 시작했다. 북검문주가 약육강식(弱肉强食)의 논리를 폈기 때문에 스스럼없이 반목을 시작할 수 있었다.

북검문주는 꾹 억누르고 있던 칠성군의 야망에 뜨거운 불을 지폈다. 삼원로, 삼대주, 십공봉, 칠성군이 모인 자리에서 후계 구도를 발표한 것이다.

강북무림을 이끌 사람은 하늘이 정한다. 혈육이라도 하늘의 보살핌이 없다면 문주가 될 수 없다. 능력을 보여라. 그리고 운을 기다려라. 북검문도의 신망을 얻고, 북무림의 동조를 얻어라. 불협화음을 적대 감정으로 발전시켜서는 안 된다.

철저한 약육강식, 자유 경쟁이다.

그때까지만 해도 칠성군 중 후계 구도에 가장 근접했던 사람은 칠신녀(七神女)였다.

그녀에게는 큰 후광이 있었다. 북검문주의 손녀라는 후광은 어떤 힘이나 머리로도 능가할 수 없는 최고의 배경이다. 그런 연유로 북검문도 대부분이 차기 북검문주는 그녀일 것이라고 생각했다.

북검문주의 일성(一聲)이 터진 후에도 그런 생각은 좀처럼 가시지 않았다.

북검삼뇌는 문주의 진위를 파악하기에 고심했다. 그리고 드디어 그들의 입에서 의심할 필요가 없다는 말이 떨어졌다.

칠성군은 본격적으로 사냥을 시작했다.

눈에 보이는 먹이부터 노리는 것은 당연하다.

일공자(一公子)는 북검문에서 가장 강한 힘, 천랑대를 먹었다. 북검문의 명을 받드는 천랑대지만 일공자의 허락이 없는 한 대원 한 명도 움직일 수 없는 상황이 되었다.

이공자(二公子)는 천랑대와 어깨를 나란히 하는 천검대를 삼켰다.

표면적으로 현재까지는 일공자와 이공자가 후계자에 가장

근접했다.

일공자와 이공자가 북검문주 자리를 놓고 다툰다면 양패구상(兩敗俱傷), 누구도 쉽게 우위를 점할 수 없는 입장이다.

삼공자는 천비대를 쥐었다.

힘으로는 천랑대와 천검대를 능가할 수 없지만 전 중원을 한눈에 내려다볼 수 있는 눈과 귀를 가졌으니 그를 빼놓고는 후계자를 말할 수 없다.

일, 이, 삼공자가 가진 힘은 북검문의 무력이다.

무력을 가질 수 없었던 사형제들은 다른 힘을 취했다.

사공자(四公子)는 십공봉(十供奉)과 밀접한 관계를 유지한다. 북검문과 뜻을 같이하는 문파 중에서 가장 강한 문파 열 곳에서 보내온 조력자들.

그들의 무공은 칠성군과 비교할 바가 아니지만, 그들이 가진 권위는 칠성군과 견주어도 모자라지 않는다.

오공자(五公子)에게는 육능자가 있다.

권력 구도에 초연한 듯 오직 무공 수련에만 매진하고 있지만, 북검삼뇌라는 육능자의 지원을 받는 사람이니 언제 무슨 일을 벌일지 모르는 화약고다.

북검삼뇌의 맏형 격인 천기수사, 그는 육신녀(六神女)의 아버지다.

피는 물보다 진하다는데 더 말해 무엇 하랴. 육신녀의 일거수일투족에는 천기수사의 입김이 들어가 있다고 봐도 무방하다.

칠신녀(七神女), 그녀에게는 아무도 없다.

무력도 없고, 지낭(智囊)도 없으며, 인맥(人脈)도 놓쳤다. 아니, 취할 생각을 하지 않았다. 사형제 간의 암투는 골육상쟁(骨肉相爭)과 다름없다며 차라리 사형제 중 한 사람을 지목하여 힘을 실어주라고 북검문주에게 대놓고 말하기도 했다.

그녀가 삼대를 취하려고 했다면 가능했다. 천기수사야 육신녀의 아버지이니 제쳐 놓더라도 육능자나 권력 다툼을 혐오하여 외지로만 떠도는 만박선생은 그녀 곁에 머물 가능성이 컸다.

십공봉은 더욱 처신의 폭이 좁았다. 그녀가 발빠르게 움직였다면 제일 쉽게 취할 수 있는 세력이었다.

칠신녀는 아무 행동도 하지 않았다.

북검문주도 자신이 한 말을 지켰다.

칠성군의 권력 계승 다툼에는 일절 간여하지 않았다. 문주뿐만이 아니라 삼원로도, 비밀리에 문주와 삼원로를 호위한다는 미지의 세력도 칠신녀와 다른 제자들을 차별하지 않았다.

강북무림을 이끌 만한 재목임을 스스로 입증하라. 북검문주라는 지상 최강의 자리가 눈앞에 있다.

칠성군의 최대 당면 과제다.

그런 권력 구도에 이상 기류가 발생한 것은 혈귀대주가 등장하면서부터다.

그는 일개 무사로 입문하여 무서운 속도로 치고 올라왔다.

북검문주의 무공을, 삼원로의 무공을 배운 것도 아니면서 감당할 수 없는 강자로 성장했다.

혈귀대주의 잠재력은 무한해 보였다.

정식으로 인정된 대(隊)도 아닌 비공식적인 혈귀대의 대주이지만, 조금 더 성장하여 무류검법을 밟고 서면 북검문주의 눈에 띄는 것은 시간문제였다.

공공연하게 팔공자(八公子)는 혈귀대주라는 말이 나돌기 시작하니 웃어넘길 일도 아니었다. 또한 그는 수많은 싸움을 통해 능력을 입증했으니, 팔공자가 되어 문주의 무공까지 전수받으면 가장 강력한 도전자가 될 가능성이 높았다.

혈귀대주가 죽었을 때, 칠성군에게 쏟아지는 의심의 눈초리도 일면 이해할 만하다. 일곱 명만으로도 머리가 욱신거리는데 또 한 명이 들어서는 것을 좋아할 사람이 있을까. 더욱이 북검문이 단문협을 봉쇄하기까지 했으니 세인들의 따가운 눈총을 피할 길이 없다.

세인들의 입방아처럼 혈귀대주를 시기한 누군가가 함정 속으로 밀어 넣은 것일까? 혹자는 아니라고 한다. 너무도 속이 빤히 들여다보이는 함정이라는 것이다. 또한 남도문의 힘을 빌어서 혈귀대를 몰살시킨 일은 북무림을 팔아먹는 행위인데, 무엇이 아쉬워서 그리 큰 모험을 하느냐는 거다.

진실은 칠성군만이 알고 있다.

분명한 것은 혈귀대주의 죽음이 명확히 밝혀지지 않는 한, 칠성군 중 누구도 입방아에서 자유롭지 못하다는 것이다.

"그럼 칠성군이!"

금연화는 격동을 이기지 못했다.

"칠성군은 아냐."

소립파가 금연화의 격정에 찬물을 끼얹었다.

"음모란 아무도 모르게 진행되어야 가치있어. 당장 화살을 받게 되어서야 음모라고 할 수 없지. 혈귀대주…… 못난 그놈만 죽이려고 했던가, 칠성군의 발목을 잡기 위한 수단으로 그놈을 죽였던가, 아니면 둘 다 노렸던가."

소립파는 미간을 찡그리며 생각에 잠겼다.

"어쨌든 이건 북검문 전체를 위협할 수 있는 약점이 될 것 같네요."

절혼마녀가 말했다.

마인들보다는 북검문을 잘 알고 있다 생각했는데, 이런 일들이 벌어지고 있는 줄은 꿈에도 몰랐다. 그만큼 북검문의 행사가 은밀한 탓이다.

그런 사실을 파악해 낸 언장은마는 또 어떤 사람인가.

이쪽이고 저쪽이고 대단한 사람들이다.

마도가 고개를 살래살래 흔들며 냉정하게 말했다.

"고인 물은 썩기 마련이지. 북검문이 북무림을 장악한 지 삼십 년이야. 그에 비하면 이 정도는 썩은 것도 아냐. 다담, 북검문의 진정한 힘이 뭐지?"

다담선자는 하얀 이를 살며시 드러내며 웃었다.

"북검문주와 삼원로죠. 그들 네 사람이면 북검문을 쓸어버리고 다시 일으킬 수 있을 거예요."

다담선자의 말에 세 여인은 벌어진 입을 다물지 못했다.

"후후! 달리 무신이 아니지. 무신이라는 소릴 들을 정도면 어느 정도인지 짐작했어야지. 그래도 이건 큰 성과야. 북검문 간자를 찾아내는 정도는 할 수 있겠어."

"그것참…… 노괴물도 쓸 데가 있네. 이런 정보는 어디서 캐왔다."

동혈 저편에서 음침한 괴소가 들려왔다.

"시마…… 넌 죽는다. 내 손에."

"썩을! 저 소리 좀 안 들으면 속이 후련하겠다니까."

"그만."

소립파의 한마디는 나직했지만 뭇사람의 입을 막아버렸다.

"떠날 준비들 해."

고대하고 또 고대했던 말.

"그래, 이판사판 부딪쳐 보자고. 북검문 놈들이라고……."

수검이 검을 꾹 움켜잡으며 말했다. 그러나,

"북검문은 나중에. 우선은 장강을 건넌다."

"장강?"

"개를 때려야 주인이 나타나는 법이지. 단문협 혈사에 가담했던 자들을 흔들다 보면 그 자식을 팔아먹은 놈도 나타나게 될 거야. 지금 당장은 북무림에서 할 일도 없고."

두 달이라는 예정보다 한 달이 더 늘어나 석 달이 지나갈 무렵이었다.

第十六章

도장강(渡長江)
—장강을 넘어

1

천비대가 무서운 점은 한 번 낙인찍은 사람은 십 년이 지나도 주의를 거두지 않는다는 점이다.

소립파는 충분히 주의를 기울이면서 이릉 성내로 들어섰다.

단문협과는 불과 삼십 리 거리. 이릉에서 '악!' 하고 소리 지르면 곧바로 단문협에서 '억!' 하는 소리가 들려온다.

이릉에 들어설 때는 적혈구로 들어설 때와 같은 방법을 취했다.

성 밖에 있는 공동묘지에서 지하로 들어갔고, 수십 개의 미로를 거쳐 밀마(密碼)를 주고받은 다음에야 안전한 곳으로 들어섰다. 그때와 마찬가지로 반대편에서 나온 사람들이 들어온 길을 더듬어가며 흔적을 지웠고.

"한두 사람이 엮여 있는 게 아니네요?"

금연화는 편안하게 물었다.

지난 석 달간이나 동혈에서 같이 지냈으니 눈빛만 봐도 생각하는 것을 알 수 있게 되었다. 마인들이라는 사람들과도 거리낌없이 지낼 수 있고, 누구보다도 그들을 이해하게 되었다.

소립파도 멀리 있는 사람 같지 않다. 그가 무뚝뚝하게 대해도 개의치 않고 농담을 건넬 정도는 되었다.

"강을 건널 때는 주의를 기울여야 되니까. 장강과 황하(黃河). 이런 식이 아니면 우리 같은 사람들은 강을 건널 수 없어."

"슬픈 이야기네요."

"비참한 이야기지."

"도대체 얼마나 많은 사람들이 연관되어 있는 거예요?"

"정말 궁금하네. 몇 놈이나 될까? 한 만 명 될까?"

시마도 말은 했지만 확신이 서지 않는 듯 고개를 갸웃거렸다.

"에이, 그것밖에 안 될라고. 이만은 넘을 것 같은데?"

혈유가 위로 통하는 문을 열어젖히며 말했다.


이릉과 적혈구는 달랐다.

적혈구에서는 술 냄새와 풍악 소리가 오감을 자극했지만 이릉은 망치질 소리만이 고막을 두들겼다.

땅땅! 땅!

망치 소리가 곳곳에서 울려오는 것으로 보아서는 상당히 큰 대장간인 듯싶다.

밖에 나갈 수 없다는 정도는 눈치로 안다.

제법 넓은 방이지만 열한 명이 기거하기에는 비좁다고 할 수밖에 없는 방에서 어떻게든 견뎌내야 한다.

"뭐 이래? 안에 들어오면 따뜻한 물에 목욕 좀 하려고 했더니."

일령이 입술을 삐죽 내밀며 투덜거렸다.

정자산에 들어갈 때만 해도 초여름이었는데, 벌써 가을로 들어서 낙엽이 나뒹군다.

'아버님은 어떻게 지내실지⋯⋯.'

자신에 대한 소문은 들으셨을 게다.

마인과 어울려 다니며, 북검문 무인들을 가차없이 도륙하고 있다고. 어쩌면 그보다 훨씬 심한 말을 전해 들으셨을지도 모른다. 소문이란 왕왕 진실보다 과장되는 법이니까.

걱정이 태산 같으시겠지. 영원히 정도로 돌아올 수 없는 딸을 지켜보면서 가슴이 무너지시겠지.

하지만 지금까지는 약과다.

딸자식이 장강을 넘어 남무림을 휘젓고 다닌다는 사실을

알게 되면 더욱 마음이 편치 않으실 게다.

장강을 넘는다.

북검문의 간세가 누군지 알아내는 것도 중요하지만, 혈귀 대주를 직접 손댄 원흉을 죽이는 것도 중요하다.

남과 북이 대치 상태이니 남무림의 행동은 타당하다고 볼 수 있다.

혈귀대주 역시 남무림 무인들을 헤아릴 수 없을 만큼 죽여 가며 명성을 쌓았으니 할 말이 없다. 음모, 계략, 함정…… 온갖 술수들이 총동원되는 마당이다.

살지 죽을지 모르는 길이다.

사는 것보다는 죽을 가망이 더 많은 길이다.

장강…… 건너는 것도 어렵지만 돌아오는 것은 더 더욱 어렵다.

'지켜봐 줘. 이제부터 시작이야.'


해거름이 지고 망치 소리가 끊긴 후에도 두 시진이나 지나 자정이 가까울 무렵, 열리지 않을 것 같던 바깥문이 열리며 엄청난 거구가 쑥 들어섰다.

그가 들어서니 방 안이 꽉 찬다.

"마야."

온몸이 근육으로 뒤덮인 거구는 곧장 마야에게 달려가 두 손을 움켜잡았다.

"마야가 온 줄 알았으면 진작 왔을 텐데, 떨거지 새끼들인 지 알고."

"내 저 새끼 심통 부리는 줄 알았다니까. 이놈아, 배고파서 뒈지겠다. 어여 밥이나 처내와."

"시마, 이 새끼! 대갈통이 제법 여물었나 보지?"

"저 새끼 말하는 싹수 봐라. 똥통에 처박혀 뒈질 놈 같으 니. 어여 밥이나 내오라니까!"

"기다려, 자슥아. 마야하고 말도 끝나지 않았는데 끼어들 기는. 마야, 저런 놈은 왜 데리고 다니는 거야?"

소림파는 피식 웃기만 했다.

"강을 건너려고?"

"볼일이 있어서. 준비 좀 해줘."

"준비 같은 건 걱정하지 말고. 얼추 짐작하기로는 남무림 과 한판 뜨려는 것 같은데, 사람이 왜 이래. 이런 일에 날 빼 놓는다는 게 말이 돼? 이런 쭉정이들 여럿 데리고 가봤자 별 볼일 없다는 것 몰라?"

"오오라! 그러니까 저 떼어놓고 간다고 심통을 부렸다 이 거지? 우리한테 부린 게 아니라 겁대가리없이 마야한테 심통 을 부린 거네?"

"늙은이, 뒈지고 싶지 않으면 입 좀 다물어라. 응!"

소림파가 거구의 어깨를 툭 쳤다.

"배고파. 밥부터 먹어야겠어."

"아! 내 정신 봐. 나가자고. 오늘 술 한번 결판지게 마셔야 지."

거구는 마야의 손을 꼭 잡고 밖으로 나갔다.

밖은 조용했다.

천여 평에 이르는 넓은 대지에 거주하는 사람이 백여 명은 훨씬 넘을 것 같은 큰 대장간이다. 아니, 차라리 대장간을 업으로 삼고 있는 장원이다.

오가는 사람이 보이지 않았다. 모두 잠에 들었나?

천만에! 지금 이 순간, 대장간은 죽음의 요새다. 겁없이 담을 넘는 자가 있다면 흔적도 없이 제거되고 말 것이다.

느껴진다. 잔잔한 숨소리…… 살을 저미는 예기…….

금연화, 절혼마녀, 일령이 처음으로 겪어보는 마인들의 조직이다. 전에도 동원된 사람들은 있었다. 천비대에 쫓기면서 많은 사람들이 음으로 양으로 도와주었다. 하나 대장간처럼 무공을 갖춘 무인들이 조직적으로 뭉쳐 있는 경우는 처음이다.

'여긴 웬만한 문파 수준이야.'

밤과 낮이 혼합된 이른 새벽.

이릉성에서 이 리 정도 떨어진 강변에서 분주한 움직임이 일었다.

소립과 일행은 서너 명만이 탈 수 있는 자그마한 소선에 삼

삼오오 짝을 지어 올라탔다. 그러나 출발은 하지 못했다.

"마야, 나도 가자."

거구의 사내가 배 한쪽을 꾹 움켜잡고 놓지 않았다.

"거추(巨槌), 여기를 지키는 일도……."

"난 그런 것 모르겠고. 마야, 나도 가자."

"허어! 이러다 날 밝겠어."

"그러니까 빨리 말해. 같이 가자."

거구의 사내는 서른 중반쯤으로 보이지만 근육이 워낙 단단해서 젊어 보일 뿐, 실은 마흔을 훨씬 넘겼다. 허리춤에 찔러 넣고 있는 큰 망치가 병기라서 거추라고 불리며, 신장이 거인국에서나 사는 거인처럼 크기 때문에 철탑(鐵塔)이라는 말이 붙는다.

철탑거추(鐵塔巨槌).

금연화나 절혼마녀는 한 번도 들어보지 못한 별호지만 시마나 마도, 수검 등을 발아래 두고 있는 듯한 말투로 미루어 보아서는 최강자 중에 한 명이 분명하다.

그가 막무가내로 따라가겠다 졸라대고 있으니 이를 어떻게 받아들여야 하나.

마야를 생각하는 마음이 간절하다. 또 무인으로서 지닌 무공을 마음껏 드러내고픈 욕구도 있다.

살아오기 힘든 길이라는 건 그도 안다. 알면서도 무인이기에 따라나서려는 심정은 오죽 절박한가.

마인이기에 무공을 익혔으면서도 평생 숨어 살아야 한다. 이런 기회가 아니면 무공을 쓸 일은 없을 게다. 설혹 이 길이 죽음의 길이라고 해도 한 번쯤 마음껏 무공을 써보고 싶은 생각이 간절하리라.

지난밤, 그는 술을 마시는 내내 마야 곁을 떠나지 않았다. 첫 잔을 들면서부터 따라가겠다고 으름장을 놓았다. 마지막 잔을 들 때까지. 협박이 통하지 않자 물러설 줄 알았더니 정반대로 태도를 바꿔 졸라대고 있다.

"한 사람 때문에 모두가 위험해질 수 있어. 지금처럼."

"절대 복종하면 되나?"

"휴우! 못 말릴 사람이군. 배는 어떻게 할 거야?"

작은 소선에 그가 탈 자리는 없다. 그가 타면 다른 사람들이 다 내려야 할 정도다.

"흐흐흐! 그런 건 걱정을 붙들어 매. 이 새끼들! 빨리 배 안 가져와! 시간없어, 이놈들아!"

철탑거추의 표정이 비로소 환해졌다.


스으윽! 스으윽!

소선 네 척은 자욱하게 피어난 물안개를 헤치고 나아갔다.

철탑거추의 완력은 감탄스러웠다. 그는 혼자 노를 젓고 있는데도 두 사람이 노를 젓는 다른 소선들보다 항상 앞서 나갔다.

"저런 사람들이 많이 있으면 아예 문파를 만드는 것도 괜찮겠네요."

금연화가 철탑거추를 쳐다보며 말했다.

마야 곁에 모인 사람들은 비록 인원은 십여 명을 웃돌 뿐이지만 지난바 무공은 중원을 쩌렁 울린다. 그런 사람들이 모여서 문파를 창건한다면, 기반을 굳건히 구축한 문파라도 함부로 하지는 못할 것이다.

물론…… 그들이 정도일 경우에 한하는 말이겠지만.

"호호호! 저 사람들 앞에서는 그런 말 하지 마. 약 올린다고 생각할 거야."

절혼마녀가 부지런히 노를 저으며 말했다.

"언니, 마야는 어떻게 고칠 수 없는 거예요?"

다담선자는 쓰게 웃으며 노 젓는 일에만 열중했다.

"비록 자하부와 인연은 끊었지만 필요한 약재는 구할 수 있을 거예요. 방법이 있으면……."

"없어."

금연화는 말이 막혔다.

그와 같이 행동하면서 늘 궁금했던 문제, 그가 무공을 익혔느냐 익히지 않았느냐에 대한 해답을 찾아냈다. 동혈에서 석 달간이나 같이 생활했는데 무엇인들 알아내지 못할까.

마야는 선천적으로 특이한 체질을 타고 태어났다.

경맥이 돌덩이처럼 딱딱하게 굳어 있어서 기가 잘 통하지 않는다.

임신 중에 태아에게 영향을 미치는 음식이나 약초를 잘못 복용한 탓이라고 하는데…… 기형아가 태어나는 경우는 있어도 마야처럼 경맥이 굳은 채 태어나는 아이는 없지 않은가.

마야는 무공을 수련할 수 없다. 진기를 이끄는 것은 좁은 골목길에 홍수가 밀어닥치는 것과 같은 현상을 일으킨다. 주화입마(走火入魔)는 불문가지고, 목숨을 잃을 가능성도 높다.

기가 막힌 노릇이다.

다른 사람의 진기를 북돋워 주기도 하고 감소시킬 수도 있으면서 정작 자신은 진기를 끌어올리지 못하니 말이다.

그가 펼치는 능력은 초능력이라고 표현할 수밖에 없다.

그가 무공을 수련했다면…… 단연 으뜸이지 않을까? 어쩌면 북검문주나 남도문주와 어깨를 나란히 할 수 있지 않을까? 무신들은 칠순을 넘어선 고령이지만, 마야는 이제 갓 스물을 넘긴 청년이니 무림사에 두 번 다시 태어나지 않을 절대기재가 아닌가.

생각할수록 아깝다.

마야의 경맥 문제는 단순히 무공을 수련하지 못한다는 데서 그치지 않는다.

보통 사람들도 진기는 지닌다. 본인은 의식하지 못하지만 미미한 진기가 꾸준히 경맥을 타고 흐른다. 의원이 침이나 뜸을 놓는 것도 경맥을 자극하여 진기의 흐름을 조절하려는 행동이다.

보통 사람도 그런데 아예 진기가 막혀 있으니…… 결과는 자명하다. 이대로 몇 년만 더 지나면 생기(生氣)가 바닥난다. 지금도 원정(原情)이 극심하게 손상된 상태이니 시간이 지날수록 생기 소멸은 가속화되리라.

미온적이나마 생명을 연장시키는 방법은 있다.

매일 꾸준하게 추궁과혈(推宮過穴)로 전신 혈도를 풀어주는 방법이 있고, 음양교합(陰陽交合)을 통해 양기를 활성화시키는 것도 한 방편이다.

이런 방법들도 꺼져 가는 불꽃을 막을 수는 없다. 단지 기름 몇 방울을 떨어뜨려 주는 역할밖에 하지 못한다.

마야는 동혈에 있을 적에도 이틀이 멀다 하고 격렬한 정사를 벌였다.

회음(回音)이 심한 동혈이니 그들이 내뱉는 숨소리나 신음소리를 듣지 않으려고 해도 들을 수밖에 없었다.

처음에는 인상을 찡그렸다. 횟수가 거듭될 때는 마인이니 체면 따위는 버렸구나 하는 생각을 했다. 그러다 사연을 알게 된 다음에는 울적한 마음이 되었다.

사랑하는 사람끼리 벌이는 정사이니 즐거워야 하지 않나.

마야와 다담선자에게는 체면이나 허례를 따질 만한 여유가 없었다. 그들에게는 목숨을 이어가는 구명줄이었다. 마야보다는 마야를 살리고 싶은 다담선자의 절박한 마음이 절절이 새어 나오는 신음 소리였다.

　병이 있으면 약도 있다고 했는데…….

　"경맥…… 경화(硬化)가 심한가요?"

　"걷는 것도 힘들 거야. 온몸이 부서지는 통증에 시달릴
걸?"

　"아무렇지도 않아 보이는데요?"

　일령이 마야가 타고 있는 소선을 쳐다보며 말했다.

　"고통을 달고 사니까 익숙해진 거지."

　다담선자는 남의 일처럼 담담하게 말했다.

　속마음은 결코 담담하지 않으리라. 천 길 바다 속에 약이
있다고 하면 당장이라도 뛰어들 여자다.

　절혼마녀가 묵직해지는 분위기를 바꿨다.

　"그리고 보니 우리 여자들끼리 있는 것도 처음이네."

　"정말 그러네요. 벌써 넉 달 가까이 함께 지냈는데 여자들
끼리는 처음 모였어. 그렇죠?"

　일령이 새삼 신기한 것을 발견한 듯 놀란 표정을 지었다.

　"우리는 참 재미있는 여자들이야. 목적으로든 마음으로든
마야에게 의지하는 것도 같고, 돌아갈 곳이 없다는 것도 같
고, 며칠 후면 세상 모든 사람이 적이 된다는 것도 같아. 그래
서 하는 말인데, 우리 중 먼저 가는 사람이 있으면 남은 사람
이 반드시 복수해 주기로 해. 어때?"

　절혼마녀가 진지한 표정으로 세 여인을 쳐다봤다.

"그래요, 언니."

금연화가 제일 먼저 동조했다.

그녀는 자하부의 금지옥엽, 다른 두 명은 기녀이며 또 한 명은 수족이다. 금연화는 자신이 제일 먼저 찬성해야 한다고 생각했다. 뿐만 아니라 그녀는 한발 앞서 나갔다.

"복수를 해준다는 건 그만큼 아끼고 사랑한다는 거잖아요. 우리끼리는 마음을 합쳐요. 세상에 믿을 사람은 우리밖에 없잖아요? 우리 친혈육처럼 아끼는 거예요. 어때요?"

"저는……."

일령은 쭈뼛거렸다.

금연화를 모시던 몸으로 의자매를 맺자는 말과도 같은 주인의 말을 좇기는 어려웠다.

금연화가 일령을 마음을 읽고 그녀의 손을 잡았다.

"넌 이제 우리 막내야. 네 성명절기는 선유비조신법과 염화옥수잖아. 넌 공령문의 후인이니 자격이 충분해. 왜? 언니라고 부르기 싫어?"

"아씨……."

"언니. 언니라고 해."

"어…… 언…… 니."

일령은 고개를 푹 숙이며 기어들어 가는 음성으로 말했다.

철탑거추가 속도를 확 줄였다.

절혼마녀와 다담선자가 노를 잡은 배도 속도를 늦추고 긴장된 표정으로 전면을 응시했다. 마도, 수검, 시마, 언장은마가 탄 배는 스르륵 미끄러져 절혼마녀의 배에 바짝 붙었다.

계속 앞으로 나아가는 배는 한 척뿐이다.

고루쌍마가 노를 잡고, 혈유와 마야가 경계를 맡은 배.

남무림의 경계망도 북무림만큼이나 철통같다. 북무림은 그나마 경계 형태를 알고 있으니 비교적 쉽게 빠져나올 수 있었지만, 남무림의 경계망을 아는 사람은 마야와 혈유밖에 없다.

언제부터인가 마인들은 넓은 지역을 오가지 못했다. 성(城) 주변에서 얼씬거리는 것이 대부분이었고, 발이 넓다는 사람이 성(省)을 누비는 정도다.

초강자들은 그나마 많이 다녔다. 그래 봤자 북무림 혹은 남무림에 국한된 움직임이었지만.

많이 움직이다 보면 시비가 붙을 가능성도 그만큼 높아진다. 싸움이 벌어져 혹여 무공이라도 펼치게 되면 곧바로 죽은 목숨이나 다름없게 된다.

정도무림이 공고하게 뭉친 시점에서 마인들은 창살 없는 감옥에 갇힌 꼴이 되었다.

쭉쭉 뻗어나가던 소림파의 배가 갑자기 뚝 멈췄다. 그와 동시에 무엇인가가 뱃전을 박차고 날아올랐다. 혈유다.

쉭쉭쉭쉭……!

독수전이 허공을 가른다.

예전 같으면 비명 소리를 듣고 난 다음에야 알아챌 공격이지만 이제는 공기가 물결처럼 너울지는 느낌이 전해진다.

"크윽!"

"컥!"

물안개 저편에서 답답한 비명이 새어 나왔다.

"적이닷! 북무림 놈들이닷!"

비명 소리는 즉각 경계 태세를 최강으로 끌어올렸다.

"지금이야! 어서!"

절혼마녀가 말할 필요도 없었다. 다담선자를 비롯하여 금연화, 일령은 눈 깜짝할 순간에 강물 속으로 잠수해 버렸다.

절혼마녀는 신속한 동작으로 심지에 불을 붙였다.

타타탁……!

불꽃이 화약을 가득 담은 상자를 향해 빠른 속도로 타 들어갔다.

"하앗!"

두 발에 진기를 가득 담아 배가 앞으로 쏘아져 가도록 밀쳐 냈다. 그리고 그녀도 다른 사람들처럼 강물 속으로 스며들었다.

꽈앙! 꽈아앙!

첫 번째 폭발은 소림파의 배에서 터졌다.

가장 앞서 나갔던 배는 포위망을 좁히며 다가들던 남무림 배들 한가운데서 폭발했다.

꽈아앙! 꽈앙! 꽈왕!

절혼마녀의 배, 철탑거추의 배, 마도의 배 모두 폭발했다.

그들의 배는 포위망 외곽을 건드렸다. 그러잖아도 중심부에서 터진 폭발에 당황하던 무인들은 바깥쪽이 얻어맞자 좌우로 쫙 갈라졌다.

더 이상의 폭발은 없었다.


2


자하부주는 나이 쉰에 이르러서야 자하밀공을 십성까지 수련할 수 있었다.

금연화는 단 두 달 만에 사성을 끌어올려 십성에 이르렀다.

마야 덕분이다. 마령음을 들으며 진기를 운용하자 경맥이 터져 나갈 듯이 부풀어 올랐다.

비정상적인 운공법.

일반적으로 그런 현상이 일어날 경우, 폭주하는 진기를 제어하지 못하고 이끌려 간다. 그리고 끝내는……. 가는 대롱에 장강의 물을 쏟아 붓는다면 터져 나가는 수밖에 더 있는가. 경맥이 터지고 가닥가닥 끊겨 즉사하게 된다. 요행히 즉사를 면해도 식물인간이 되어 삶을 마쳐야 한다.

한데 희한하게도 마령음을 듣는 순간 경맥이 무엇으로도

끊을 수 없는 질긴 심줄이 되었다. 진기가 밀려들면 밀려드는 만큼 쭉쭉 늘어났다.

하루, 이틀…… 횟수가 반복되면서 경맥은 늘어난 상태에서 고정되어 갔다. 작은 시냇물에서 큰 강이 된 것이다.

그 차이는 엄청났다.

똑같은 진기를 사용해도 파괴력이 전보다 서너 배나 증가했다.

일거에 많은 진기를 쏟아낸 결과다.

그러면 단전은 어떤가? 단전에 쌓인 진기가 많지 않다면 진기는 순식간에 고갈되고 말 것이다.

그렇지 않았다. 마령음은 경맥뿐만이 아니라 단전이란 그릇도 크게 넓혀놨다.

금연화는 아직까지도 자신의 단전 크기를 재지 못하고 있다.

운공을 할 때마다 진기는 쌓이는데 망망대해에 조약돌 하나 던져 넣은 것처럼 흔적없이 녹아버린다.

도대체 이놈의 단전을 언제 다 채운단 말인가.

분명한 것은 최강자로 발돋움할 수 있는 기틀이 마련되었다는 것이다. 강해지는 것은 시간문제다. 넓디넓은 단전만 꽉 채운다면 중원제일의 무신도 바라볼 수 있다.

'자하밀공은 극상승 내공심법. 하지만 부족해. 좀 더 현묘한 내공심법이 필요해.'

자신이 이런 생각을 하게 될 줄이야.

금연화는 자하밀공을 극성으로 끌어올렸다. 그리고 저녁 놀 사이로 한줄기 바람이 흐른다는 자하풍류신법(紫霞風流身法)을 펼쳤다.

그녀는 한 줌 기척도 흘리지 않고 갈대밭 사이로 스며들었다.

남무림은 무려 삼십 년간이나 북무림과 싸워왔다.

어느 한쪽 큰 득도, 큰 손해도 보지 않은 채 하루에도 수십 명의 무인들이 장강에 피를 뿌린다.

장강은 반드시 사수해야 할 방어선이며, 반드시 뚫어야 할 공격선이기도 하다.

장강에 대한 경계가 삼엄하다는 것은 말할 필요도 없다.

남무림은 장강이 뚫렸다 싶으면 즉각 도령(刀令)을 발동한다. 뚫린 부분을 중심으로 방원 삼십여 리에 걸쳐서 천라지망이 펼쳐지는 것이다.

천라지망이라는 이름이 무색하지 않다. 힘으로 그물을 찢을 수는 있겠지만 흔적없이 빠져나갈 수는 없다.

'반원 형태. 스물네 명. 그럼 이들이 이십사현살검객(二十四玄煞劍客)? 족집게가 따로 없어. 이십사현살검객이 막아설 거라더니.'

금연화에게 주어진 시간은 다섯 호흡이다. 다섯 호흡을 넘기게 되면 삼백여 명에게 포위된다. 형문산(刑門山)을 근거를

둔 현살문(玄煞門)이라고 했나? 삼십여 년 전에는 살수 문파
였지만 지난바 기예가 뛰어나 남도문으로 영입된 문파.

착! 차악!

보통 장검보다 한 뼘 정도 길이가 작은 쌍검이 양손에 쥐어
졌다.

'후웁! 하나!'

숨 한 모금, 갈대 사이를 누비듯 스며들며 쌍검을 떨쳐 냈
다.

"컥!"

"크윽!"

"허억!"

짜릿한 단발마가 세 마디나 울렸다.

조금 아쉽다. 무공에 자신을 가졌다면 다섯 명쯤 해치울 수
있었는데. 자하밀공을 십성까지 터득했다고는 하지만 실전
에서 사용하는 것은 처음인지라 자신을 갖지 못했다.

삐익! 삐익! 삐익!

십여 장 쯤 떨어진 갈대숲에서 호각 소리가 터졌다.

'치잇! 이제 기습은 틀렸어.'

남은 건 네 호흡, 호각 소리를 들은 무인들이 메뚜기처럼
날아오는 모습이 눈에 선하다.

파팟! 사사삭…… 슈우욱!

자하풍류신법으로 펼치는 자하쌍구검.

이번 적들은 먼저처럼 쉽게 당하지 않았다. 허식을 일체 배제하고, 자신의 목숨까지 도외시하고 오로지 나도자신(拿刀刺身), 찌르는 검식 하나만 구사하는 살수검을 떨쳐 왔다.

수우욱! 우우웅!

금연화의 양손에 들린 쌍검이 각기 다른 기음을 토해냈다.

노을을 아는가?

노을은 해 뜨기 반 각 전과 해 지기 반 각 전에 일어난다.

해 뜨기 전에 물드는 노을은 붉은색으로 시작하여 노란색으로, 그리고 점점 옅어져 하얀 광명과 동화한다. 저녁노을은 정반대다. 광명에서 노란색으로, 그리고 붉은색으로 변하고 종래에는 어둠 속으로 숨는다.

자하쌍구검은 이기일원검(二氣一元劍)이다.

우검(右劍)은 소리없이 일어나나 불꽃이 폭발하듯 강력한 파괴력을 담고 현란하게 펼쳐진다. 어둠에서 밝음으로, 음에서 양으로, 대지에서 천공으로 치솟는 검이다.

좌검(左劍)은 눈부신 변화를 일으키며 펼쳐진다. 하나 초식이 전개될수록 변화가 줄어들어 무미건조한 검세로 약화된다. 그렇다고 무시해서는 안 된다. 그때야말로 진정한 암흑의 검이 목숨을 노리는 순간이니까.

우검과 좌검을 뒤섞으면 수많은 검형(劍形)이 창출된다.

가짓수를 헤아린다는 것은 무의미하다. 천지자연, 삼라만상에 내포된 모든 변화가 깃들어 있는 검형을 무슨 수로 헤아린다는 말인가.

자하부는 역사를 거듭하면서 검형을 줄여왔다.

정제하고 또 정제하여 가장 강력한 검형만 존재시켰다.

그래야 범인들도 수련할 수 있을 것 아닌가. 초상승 검공이라 할지라도 신인(神人)만 수련할 수 있다면 무슨 소용이 있겠는가.

금연화의 손에 넘겨진 자하쌍구검은 검형이 백 가지로 압축되어 있었다. 그래서 일명 백형검법(百形劍法)이라고도 부른다. 자하쌍구검이란 백형검법 중 아홉 검형을 막아낸 사람이 없다고 해서 붙여진 이름이니 광오하지 않은가.

고루쌍마의 고루음공과 고루양공이 영적 교류에 의한 음양합격술이라면, 자하쌍구검은 한 사람이 펼칠 수 있는 음양공의 조화라는 점에서 한 단계 앞선 무공이라고 할 수 있다.

츄츄츄…… 사라라랑!

대붕이 날아오르듯 양손을 좌우로 쫙 벌려 가슴을 드러냈다. 우검은 소리없이 밑에서 일어나 오른쪽으로 반원을 그렸고, 좌검은 일수에 여섯 가닥의 변화를 내포한 채 앞을 갈랐다.

"크윽!"

"컥!"

"헉……!"

좌검에 걸린 생명이 세 명, 우검에 두 명. 검세를 마무리했을 때 걸려든 생명이 넷. 백형검법 서른네 번째 검형을 끝냈을 때는 아홉 명의 생명이 이승을 달리했다.

'이제 세 호흡. 남은 자는 열두 명. 가능해.'

마야에게 말을 들었을 때는 불가능하다고 생각했는데, 가능해 보인다. 할 수 있다.


금연화는 갈대밭 사이에 몸을 숨긴 채 지도 한 장을 꺼내 펼쳤다.

세상이 환하게 밝았다. 아침때도 벌써 넘겼다.

품에서 육포 한 조각을 꺼내 씹어 먹으며 주변 지형과 지도를 번갈아 살폈다.

육포 맛이 이상하다. 짭짤한 맛 속에 비릿한 맛이 섞여 있다.

피다. 육포에 피가 배어 있다.

금연화는 두 손을 내려다보며 피식 웃었다.

태어나서 처음으로 사람을 죽였다. 그것도 이십사현살검객과 삼십육천강수(三十六天罡手), 육십 명이나 죽였다. 그들 중 산 자가 있을까? 있으면 다행이고, 없어도 그만이고.

그들의 피가 검신을 타고 흘러 양손을 물들었다. 소맷자락도 온통 피투성이고, 튀긴 핏물 때문에 옷도 혈의(血衣)로 변했다.

흉신악살이 따로 없다.

자신이 그토록 많은 사람을 죽일 줄이야. 그들의 피가 찐득

찐득하게 달라붙은 손으로 육포를 꺼낼 씹을 만큼 무감각해질 줄이야.

자신을 정도인이라고 할 수 있는가. 혹, 혈관 속에 마인의 피가 섞여 있는 것은 아닌지.

이게 전부 심지 뽑기를 잘못한 탓이다.

심지가 열두 개나 되었는데, 하필이면 자신 것이 가장 길게 뭔가 말이다.

자신이 남도문의 천라지망을 뒤흔들고 있는 동안 다른 열한 명, 아니, 철탑거추까지 열두 명은 유유히 남무림 땅을 밟고 있을 것이다.

마야가 '한 사람의 희생으로 열두 명이 안착하는 계획'이라고까지 말한, 재수없는 미끼가 그녀다.

그들도 뭉쳐 있지는 않다. 자신이 홀로 이듯이 그들도 뿔뿔이 흩어졌다. 하지만 걱정되지는 않는다. 오직 한 사람, 결코 평범하지 않은 철탑거추만이 신경 쓰인다. 그는 단번에 시선을 빼앗을 만한 신체를 가지고 있으니까.

누가 누굴 걱정하고 있나.

'여기서 남동쪽으로 가라고 했으니까…… 저 논을 가로질러…… 산과 산 사이로 빠져나가야 해. 논에 장양문(長陽門)이 매복해 있을 거고, 인원은 칠십. 사시 정(巳時正)이 되면 빠져나갈 수 없다고 했는데…….'

하늘을 올려다봤다.

태양이 떠 있는 모습으로 보면 사시 초(巳時初)를 넘어 사시정으로 다가가고 있다.

마야가 야속하다.

주위에 난다 긴다 하는 마인들이 득실거리는데 꼭 여자들까지 심지 뽑기에 끼어 넣었어야 하나. 하기는…… 무공도 모르는 마야 자신도 심지를 뽑았으니 할 말이 없지만.

'육십 명을 죽였는데, 또 칠십 명. 오늘 대살성이 등장하겠네.'


백삼십이로(百三十二路) 파해(破解).

백육십팔 명 사망, 예순한 명 중경상.

광살녀(狂殺女)의 등장은 강남무림에 큰 파문을 일으켰다.

남무림으로서는 남북광란(南北狂亂)이 일어난 이후 세 번째로 겪는 치욕이다.

오 년 전, 사십삼로가 혈귀대에 의해 붕괴된 적이 있다. 당시 사십삼로를 지키던 무인 삼백오십 명은 채 하루가 지나기전에 차디찬 시신이 되었다.

혈귀대는 치고 빠지는 게 귀신같았다.

은영문주(隱影門主)를 제거한다는 목적을 이뤘을 뿐만 아니라 단 한 명의 사상자도 내지 않은 채 무사히 철수했다.

삼 년 전, 천랑대주가 육십오로를 무너뜨렸다.

그는 절반의 성공만 이뤘다. 강남의 소룡(小龍)이라는 칭호

224 마야

를 받으며 급부상하던 사자림(獅子林) 림주를 죽이는 데는 성공했지만, 그가 이끌고 온 백 명의 천랑대는 모두 전멸했다.

천랑대주도 심한 중상을 입은 채 간신히 장강을 넘었다.

이제 또 일로가 파해되었다.

더욱 기막힌 것은 혈귀대나 천랑대와 같이 일단의 무리가 아니라 혈혈단신이라는 점이다. 그것도 사내도 아닌 아녀자다.

치욕을 넘어서 개망신이다.

남무림은 흉수가 쓰는 무공조차 찾아내지 못했다.

옆구리를 파고 들어와 늑골을 가르고 몸통을 반이나 찍어버린 검법은 너무 패도적이다. 반면에 사혈만 네 치 깊이로 손상시킨 섬세한 검흔도 보인다.

한 사람이 지닐 수 없는 극과 극의 검법이 전개되었으니 골머리를 앓을 수밖에 없다.

"쌍검을 사용하니…… 자하부주가 아닐까?"

"이 사람아, 여자라잖아."

"그럼 자하일봉 아닐까? 자하부에서 뛰쳐나왔다던데."

"자하일봉이 비록 후기지수로 거론되기는 하지만 이 정도는 아냐. 자하일봉 같았으면 백삼십이로를 뚫기도 전에 척살당했어. 뚫는 게 뭐야? 이십사현살검객도 당하지 못할걸?"

"희한하네. 음검과 양검을 동시에 사용하는 문파는 자하부밖에 없는데. 또 다른 문파가 있나?"

"모르지. 기인이사가 산재한 곳이 중원이니까."

주점에서도, 다루에서도, 길을 오가는 사람들도 한결같이 광살녀를 입에 담았다.

"금 매도 이젠 마도인으로 낙인찍히겠군요."

다담선자가 차를 마시며 말했다.

"그렇겠지."

소립파도 차를 마셨다.

부잣집 자제와 그를 모시는 시녀로 변신한 그들에게서 소립파와 다담선자의 모습은 찾을 수 없었다. 수염을 정갈하게 기른 유생과 얼굴 하나 가득 주근깨가 박혀 있는 시녀를 주목하는 사람도 없었다.

"다른 무공이 있어야 해요. 지금은 긴가민가하지만, 결국 자하부로 눈길이 돌아갈 거예요."

"자하부주가 자하밀공과 자하쌍구검을 함께 펼친 적은 딱 한 번뿐이야. 수강채(水江寨)를 몰살시킬 때. 자하공법을 쓴 것과 자하밀공을 쓴 것은 검흔이 완전히 달라. 괜찮을 거야."

"조금 손대줄 수는 있잖아요."

"내력이 딸려서 안 돼."

"지금…… 내력으로도 모자란단 말예요?"

"백형검법을 손댈 수 있는 방법은 하나뿐이야. 무위자연(無爲自然). 검형을 없애고 처음으로 돌아가는 길밖에 없어. 대를 이어오며 거르고 거른 검형이야. 더 거를 게 있나."

"자하쌍구검이 현존하는 최강의 검초라는 말인가요?"

"최강의 검초 중 하나지."

"풋! 돼지 목에 진주군요. 그런 검초를 가지고 있으면서도 북검문에 핍박당하고 있으니."

"그놈이 사랑한 여자야. 그런 식으로 말하면 곤란해."

"알았어요. 잘못했어요."

"그냥 한 말이란 것 알아. 마음이 울적하니 신경이 예민해진 거지."

"놀라운데요? 마야도 예민해질 때가 다 있다니요."

"후후! 나도 사람이야."

다담선자는 곱게 웃어주었다.

마인들은 마야를 전지전능한 신처럼 여긴다. 그가 나서기만 하면 무슨 일이든 해낼 것으로 생각한다. 그런 눈길들이 부담스럽지 않을 수 없다. 병이라면 병이고, 아니라면 아닐 수 있는 경맥경화증을 지닌 사람이 업고 가기에는 너무 큰 짐이다.

의원들이 흔히 말하는 경맥경화증이라면 얼마나 좋을까. 백이면 백, 처음 보는 경화라고 하니 치료 방법인들 어찌 찾을까.

일신조차 가누지 못하는 사람이 이런저런 세파에 휘말리고 있으니.

"한두 명쯤 막힐 것이라고 생각했는데, 자하일봉이 워낙 잘해줬어. 몇 명이나 모일지 내기할까?"

"제가 모두 무사하다는 쪽에 걸어도 되죠?"

"반칙이야. 무슨 말을 할지 알면서."

"마야는 언제나 지는 사람이잖아요. 울타리 안에 있는 사람들에게는요. 어쩔 수 없는 천성이에요."

"그렇군. 적은 안에 있었어. 어쩐다?"

"어쩌긴요. 지면서 살아야죠. 호호호! 가요."

"그래."

두 사람은 일어섰다.

다담선자는 행복했다.

'오랜만이야. 정말 오랜만에 웃는 대화를 했어.'


마을에서 외따로 떨어져 있는 허름한 폐가. 살인이 일어나도 알 길이 없는 버려진 농가.

철탑거추처럼 눈에 확 띄는 체형 때문에 적잖이 염려했던 고루쌍마는 먼저 와서 불을 피워놓고 있었다. 고루쌍마는 마야와 다담선자가 들어서는 모습을 보자 반색하며 맞이했다.

"왜 이렇게 늦었어? 잘못 찾은 게 아닌가 하고 불안했잖아."

"어서 와. 날이 많이 싸늘해졌지? 아침저녁으로 제법 차다니까."

마야와 다담선자는 그들 맞은편에 앉았다.

"여긴 뭐 하는 곳이야? 시키는 대로 찾아오긴 했지만……
마을 놈들, 보통 놈들이 아니던데."

소립파는 눈을 감고 불기를 쬈다.

고루쌍마도 말을 걸지 않았다. 원하는 대답은 듣지 못했지
만 마야가 단순히 생각에 잠기려고 눈을 감은 게 아니란 것을
알기 때문에 방해하지 않았다.

다담선자는 조용히 농가 한쪽에 버려진 솥을 가져와 물을
끓였다.

솥은 버려진 것처럼 보일 뿐 버려진 게 아니다. 오래된 솥
이고, 깨진 곳도 있지만 깨끗이 닦여져 있다.

솥에 든 물이 팔팔 끓을 무렵, 시마가 휘적휘적 걸어왔다.

"염병할…… 더럽게 찾기 어렵네."

시마는 힘들었는지 앉기가 무섭게 드러눕더니 코를 골아
댔다.

물이 졸아든다. 다담선자는 찬물을 다시 부었다.

그로부터 반 각 정도가 지났을 무렵, 마도과 혈유가 거의
동시에 들어섰다.

그들 몸에는 피가 묻어 있었다. 말라붙어서 검은색에 가깝
게 변한 핏자국과 아직도 선홍빛이 선명한 핏자국이 함께 어
울렸다.

"아이고, 죽겠다."

혈유는 진이 다 빠진 듯 털썩 주저앉아 무릎 사이에 얼굴을

묻었다.

그리고 잠시 후, 쿵쿵거리는 발자국 소리와 함께 철탑거추
가 들어섰다. 그는 어깨에 걸머메고 있던 대호(大虎)를 구석
진 자리에 던져 버렸다.

"사지육신 멀쩡한 걸 보니 엽사(獵師) 행색을 제대로 했나
보네."

고루쌍마가 질린 표정으로 대호를 쳐다봤다.

"에잉! 나 같은 놈은 변복할 것도 몇 개 안 된다니까. 철편(鐵
片) 장사 아니면 엽사가 고작이야. 그놈의 자식들이 어디서 왔
냐, 호랑이는 어디서 잡았냐, 꼬치꼬치 캐묻는 통에 부아가 치
밀더라니까. 한주먹 거리도 안 되는 것들이."

"마도와 혈유를 보고 그딴 소리 해. 걸렸으면 네놈도 무사
하지 못했어. 살점 몇 조각은 떼어놓고 왔을걸?"

"내가 저런 피라미들인 줄 알아!"

고루쌍마와 철탑거추가 티격태격하는 동안 일령이 파김치
가 되어 들어섰고, 잠시 후에는 절혼마녀가 멀쩡한 모습으로
나타났다.

"수검, 이 자식 늦네."

"걱정 마. 염라대왕도 께름칙해하는 놈이 그놈이니까."

수검도 돌아왔다. 배에 화살 한 대를 꽂고, 수리검 두 자루
를 등에 꽂은 채.

"배고픈 건 알겠는데, 이런 걸 처먹고 다니냐?"

"비열한 새끼들. 정도 놈들이란 것들이. 끄웅!"

"이건 전문 살상용이네. 수리검 끝에 역린이 있어. 살점이 뜯겨져 나갈 거야. 이 꼭 악물어."

"뽑기나 해."

츄욱!

일말의 망설임도 없는 손길 속에 살점이 한 뭉텅이나 떨어져 나가며 선혈이 샘솟듯 솟구쳤다.

고루쌍마는 손길을 분주하게 놀렸다. 지혈을 하고, 금창약을 발라주고…… 마지막으로 복부에 꽂힌 화살까지 뽑아냈을 때, 수검은 잠이 들어 있었다.

다 모였다. 한 사람만 빼고.

"무리 아니었나? 아무래도 내가 맡았어야 될 것 같은데."

철탑거추가 연신 바깥을 쳐다보며 말했다.

금연화의 무공을 얕봐서는 안 된다. 전에는 한참 뒤지는 무공이었지만 동혈 고련을 끝낸 후에는 종이 한 장 차이로 좁혀졌다. 그 누구라도 진검을 맞대고 승부를 벌이기 전까지는 우열을 논할 수 없는 강자로 변모했다.

그녀가 탈출에 성공했다는 것은 풍문을 들어서 안다. 그래도 추적은 계속되고 있을 터이고, 지금쯤은 광살녀라는 별호로도 부족해서 마녀 혹은 악녀라는 소리를 듣고 있을 게다.

다담선자가 바짝 졸아든 솥에 다시 물을 부었다.

날이 저물어간다. 그래도 금연화는 오지 않았다. 수검이 온 지 한 시진이나 지났건만 인기척조차 없다.

날은 금방 어두워졌다. 사위가 캄캄한 밤이 되고, 달이 중천에 떠올랐다.

잠을 푹 잔 사람들이 하나둘 일어났다. 가장 심한 상처를 입은 수검도 몸을 일으켰다.

소립파는 눈을 감은 상태에서 돌부처가 되었다.

"빌어먹을! 내가 갔어야 했는데……."

철탑거추가 눈을 부라렸다.

다담선자는 묵묵히 졸아든 물을 채웠다. 열 번인지, 열두 번인지…… 스무 번이 넘은 것 같기도 하고. 물은 왜 이리 빨리 졸아드는지.

그때 돌부처가 되었던 마야가 살며시 눈을 떴다.

"혈유, 몸은?"

혈유가 퍼뜩 정신을 차렸다. 그의 눈빛은 생기를 되찾았다. 뜨거운 열기로 파닥거렸다.

"당장 십 리도 달려갈 수 있어."

"관도 따라 북쪽으로 십 리. 마중 나가."

혈유는 이미 자리에 없었다. 바람처럼 어둠 속으로 스며들어 사라져 갔다.

"거추, 몸 풀고 싶어서 안달했지?"

"호호호! 말만 해."

"오 리쯤 가서 기다려. 열두 명이다. 서쪽으로 삼사 리 정도 유인한 다음, 마음대로 해. 명심해. 오 리에서 서쪽으로 삼 사 리야."

"거기 뭐가 있나?"

"오봉(五峰)으로 가는 관도가 나올 거야. 관도 근처에서 끝 내면 돼."

"이놈의 자슥들!"

철탑거추가 거구를 일으켜 쿵쿵거리며 달려나갔다.

"일령, 몸을 뉠 만한……."

"알았어요!"

일령은 말이 끝나기도 전에 농가 한 귀퉁이에 잠자리를 만 들기 시작했다.

소립파의 몇 마디만 들어도 돌아가는 상황을 짐작할 수 있 다.

죽은 줄 알았는데, 살았다면 벌써 돌아왔을 것이라고 생각 했는데. 그래서 절망과 낙담에 물들어 슬픔을 이기지 못하고 있었는데. 살아 돌아온다. 아직은 무사하다.

"다담, 이제 식사를 할 수 있겠어."

"준비됐어요."

다담선자가 끓는 물속에 국수를 넣었다.


혈유가 안고 온 금연화는 엉망진창이었다. 몸뚱이인지 저 며진 고기인지 알 수 없을 만큼 크고 작은 상처로 가득했다.

의복은 피범벅이 되어 있었고, 혈유가 안고 있는 동안에도 핏방울이 뚝뚝 떨어져 내렸다.

그러나 눈빛은 강렬하게 살아 있다. 아직도 얼마든지 싸울 수 있다는 듯 들끓는 투지로 가득했다.

소림파가 말했다.

"수고했어. 와서 국수 한 그릇 먹어."

금연화는 피식 웃었다. 그리고는 혼절했다.

第十七章

하오문(下午門)
―최악의 문파, 하오문

당장 움직일 수 없는 사람이 두 명이나 된다.

수검은 무리를 하면 움직일 수 있는 상태이지만, 금연화는 지금까지 버텨온 것만 해도 기적이다.

"큰일이군. 남도문이 정예를 보내면 힘들어질 텐데."

마도는 침중한 표정을 풀지 못했다.

누가 오던 단신이면 빠져나갈 자신이 있다. 웬만한 자들은 상대도 되지 않는다고 자부한다. 하나 다수가 어울려 벌이는 싸움에는 틈이 생기기 마련이고, 아주 살짝 벌어진 틈은 수검과 금연화를 저승으로 밀어 넣을 게다.

"걱정하지 말고 푹 쉬어."

소립파는 따스한 햇볕을 즐겼다.

"그나저나 들어오면서 봤어? 여기 놈들 눈빛이 예사롭지 않았어. 무공을 수련한 놈들이 틀림없는 것 같은데…… 왜 가만있지?"

고루쌍마가 어제 이야기를 다시 꺼냈다.

마도인들은 아니다. 숨어 사는 사람들은 절대 집성촌을 이루지 않는다. 한꺼번에 벼락 맞아 몰살당할 일 있나. 어느 한 명만 꼬리 잡히면 마을 전체가 쑥밭이 될 텐데.

폐가로 들어서기 위해서는 마을을 반드시 거쳐야 하는데, 너나 할 것 없이 살점을 저미는 예기를 감지했다.

그들은 누군가?

공격을 가해오지 않았다는 점에서 남도문과 연관된 무인들은 아닌 것 같고, 그렇다고 마인도 아니고.

소립파는 그들이 누군지 알고 있다.

마을 가장 뒤쪽에 자리잡은 폐가로 모이자고 할 때부터 그들이 도와줄 것을 예상했는지 모른다.

추적은 끊어졌다. 하룻밤이 지나도 날이 밝아와도 급습은 커녕 무인의 그림자도 볼 수 없으니 천라지망에서 완전히 벗어났다고 봐도 무방하다.

철탑거추가 다른 관도로 유인한 측면도 있다. 하나 그 정도로 남무림의 이목을 속일 수 있다고는 생각지 않는다. 차라리 마을 사람들이 움직여서 시선을 따돌렸다는 게 신빙성있다.

"마야, 어떻게 남무림 천라지망을 환히 꿰뚫고 있었지?"

"정말. 나도 묻고 싶었는데……. 한 명이 나온다면 한 명이 나왔고, 두 명이 나온다면 두 명이 나왔어. 소름 끼치도록 정확하더군. 시간만 해도 그래. 반 각밖에 여유가 없다고 하면 정확히 반 각이야. 반 각을 넘기면 손해 봤지."

모두들 궁금증을 안고 소립파를 쳐다봤다.

장강을 건넜을 때, 그는 각자에게 지도 한 장씩을 주었다.

지도에 그려진 행로만 좇아서 움직일 것이며, 각각의 통과점을 제 시간에 넘어서라는 당부와 함께.

지도에는 행로만 그려져 있지 않았다. 남무림 무인들이 어디에, 누가, 얼마나 잠복해 있는지 눈으로 본 듯이 적혀 있었다.

재수 좋은 사람은 숫자나 잠복해 있는 자들의 명호가 없는 깨끗한 지도를 받았다.

제일 먼저 당도했던 고루쌍마가 그런 행운아다.

두 번째로 운이 좋은 사람은 단순한 검문만 통과했다. 철탑거추 같은 경우다.

가장 재수가 나쁜 사람이 금연화. 유일하게 심지 뽑기까지 해가며 안겨준 지도에는 그림보다도 숫자와 글자가 더 많았다.

기가 막히게도 지도는 딱 들어맞았다.

남무림 내부에 간자가 있어서 천라지망의 형태를 알아냈

다고 해도 이처럼 정확하지는 않으리라.

천라지망이란 사람이 펼치는 포위망이다. 사람이 펼치느니 만큼 도식화되어 있다고 해도 그날그날 사정에 따라서 조금씩 달라진다. 잠복한 위치도 달라지고, 병이라든가 특별한 일이 발생해서 천라지망에 동참하지 못하는 경우도 생긴다.

지도는 강변에서 뿔뿔이 흩어지기 한두 시진 전에 작성되었다.

확신할 수는 없지만 그래야 앞뒤가 맞다.

"나도 묻고 싶었던 말이야. 도룡사검(屠龍四劍)을 베는 데 일 다경, 일 다경을 넘어서면 철궁대(鐵弓隊)에 포위된다고 쓰여 있더라고. 심심하기도 하고 해서 눌러앉아 있었더니 정말 그놈들이야. 죽다가 간신히 살아나긴 했지만…… 정말 어떻게 안 거야?"

수검이 배를 움켜잡고 일어나 앉았다.

"아침은 마을에 가서 먹지."

소립파는 희미한 미소를 지으며 일어섰다.


마을은 어느 마을이나 다름없이 평범하다.

올해는 고추 수확이 많은지 골목마다 고추 말리느라고 여념이 없다. 발빠른 농부는 아침부터 누렇게 익어가는 벼를 베느라고 정신없다. 논으로, 밭으로…… 낫과 호미를 들고 가는 모습에서 무인의 모습은 전혀 찾을 수 없다.

그러나 그들은 무인이다.

그들이 내뿜는 예기는 소립파 일행에게 집중되어 떨어지지 않는다. 겉으로 보기에는 할 일들을 하고 있는 것 같지만 자세히 들여다보면 절묘한 포위망을 형성하고 있다.

이들 역시 남무림에 근거를 두고 있으니 공격해 오는 게 당연할진대 왜 포위만 하고 있는 것일까. 설마 장강에서 벌어진 대살육을 모르고 있단 말인가.

소립파는 마을 한복판에 있는 허름한 농가로 들어섰다.

"뉘신가?"

닭과 오리에게 모이를 주고 있던 염소수염의 노인이 소립파를 보며 물었다.

작고 볼품없고, 초라한 노인이다. 평생 촌에서 살며 농사만 지어온 흔적이 온몸에 배어 있다.

"환자가 있어서 고기 좀 먹일 수 있을까 하고 들렀소."

"허허! 그런가. 안 될 게 뭐 있겠나."

노인은 점잖은 풍모로 말하고 있지만 믿음은 가지 않았다. 눈동자가 한시도 가만있지 못하고 좌우를 두리번거린다. 무엇인가 자신이 없거나 잔머리를 굴린다는 뜻이지 않나.

"며칠 쉴 방도 필요한데 빌려주시겠소?"

"어려울 것 없지. 촌 인심은 그리 야박하지 않다네. 애들아! 방 좀 치우고 닭 좀 잡아라!"

노인은 마을이 쩌렁 울리도록 고함을 내질렀다. 그러나 나

오는 사람은 아무도 없었다. 사람이 없는 것은 아니다. 여자
가 부엌에서 음식을 만들고 있고, 아들인 듯싶은 자는 땡감을
깎아 곶감을 만들고 있지만 들은 척도 하지 않았다.

"허! 이해하게. 늙으면 다 이래. 말들을 들어먹어야 살지."

"후후! 그게 다 쌓아놓은 재산이 없기 때문 아니오."

"그런가? 난 젊었을 적에 하도 때려서 그런 줄 알았지. 돈
좀 있는가? 아무래도 입에 뭣 좀 물려야 말을 들을 것 같네
만."

"석문(石門) 이야기도 들을 수 있겠소?"

"허허! 젊었을 적에는 참 많은 곳을 싸돌아다녔지. 그 이야
기를 다 하자면 밤을 새워야 할 거야. 말품 값은 줘야 흥이 날
거고."

"얼마면 되겠소?"

"가만있자…… 닭도 잡아야 되고, 방도 내줘야 되고……
옛다, 모르겠다. 다른 사람 같으면 백 냥 정도 받네만 자네는
특별히 오백 냥만 받지. 많이 깎아준 거야. 천 냥 정도 받아야
타산이 맞는데. 에잉! 흥이나 제대로 날지 모르겠네."

백 냥? 오백 냥? 천 냥?

소림파가 '석문'이라는 말을 꺼내지 않았으면 누구든 나
서서 날도둑놈이라고 했을 게다.

백 냥이면 최고 대접을 받는 점소이 백 명분의 월삯이다.

한 냥만 해도 감지덕지할 것을 천 냥이나 받으려고 했다

고? 그리고 뭐? 다른 사람들은 백 냥을 받는데, 오백 냥을 받겠다고? 이건 무슨 셈법인가? 특별히 봐줘서 더 받아?

석문이라는 말 한마디만 없었다면 당장 욕지거리가 날아 갔을 게다.

염소수염의 노인은 눈을 데룩데룩 굴렸다.

"한데, 마야."

스으으웃……!

살기가 일어났다.

마야를 거론하는 자, 둘 중 하나를 선택해야 한다. 죽거나 친구가 되거나.

"에구! 자칫하면 목 날아가겠네. 저 친구가 마도, 저 늙은 이는 시마겠구먼. 때를 잘못 만났다고 해야 되나, 멍청하다고 해야 되나. 그 정도 자질이면 다른 무공을 익혔어도 벌써 대 성했을 텐데."

염소수염의 노인은 일세의 거마들 앞에서도 위축되지 않 았다. 금방이라도 쳐나갈 듯 살기가 진득한데 목숨이 서너 개 있는 사람처럼 여유만만했다.

"하던 이야기 계속하시죠."

"응? 그래, 그래야겠지. 마야, 마야는 오백 냥이 아니라 백 냥도 지불할 돈이 없을 게야. 내 말이 틀렸나?"

"맞는 말이오. 돈과는 인연이 없는 사람이라."

절혼마녀의 등에 업혀 있던 금연화가 살짝 끼어들었다.

"그 정도 돈이라면 아버님께 연락드려 볼게요. 며칠만 기다리면……."

노인은 어처구니없다는 듯 피식 웃었다.

소립파가 싱긋 웃으며 말했다.

"적지 않은 돈이야. 은자 오백 냥도 큰돈인데 지금 금자를 말하는 것이거든."

"뭐, 뭣!"

"뭐야! 이런 떠그럴!"

놀라지 않으면 사람이 아니다. 금자는 은자의 열 배, 무려 은자 오천 냥을 달라니 이게 사람 입에서 나온 소린가? 쌀이 이만 석이다. 천석지기 부자 스무 명이 일 년 소득을 고스란히 내놓아야 한다.

지금 무슨 이야기들이 오갔기에 그런 거액을 요구한단 말인가.

"그만한 돈이 없다는 건 잘 알 테고."

"그렇지? 그럴 거야. 그래서 하는 말인데…… 우리에게 자질구레한 게 열 개 있어. 그걸 십전(十全)으로 만들어주면 어떨까 싶네만."

"너무 과해. 오백 냥이면 하나 정도가 적당한 계산인데, 셈을 잘 못하는군."

노인은 바가지에 담긴 모이를 마당 한가운데 확 뿌렸다.

구구구…… 꽥꽥…….

닭과 오이들이 부산하게 움직이며 땅을 쪼아댔다.

"이러면 안 좋아. 우리 눈 밖에 나면 안 좋다는 걸 잘 알면서 그래."

"하오문주(下午門主)."

소립파의 음성이 착 가라앉았다.

소립파를 따라온 사람들은 모두 깜짝 놀랐다.

'하오문주!'

도비(盜匪), 창기(娼妓), 배수(扒手), 편자(騙子), 도곤(賭棍)들의 하늘이 눈앞에 있는 염소수염의 노인이라니.

특히 다담선자와 절혼마녀는 하오문주를 유심히 살폈다.

그녀들 역시 하오문의 일원으로 문(門)에서 요청이 오면 수집한 정보들을 넘겨주곤 했다.

이처럼 하오문도는 태반이 무공을 모른다.

그들의 힘은 무공이 아니라 단결이다. 인생의 밑자락에서 다져 온 악착같은 생존 본능이, 세상에 대한 울분이 그들을 어둠 속에서 꽁꽁 집결시켰다.

그들은 죽음을 두려워한다. 한 번도 보지 못한 하오문주나 하오문을 위해 목숨을 내놓으려고도 하지 않는다. 단지 어딘가에 있을 그들이 원하는 조그만 정보만 내놓을 뿐이다.

왜? 한 가지만은 믿으니까. 하오문은 자신들을 이용하거나 배반하지 않으며, 자신들을 멸시하는 자들에게 대신 검을 들이대 준다는 것을 알고 있으니까.

정보를 내놓는 이유는 또 있다. 오대 직업군처럼 상하 관계가 뚜렷한 직업도 없다. 윗사람의 눈 밖에 나면 그 직업에 몸담을 수 없다는 것이 현실이다. 윗사람은 그 윗사람에게, 또 그 윗사람에게. 그들의 꼭지에 하오문주가 있다.

이런 점이 하오문을 칠 수 없게 만든다.

그들을 친다는 것은 애꿎은 양민을 치는 것과 같다.

하오문 본문이 어디에 있는지 아는 사람은 몇 명 되지 않는다. 들리는 풍문으로는 한 군데에 오래 정착하지도 않고 중원 십팔만 리를 떠돌며 인간 말종들이라고 불리는 사람들을 도와준다고 한다.

혹자는 황궁에서 민심을 살피기 위해 하오문이라는 가상 조직을 만들어냈다고 한다. 혹자는 관부에서 사람이 존재하는 한 결코 없어지지 않을 오대 악을 효율적으로 관리하기 위해 하오문이라는 단체를 만들어냈다고 한다.

하오문은 소문만 무성했지 실체를 드러낸 적은 없다.

하오문도는 하오문이 어떠한 행사를 하는지도 모른다. 알 필요도 없다.

하오문주, 그가 눈앞에 있다.

일견 간사해 보이는 노인, 품위없이 쥐새끼처럼 눈알을 데룩데룩 굴리고 있는 염소수염의 노인.

소립파는 한껏 여유있는 모습으로 천천히 말했다.

"하오문에 비원(悲願)이 있다는 걸 알아. 그럴 아는 한 하오문은 내게 돈을 요구할 수 없어. 그 비원을 풀어줄 사람은 나밖에 없으니까. 또 있나?"

"알…… 고 있었나?"

"십전이라니. 후후후! 욕심도 크군. 세상을 말아먹기로 작정한 것도 아니고 말이야."

"야! 이놈들아! 빨리 방 치우고 닭 잡아! 다 틀렸어!"

이번에는 반응이 즉각 나타났다.

곶감을 꿰던 사내는 재깍 마당으로 내려와 닭을 잡기 시작했고, 부엌에 있던 아낙은 후다닥 달려와 방으로 안내했다.


하오문은 영원히 근거를 마련할 수 없다.

그들이 힘을 가지고 정착하게 되면 세상은 어둠에 덮인다.

생각해 보라. 땀 흘려 일할 생각은 하지 않고 도둑질이나 하고, 남의 전낭이나 훔치고, 사기나 치고, 노름이나 하며, 딸자식은 몸을 파는 세상이 도래한다면 어떻게 되겠나.

하오문이 음지를 벗어나 양지로 들어서는 순간 관부와의 대격돌은 피할 수 없게 된다. 관부뿐만이 아니다. 정도문파라고 일컬어지는 무림문파와의 충돌도 피할 수 없게 된다. 세상 사람들 모두가 하오문의 등장을 원하지 않으니까.

이것이 하오문의 첫 번째 비원이다.

두 번째 비원은 두말할 필요도 없이 강한 무공을 알고 있어도 익힐 수 없다는 것이다.

힘이 있는데 나서지 않을 수 있나.

견물생심(見物生心)이라고 했다. 강한 힘을 지니게 되면 한 번쯤 드러내 보고 싶은 욕심이 생긴다.

하오문에는 그만한 무공이 있다.

도비들이 훔쳐 온 무공비급만 해도 한두 권이 아니다. 배수가 슬쩍한 비급도 많다.

그 많은 비급들이 곰팡내를 풍기며 푹푹 썩고 있다.

그걸 수련하게 되면 하오문의 몰락은 기정사실이라는 점을 알기 때문에 익힐 수가 없다. 어떤 자는 정말 세상을 뒤집어엎을 생각을 가질지도 모른다. 하오문이라고 인재가 없겠나.

어쩌면 가능할지도 모른다.

하오문의 몰락이 눈에 보인다고 해도 한 번쯤은 시도해 볼 만한 일인지 모른다.

그래서는 안 된다. 하오문은 이대로 존속되어야 한다. 그래야 만인의 지탄을 받는 사람들이 어려움에 봉착했을 때 도와줄 수 있다.

하오문주…… 그는 무공비급이 가득 담긴 보물 창고를 지키는 수문장이다. 자신은 물론 다른 사람도 손대지 못하게 하는 것이 첫 번째 의무다.

이것이 하오문이 지닌 두 번째 비원이다.

하오문은 무공비급을 연구하여 그들의 생활에 도움이 되

는 무공으로 재창출해 냈다.

신법은 도비를 더욱 뛰어난 도비로 만들어준다. 음양환희술(陰陽歡喜術)은 창기들을 윤택하게 해주었고, 금나수(擒拿手)는 배수나 도곤을 불패로 이끌었다.

그러나 무공은 무공인 것, 신법만 뛰어나다고 뛰어난 도비는 되지 못했다.

결국 하오문은 무공을 각 분야별로 두 가지씩 분류했다.

호신무공과 가장 뛰어난 도비, 창기, 배수, 편자, 도곤이 되는 무공.

생각은 좋았지만 그들의 의도는 분류에서 그치고 말았다.

도박 기술이 무공인가? 남녀가 교합하는데 어떤 무공을 사용해야 하나. 무림인과 싸우는 것도 아니고, 쾌락만 추구하는 취객을 상대로 진기를 쏟아내? 차라리 신음 소리 한 번 더 내주는 것이 낫지 않을까?

호신무공 쪽에서는 많은 발전을 이뤘지만 다섯 직업군에서 불세출의 기재를 만들어낸다는 방법은 실패했다. 그쪽은 타고난 재주를 가진 놈이 나타나기를 기다리는 방법밖에 없었다.

하오문의 세 번째 비원이다.


하오문주가 원한 건 세 번째 비원을 풀어달라는 것.

한 가지만 요구할 수 있기에 도비를 선택했다.

뛰어난 도비가 되기 위해서는 감쪽같이 잠입할 수 있는 신법이 필요하다.

그 부분은 하오문도 어느 정도 성취를 이뤄냈다.

잠입을 했으면 보물이 숨겨져 있는 곳을 찾아내야 한다.

각종 기관진식(機關陣式)에 능통해야 한다.

무공비고에는 기관진식에 관한 서적만 이백여 권이 넘는다. 그것을 일목요연하게 정리해 달라는 것이 첫 번째 주문이다.

도비는 미세한 흔적도 찾아낼 수 있는 안목이 있어야 한다.

천안통 같은 무공을 수련할 수도 있지만, 한 가지 안공을 수련하기 위해 평생을 바칠 수는 없다. 쉽고 빨리 수련할 수 있는 안공을 마련해 달라는 것이 두 번째 주문이다.

보물이 있는 곳에는 함정도 있다. 특히 암기가 설치된 곳을 함부로 더듬다가는 손목이 절단난다. 보물을 찾는 동안 누가 다가오기라도 하면 큰일이다.

오감을 극도로 발달시킬 수 있는 방법을 찾아달라는 것이 세 번째 주문이다.

도비는 어둠 속에서 움직인다.

들어가고 나올 때 어둠과 동화된다면 금상첨화다.

아무에게도 들키지 않을 은신술을 마련해 달라. 네 번째 주문이다.

그에 반해 소림파의 주문은 간단했다.

상조문, 철사문, 독조림, 그리고 궁왕 강창도에 대한 모든 것을 알아내 줄 것, 하나. 그들을 잡을 수 있는 행로를 마련해 줄 것, 둘. 그들 외에 단문협 혈귀대 몰살 사건과 관련된 자들을 찾아내 줄 것, 셋.

그것뿐이다.

이쪽이나 저쪽이나 말이 안 되기는 마찬가지다.

"별로 어렵지 않구먼. 그거면 되겠나?"

하오문주는 다른 사람들을 곁눈질로 훑어보며 말했다.

하오문주라고 해서 생각을 고쳐 봤지만, 정말 믿음이 가지 않는 노인이다.

"기한은 한 달. 올해 첫눈은 붉은색일 거야."

"크크! 정말 손댈 생각인가?"

"……."

"혈귀대의 몰살은 나도 애석하게 생각하는 일이네만……지금 남도문 애들 독 올랐어. 자네들이 무슨 일을 저지른지 알아? 무려 사백여 명을 죽였어. 이게 말이나 되나? 나 같아도 약 오르지. 내 생각에는 이쯤에서 덮는 게 어떨까 싶네만."

"삼십육고질(三十六孤蛭)이 있는 것은 봤고. 건곤사괴(乾坤四魁)도 이곳에 있소?"

"있네."

또 한 번 놀랄 일이다.

하오문주를 보필하는 건곤사괴는 일파의 문주와 버금가는 무공을 지녔다고 한다. 하오문주의 친위 조직인 삼십육고질은 인간으로서의 모든 행복과 권리를 포기하고 평생 하오문주에게 충성하며, 받은 명령은 죽음을 무릅쓰고 완수한다고 한다. 오죽하면 외로운 거머리라고 불리겠는가.

그들이 여기에 있다. 마을에서 보았던 농부들이다. 어쩐지 뿜어내는 예기가 범상치 않다 했더니.

"삼십육고질만으로는 남무림을 따돌릴 수 없다고 생각했는데, 역시 건곤사괴가 있었군."

"안전은 걱정 말라니까."

"이것으로 거래 끝냅시다."

"좋네. 언제 들어갈 텐가?"

"무공비고에는 무공비급만 수천 권. 쓸 만한 게 상당할 텐데, 이렇게 내놓아도 되는 거요?"

"그까짓 것 수만 권이 있으면 뭐 해. 일견후즉파(一見後卽破)라는 마야 앞에서는 무용지물인데. 쯧! 무공도 수련하지 못하는 사람에게 그런 능력이 주어졌으니, 자네도 참 답답하겠어."

두 사람은 자신에게 맡겨진 일은 대수롭지 않다는 듯 여담만 늘어놓았다.

양쪽 다 비정상이다.

이것이 강한 자의 여유라면…… 한 사람은 하늘이 내린 천

재일 것이며, 다른 한 사람은 마음먹기에 따라서 무림 판도를 뒤흔들 수 있는 거목이리라.

그날, 소립파는 마차를 타고 떠났다.

"한 달이면 올 거야. 몸이나 추스르고 있어."

그는 옆집에 마실이라도 가는 듯 여유로웠다.

2

남무림 무인들이 보는 북검문 무인들은 후안무치한 인간들이다.

삼십 년 무란(武亂)의 원인이 어디에 있던가. 용검문의 소가주가 난부투왕의 질녀를 겁간하고 살해한 데서 비롯되지 않았는가. 북무림은 질녀의 복수를 한 난부투왕까지 장강에서 살해했다.

그들은 무인이 아니다. 인두겁을 쓴 파락호다. 무공을 지녔다고 전부 무인인가. 사리 판단조차 제대로 하지 않는 인간들이 힘을 가졌다고 세상을 좌지우지한다면 이 세상 꼴이 어떻게 변하겠는가.

뿌리째 뽑아버려야 한다.

힘에 앞서서 도의가 우선이라는 점을 일깨워 주어야 한다.

남무림 무인들은 똘똘 뭉쳤다.

구파일방 중 장강 이남에 적을 둔 청성파(靑城派), 아미파(峨嵋派), 점창파(點蒼派), 해남파(海南派)가 힘을 합쳤다.

열 개 대문파 중 네 문파가 뜻을 같이해 주었으니 천군만마를 얻은 셈이다. 또한 저 멀리 청해(靑海)에 존재하여 구파일방에는 거론되지 않지만, 문파의 힘만은 어느 문파에도 뒤지지 않는 곤륜파(崑崙派)까지 나섰다.

반면에 북무림에 가담한 문파는 화산파(華山派), 종남파(終南派), 공동파(崆峒派)밖에 없다.

가장 염려했던 소림사(少林寺)와 무당파(武當派)가 혈란(血亂)은 하늘의 뜻이 아니라며 등을 돌렸고, 개방(丐幫)은 남북 양 무림에 거지가 없는 곳이 없으니 어느 쪽도 가담할 수 없다며 발을 뺐다.

무너진 세력의 균형을 맞춘 것은 오대세가다.

남무림에는 사천당문(四川唐門)만이 존재했지만 북무림에는 남궁세가(南宮世家), 황보세가(皇甫世家), 진주언가(晋州彦家), 제갈세가(諸葛世家)가 용트림했다.

구파일방, 오대세가라는 측면에서 볼 때는 팽팽한 국면이다.

문제는 각 문파들이 본문을 둔 위치다.

북무림은 공동파만이 변방이랄 수 있는 사천성(四川省)에 위치해 있을 뿐, 여타 문파는 중앙에 밀집해 있어서 장강 중 동부에 전력을 집중할 수 있다.

반면, 남무림은 가담한 문파 모두가 변방에 위치한다.

해남파가 남쪽 끝에, 점창파는 운남(雲南)에, 청성파, 아미파, 사천당문은 사천성에. 청해에 있는 곤륜파는 명분으로만 가담했을 뿐 고수 몇 명 보내온 것이 고작이다.

장강 서부 쪽은 월등한 우위를 점하고 있지만, 중동부에서는 근근이 버티고 있는 실정이다.

그뿐인가? 북무림에는 무신이라고 일컫는 초절정 강자가 네 명이나 존재한다.

남무림은 세 명이다.

파락호들이 흔히 하는 말로 대가리끼리 싸워서 결판을 낸다고 해도 불리하다.

남무림은 뭉칠 수밖에 없었다.

무인들뿐만이 아니라 민초들까지 힘을 보탰다.

북검문에는 목서가 있어서 세상을 살핀다. 남무림은 모든 사람이 목서다. 조금이라도 수상쩍은 사람이 나타나면 인근 무가에 연락을 취했으며, 무가에서는 결속을 굳건히 하는 측면에서 금전적인 보상을 했다.

삼십 년이라는 지루한 시간이 흐르는 동안 원래의 뜻이 변질되고 결속력 또한 많이 떨어지기는 했지만, 금전적인 보상은 아직도 많은 사람들의 눈과 귀를 활짝 열어놓게 만든다.

장강 이남에 북무림 무인들이 설 땅은 없다.

북무림 무인들에게 장강은 이승과 저승의 경계라는 '헹기못'이 될 것이다.

목을 깨끗이 씻고 장강을 건너라.

이승에서의 일을 모두 마무리한 자만 장강을 건너라.


"어찌 된 일인가!"

"무지막지한 도법에는 혈(穴)이 필요없습니다. 단 일초에 몸을 쪼개는 도법, 혈염도라 추측됩니다."

"혈염도⋯⋯ 마도를 떠올린 이유라도 있나!"

"도룡사검의 사혼이 이유입니다. 검이 몸에 닿은 각도가 전부 다르고, 쑤시고 베는 기법이 각각 다르며, 수검(收劍)의 흔적도 모두 다릅니다."

"사훕검법이군."

"또 있습니다. 절명삼후(絶命三后)가 병기도 뽑지 못한 채 죽었습니다. 전신에 검푸른 반점이 있었고, 반점이 생긴 곳은 빠른 속도로 썩어 들어갔습니다."

"시마까지⋯⋯ 그들이 왔는가."

보고는 끝났다.

누가 남무림의 자존심을 여지없이 무너뜨렸는지 찾아냈다.

수검과 시마가 살겁을 펼쳤다면 그 한가운데는 마야가 있다. 그리고 마야 곁에는 자하일봉이 있다.

광살녀, 그녀가 자하일봉이다. 자하쌍구검이 알려진 것과 너무 달라서 긴가민가했지만 이제는 확실하다. 마인들과 어울리면서 음산한 마기를 받아들인 거다.

'마야…….'

남도문 추혼단주(追魂團主) 부위량(傅偉良)은 무의식적으로 책상을 톡톡 두들겼다.

마야가 천비대의 수중에서 빠져나간 일은 그도 알고 있다.

나중에는 천랑대까지 동원되었으며, 제육역 열 개 문파까지 가담한 것으로 안다. 또 있다. 북검문주가 북무림 제일기재들이라고 칭송한 칠성군까지 추격전에 나섰다.

그런데도 놓쳤다.

한낱 마인 나부랭이에게 닭 쫓던 개 꼴이 되었다고 비웃었는데.

이제는 자신 차례다.

한 발만 삐끗하면 북검문처럼 개망신을 당한다. 차라리 북검문이라면 이를 갈지언정 명분은 서지만, 마인 놈들에게 망신을 당한다면 어디에 얼굴을 내놓지도 못한다.

"마야에 대한 자료를 모두 가져와라."


'패도무적의 마인은 많았다. 하지만 누구도 마야라는 말을 사용하지는 못했다. 놈이 마야로 불린다면 그에 합당한 무언가가 있을 것.'

추혼단주 부위량 앞에 놓인 종이는 생각처럼 많지 않았다.

마야라고 불리는 자이니 수북이 쌓일 줄 알았는데…… 마야에 대한 정보가 얼마 없다는 이야기다.

일견후즉파라. 어떤 무공이든 보기만 하면 파해법을 찾아낸다. 또한 삼류무공도 그의 손을 거치면 절정무공으로 둔갑한다.

'허풍이거나 진짜이거나. 진짜라면 마야로 불려도 손색이 없을 것.'

그가 다듬은 무공으로 대표적인 것은 마도의 혈염도법, 수검의 사흡검법, 시마의 녹혈마공, 고루쌍마의 고루마공…….

다듬는다. 이 부분에서 부위량은 썩는 냄새를 맡았다.

'다듬어? 두 손으로 하늘을 가리려는 수작. 이것이 사실이라면 네놈을 천뇌(千腦) 인간으로 불러주지. 남의 무공을 다듬는다는 것은 자신의 무공이 신의 경지에 이르렀을 때만 가능한 것. 어디서 하찮은 놈들이 무신 흉내를 내는 거야.'

마야가 천형을 받아 무공을 수련할 수 없는 몸이라는 글귀를 읽지 않았다면 믿었을지도 모른다. 그런 글귀를 읽은 이상 이어지는 글귀는 신빙성이 없다. 아니, 악취가 풍긴다.

비굴하고 야비한 마인들이 잔머리를 굴리는 냄새.

제대로 머리를 쓸 줄도 모르는 인간들이 잔재주나 믿고 설쳐 대는 모습, 사악한 무공을 정당한 듯 위장하려는 가련함이 읽힌다.

무공이란 머리만으로 수련하는 것이 아니다. 천부적인 재능이 있어서 절학을 창안해 내는 경우는 있지만, 성격이 전혀 다른 무공들을 가다듬는다는 것은 있을 수 없다.

하나 추혼단주 부위량은 이어지는 글을 읽으면서 눈을 부릅떴다.

마야는 선천적으로 신적 능력을 타고나 마령음을 펼칠 줄 안다. 북검문이 칠성군까지 동원한 이면에는 마령음을 차지하려는 욕심이 숨어 있다.

'마령음? 마령음이라면……. 칠성군까지 나섰다면 거짓은 아닐 터. 대체 이놈, 어떤 놈이야?'

부위량은 마야를 그려낼 수 없었다. 어떤 인간인지 윤곽이 그려지면 잡는 것도 손쉬운데 뚜렷한 그림이 그려지지 않는다. 상대하기 난해한 인간이라는 소리다.

그는 문득 얼마 전에 벌어졌던 사건을 떠올렸다.

급히 끌어 모을 수 있는 전선을 총동원해서 북검문 전선을 마주쳐 갔던 사건.

당시 명령은 더 기막혔다.

북검문이 대포를 한 발이라도 쏘거나 중간 수역으로 들어서면 전면전을 감행하라는 것이었다. 동원된 전선을 모두 잃는 한이 있어도 북무림에서 탈출한 자들을 나포하라는 명령이었다.

그 일을 주모했던 사람은 남도문의 머리라고 할 수 있는 야광(夜光)이다.

병법에 뛰어난 자, 지혜가 하늘에 닿은 자, 기관진식에 달통한 자…… 한 나라의 군사(軍師)를 맡아도 좋을 만큼 뛰어난 자들만 천여 명이 존재하는 지상 최강의 두뇌 집단.

북검문에 삼뇌가 있다면 남도문에는 야광이 있다.

야광을 이끄는 사람은 남도문주와 함께 무신이라 칭송받는 만사무불통지(萬事無不通知) 도숭부(陶崇富). 그가 욕심을 부렸다면 남무림을 이끌 사람은 남도문주가 아니라 그였을 것이다.

야광은 마령음을 알고 있었다. 마야라는 존재도 깊숙이 파악하고 있을 게다.

'내 손을 벗어난 일이군.'

부위량은 남은 종이들을 읽지 않고 일어섰다. 더 읽을 필요도 느끼지 않았다. 만약 처음부터 마령음에 대한 글귀를 접했다면 그 순간 일어섰을 게다.

'이건 지급으로 보고해야 할 사건이야.'

第十八章

제일보(第一步)
―첫 걸음

1

창창창창! 쒜에엑! 스스스······ 파앗!

금연화, 일령, 절혼마녀는 상대를 가리지 않고 공격하는 무차별 비무를 벌였다.

전신 내력을 모두 쏟아 붓는, 실전을 방불케 하는 죽음의 비무다.

결정적인 순간에는 손을 거둘 예정이지만 찰나의 판단에 목숨을 맡겨야 하기 때문에 위험하기는 결전과 다를 바 없다.

그녀들은 이렇게라도 하지 않으면 안 될 만큼 절박했다. 앞을 가로막은 장벽이 너무 크고 두터워서 단순한 수련만으로는 도저히 부술 수 없었다.

싸움을 해야 한다.

실전을 통해서, 삶과 죽음이 교차하는 숨 막히는 긴장감 속에서 얻고자 하는 것을 얻어야 한다.

금연화는 초식을 원했다.

자하쌍구검을 완벽하게 알고 있다 생각했다. 부족한 것은 자하밀공의 수련뿐이라고. 한데 자하밀공을 십성까지 끌어 올리자 백형검법을 너무 부실하게 수련했다는 생각이 들었다.

부실하게 수련하지 않았다. 최선을 다했다. 이런 마음이 드는 것은 순리다.

초식과 내공은 양 날개다.

한쪽이 크면 작은 쪽을 키우기 위해 노력한다. 작은 쪽을 키우다 너무 과해서 다른 쪽보다 커지면 이번에는 반대쪽을 키운다.

과유불급(過猶不及)이라고 했다. 지나침은 모자람과 같은 것이라고.

무공은 이 말에 해당되지 않는다.

묘하게도 초식과 내공은 중용(中庸)을 모른다. 반드시 한쪽이 다른 한쪽보다는 크다. 그렇기에 무인이란 끝없이 수련을 반복하다가 삶을 마치게 된다.

끝을 본 무인이 있는가? 초식과 내공이 높이를 나란히 하여 더 이상 수련할 수 없는 지고의 경지에 이른 사람을 보았는가?

그런 사람이 있다면 오직 신이라고 불러도 무방하다.

무신들은 그런 경지에 이르렀나? 아닐 것이다. 너무 강한 강자들이라 무신이라 부르는 것이지, 정말로 신과 같은 능력을 지니지는 않았을 게다. 그들도 인간이니까.

무림사가 기록된 이래로 살아 있는 동안 수련을 끝낸 무인은 탄생하지 않았다.

금연화는 내공이 넘친다. 당연히 초식의 부족함을 느꼈으나 자하쌍구검의 세기(細技)를 낱낱이 알고 있는 터에 무엇을 더 어떻게 발전시키랴.

결론은 하나다. 실전을 통해서 머릿속에 담고 있는 검초를 살아 있는 검초로 만드는 일.

일령도 얻을 것이 있다.

빠른 공격이든, 패도적인 공격이든, 암습이든, 현란한 공격이든…… 몸에 닿는 병기는 딱 하나다. 공격이 시작될 때부터 마무리될 때까지 그 하나를 놓치지 않고 지켜볼 수 있다면, 몸에서 한 치 차이로 비켜낼 수 있으리라.

진기 한 모금을 끌어올리니 전신이 솜처럼 풀어진다.

육신은 깃털이 되어 바람 따라 물결 따라 자유롭게 흘러간다.

유유한 모습으로 병기 사이를 누비니 선계에서 노니는 새가 따로 없지 않나.

부딪치지 않고 피하니 상대의 내력이 두 배, 세 배 강해도 너끈히 상대할 수 있다. 공격을 한 치 차이로 비켜낼 수 있으니 나아가고 물러섬에 막힘이 없다. 적이 나를 칠 수 있는 거리란 팔 길이에 병기 길이를 더한 것이 고작, 병기만 흘려보내면 육신과 육신이 부딪친다.

이로써 선유비조신법은 할 일을 마쳤다.

다음은 염화옥수 차례다.

손이 몸에 닿는다면 그것으로 끝장난다. 엄지, 검지, 중지 세 손가락이 꽃을 집듯이 살포시 혈을 잡아 비튼다. 그 순간 손가락에 깃든 진기는 상대의 몸속으로 흘러들며 장기를 산산조각 낸다.

특징은 혈이 짚인 자리에 꽃 모양의 울혈이 발견된다는 것.

일령은 무공을 극성으로 수련해 냈다고 자부했지만 자신감은 없었다. 폭우처럼 쏟아지는 공세 속에서 유유함을 지켜낼 수 있을지. 섬광처럼 빠른 공세를 뚜렷이 지켜볼 수 있을지.

장강을 돌파하여 하오문주의 거처까지 오는 동안 남무림 무인들과 네 차례에 걸쳐 손속을 섞었다. 선유비조신법과 염화옥수를 사용하여 눕히기는 했지만 싸우는 내내 자하쌍구검을 사용하고픈 강렬한 욕구에 시달렸다.

자신을 가져야 한다. 자하쌍구검을 완전히 버리고 오로지 공령문의 무공으로만 승부를 결정지어야 한다. 어떠한 순간에도 여타의 무공이 생각나서는 안 된다.

절혼마녀는 금연화나 일령처럼 절박하지는 않았다.

귀적무도 능숙하게 펼칠 수 있고, 육경검법은 손에 익을 대로 익었다. 귀적무를 펼치면서 육경검법을 사용하면 귀신도 죽일 수 있다. 검 대신 삭사를 사용하니 은밀하기는 하늘도 속인다.

그녀가 소름 끼치는 결전에 뛰어든 것은 귀루, 사루의 무공을 좀 더 완벽하게 융합시키기 위해서였다.

귀적무는 어둠의 무학, 그늘 속에 숨는다. 반면에 사루의 육경검법은 밝음의 무학, 여섯 초식이 연환식으로 펼쳐지면 거울에 비쳐진 햇살처럼 검에서 광채가 어린다.

세상은 모두 빛을 지닌다. 낮에는 햇살이, 밤에는 별빛과 달빛이, 비가 오는 날에는 빗줄기에, 눈이 오는 날에는 눈빛에. 금방이라도 비가 쏟아질 듯한 날씨에도 빛은 어린다.

육경검법은 전 방위를 망라하기 때문에 어느 한순간 세상이 지닌 빛과 어울리게 되고, 검광을 발산한다. 검이 아니라도 상관없다. 거무튀튀한 도로 전개해도 빛이 난다. 묵광은 묵광대로 어울리는 빛이 있으니까.

이는 육경검법을 펼치는 순간 위치가 노출된다는 것을 의미한다.

검법의 특성이 그러니 어쩔 수 없다고 하자. 극한의 빠름이 단점을 막아주니 상관없다.

틈은 귀적무에서 육경검법으로 전환하는 순간에 생긴다.

찰나에 불과한 틈이지만 절정고수에게는 몸을 벨 수 있는 기회다.

완벽하게 융합시킬 수만 있다면…… 전환이라는 말을 버리고 귀적무를 펼치면서 육경검법을 전개할 수 있다면…….

세 여인의 싸움은 치열했지만 싸움의 형태는 너무 달랐다.

금연화는 수십, 수백 가지의 검공을 펼쳐 접근을 차단했다. 살수검과 패검이 어울리며 생명을 노렸다.

일령은 피하기만 했다. 간혹 검세 사이로 파고드는 형태를 보였지만 어려움을 알고 물러나는 행동을 반복했다.

절혼마녀는 귀신처럼 표홀하게 움직이다가 깜짝깜짝 놀랄 검공을 전개했다.

적은 두 명 모두다. 금연화는 일령도 공격했다가 절혼마녀를 공격하기도 했다. 이런 상황은 두 여인도 마찬가지여서 어떤 때는 표홀한 신법 대 부유하는 신법의 싸움이 되기도 했다.

"여자 괴물은 싫은데…… 가녀린 몸뚱이를 벤다는 게 마음에 들지 않아."

수검이 결전을 지켜보다가 중얼거렸다.

"마야, 대단한 능력이야. 일초지적(一招之敵)도 안 되던 여자들을 저렇게 만들어놓았으니."

마도는 감탄을 숨기지 않았다.

"그래 봤자 가랑이 벌리는 계집이여. 삼 장 안에 들어서기만 해봐. 오장육부를 녹여줄 테니까."

시마는 콧방귀를 뀌었다.

말은 각기 다르다. 하나 세 여인을 상대로 인정했다는 점은 같다.

하루, 이틀, 사흘……

날이 지날수록 세 여인의 손속은 부드러워졌다.

금연화는 전처럼 많은 검을 쏟아내지 않았다. 필요할 때만 잠깐씩 검을 쳐들어 가볍게 허초(虛招)를 쏟아냈다. 실초를 사용할 때와 허초를 사용할 때의 구분이 명확해졌다. 그녀의 검은 일 장 이 척이라는 방원을 그렸고, 타인이 들어서는 것을 용납하지 않았다. 절혼마녀와 일령은 그녀에게 다가가지 못했다.

일령은 번잡스럽게 움직이지 않았다. 그녀의 신형은 나뭇잎처럼 나풀거려 좀처럼 허초에 가격당하지 않았다. 벼락같이 터져 나오는 절혼마녀의 검공도 실낱같은 차이로 피해냈다.

절혼마녀는 공격 대상에서 벗어났다.

귀적무를 따라올 신법이 존재치 않으니 그녀를 공격할 방법이 없다.

그러나 그녀도 득을 보지는 못했다. 금연화의 검세는 귀적무조차 흩뜨려 버리기 때문에 접근이 용이치 않다. 일령도 잡지 못했다. 은밀하기는 귀적무가 앞서나 바람이 이는 순간 일령도 따라서 움직이기 때문에 늘 실낱같은 차이로 실패하곤 했다.

칠 주야가 지났을 때, 세 여인은 더 이상 움직이지 않았다.

먼저 움직이는 사람이 당한다. 여러 초식을 교환할 필요도 없다. 마도나 수검처럼 단 일 초식에 끝난다.

초식 싸움에서 기력 싸움으로 넘어간 것이다.

그녀들은 하루 낮과 하룻밤을 손가락 하나 움직이지 못하는 상태에서 서 있었다.

스스스슥……!

싸움판에서 먼저 물러선 사람은 절혼마녀였다.

"이제 그만 끝내. 승부 낼 일 있어?"

"우리 막내가 많이 늘었네."

금연화도 검을 거뒀다.

비무는 끝났다.

창과 방패, 모순과 같은 무공들이다.

누가 우월한지를 가늠하기 위해서는 일말의 여운조차 던져 버리고 전심전력을 다해야 한다. 분명히 누구 한 사람은 죽겠지만 승부는 나리라.

그렇게까지 승부에 집착할 이유는 없다.

얻을 것은 얻었다. 무공은 완벽하게 소화했다. 앞으로 또 다른 부족함이 느껴지겠지만, 당분간은 이것이 최상이다.

"한 사람이 빠졌네."

"둘째?"

"피잇! 맞아. 우리끼리 치고 박는 동안 둘째 언니는 몸단장만 하고 있었잖아."

일령이 입을 삐죽거렸다.

"추명반을 받아낼 수 있을까? 선유비조신법으로 되겠어?"

"제가 무슨 신인 줄 알아요? 뭐가 보여야 피하든 말든 하죠."

"선유비조신법은 기의 변화를 읽고 반응하는 거잖아. 둘째 언니도 추명반을 전개하기 전에는 기의 변화가 있을 텐데, 읽지 못해?"

"변화야 읽겠죠. 하지만 추명반이 워낙 빠르잖아요. 그걸 무슨 수로 당해요. 아! 큰언니는 되겠다. 그죠?"

"얘가 누구 죽일 일 있나. 너나 죽어, 얘."

"호호호!"

세 여인은 하늘이라도 얻은 듯 기쁘고 홀가분한 마음으로 한껏 웃었다.


다담선자는 개미굴에 들어간 것처럼 바글바글 끓어대는 마음을 주체하지 못했다.

소림파는 많은 무인들을 봤다. 그들이 전개하는 무공을 보며 파해법을 찾아냈다. 단순히 초식에 국한된 것이 아니라 진기 운용법까지 찾아냈다.

그가 그토록 발품을 팔며 싸움이 벌어지는 곳마다 찾아다닌 이유는 오직 하나, 그 속에 자신의 천형(天刑)을 고칠 수 있는 방법이 있지 않을까 하는 기대 때문이다.

하오문은 마야가 제시한 조건을 들어주지 않아도 괜찮았다.

수천 권의 무서가 쌓인 비고를 열어준 것만도 마야에게는 큰 기회였다.

'찾았으면…… 찾아야 될 텐데…….'

세 여인이 결전에 버금가는 비무를 벌였지만 눈에 들어오지 않았다.

그녀의 마음은 오직 소립파에게만 집중되었다. 몸은 떨어져 있지만 마음은 항상 같이 있었다.

그의 숨결을 느낀다. 체취를, 강렬한 힘을 느낀다.

'제발 활짝 웃는 얼굴로 돌아왔으면…….'


한 달이라는 기한은 순식간에 흘러갔다.

마을 생활은 불편하지 않았다. 하오문도는 식량과 일용품을 날라 올 때만 모습을 보일 뿐, 그들 곁에 얼씬도 하지 않았다. 대신 필요한 것이 있으면 무엇이 되었든 구해다 주었다.

동혈에서의 생활이 이어진 기분이다.

어두컴컴하고 사방이 꽉 막힌 장소에서 하늘을 볼 수 있는 밝은 곳으로 장소만 변경되었을 뿐 하루하루를 보내는 방식은 같다.

한 달이 조금 못 되었든지 아니면 조금 넘겼든지…… 그 즈음쯤 되리라고 생각할 무렵, 소립파가 불쑥 나타났다.

다담선자는 우물에서 물을 긷다 말고 한달음에 달려가 그의 품에 안겼다.

"많이 말랐구나. 뼈만 만져져."

"어떻게……?"

소립파는 고개를 좌우로 흔들었다.

가슴이 덜컥 무너져 내려앉는다. 또 실패……. 수천 권의 비급, 수백 가지의 진기 운용법으로 풀리지 않는 경락. 정말 천형인가. 도무지 방법이 없는 건가.

그녀는 자신의 마음을 일절 내비치지 않았다. 오히려 활짝 웃는 얼굴로 맞이했다.

"실망했어요?"

"세상에 존재한다는 무학은 거의 보았는데 실망은."

"몸은 괜찮고요?"

"하하! 널 선루에 보내놓고 여자 없이 사는 법을 배웠지. 걱정 마. 튼튼해."

"다행이에요."

다담선자는 무너지는 마음을 억지로 붙잡았다.

'언제 쓰러질지 모르는 사람. 맹수는 죽는 순간까지도 아픈 내색을 하지 않는다고 했나요? 온몸이 갈가리 찢어져도 생생한 포효를 내지른다고 했죠. 당신이 꼭 그런 사람이에요.'

마야가 회포를 풀기도 전에 볼품없는 노인이 불쑥 찾아왔다.

염소수염, 작은 키, 데룩데룩 굴러가는 눈동자. 하오문주다.

"됐나?"

하오문주는 사립문을 밀치고 들어서기 무섭게 용건부터 물었다.

"그쪽은?"

"히히! 하오문을 뭐로 보고. 캐내려고 한다면 황후 속곳 색깔까지 알아낼 수 있는 곳이여."

소립파는 마당에 놓인 평상(平床)에 앉았다. 하오문주가 쪼르르 달려와 맞은편에 앉았다.

소립파가 먼저 얄팍한 책자 네 권을 꺼내 건네주었다.

"말한 대로 각기 하나씩. 안공(眼功) 하나, 은신술 하나, 감각을 세 배로 증폭시키는 각공(覺功) 하나, 기관진식의 근본 요해본 하나."

"이것이……."

하오문주는 눈을 굴리지 않았다. 장난기도 사라졌다. 그의 얼굴은 누구보다도 엄숙했다.

어쩌면 이런 모습이야말로 하오문주의 진실한 모습인지도 모른다.

하오문주는 안공을 꺼내 파라락 넘겼다.

"이게 뭐야? 이런 게 가능한가? 내 자세히 보지는 않았지만……."

"다섯 가지 직업 중에 도비를 택한 건, 도비의 능력이 다른 직업군과도 상통하기 때문. 각공을 배수에게 주면. 또 도곤에게 주면. 안공, 각공, 은신술. 도비에 국한된 것이 아니라 하오문도 모두에게 공통된 사항이지. 감안해서 손봤는데, 믿기지 않소?"

"아니…… 이게 말처럼만 된다면야……."

"이제 그쪽 물건을 주쇼."

하오문주는 헝겊에 싸인 책자를 내밀었다.

"상조문, 철사문, 독조림, 궁왕 강창도에 대한 건 속속들이 다 들었네. 그들의 거처에 감쪽같이 숨어 들어갈 수 있는 행로도 만들어놨고. 잡을 수 있는 방법도 머리를 쓰긴 썼네만……."

"자신이 없다? 약속이 틀린데."

"빌어먹을! 야광이 끼어들었어!"

갑자기…… 찬물을 끼얹어놓은 듯 조용해졌다.

남무림 무인들이 생사를 거머쥐고 모든 행동을 지휘하는

두뇌 집단. 북검문보다 열악한 전력에도 불구하고 삼십 년간
이나 팽팽하게 균형을 맞춰온 현자들.

북검문에 삼뇌가 없었다면…… 어쩌면 싸움은 벌써 끝났
을 것이다. 남무림 세상으로.

싸움은 무력만 가지고 하는 게 아니다. 문(文)도 같이 어울
려 줘야 하고, 막대한 돈도 투입되어야 한다. 이러한 세 가지
요소를 최대한으로 이끌어낼 때 승기를 엿볼 수 있다.

소립파는 담담한 표정으로 헝겊에 싸인 책자를 받았다.

"한 가지 더 주고 싶은 게 있소만."

"뭔데?"

하오문주의 눈알이 다시 돌아가기 시작했다.

"내 나름대로는 십비지공(十秘之功)이라 이름 붙였소만."

"시, 십비지공! 그럼 그게 바로……."

"영원히 잡히지 않는 도비, 삼십 년 면벽한 고승도 파계시
킬 수 있는 요녀, 불패의 승부사 도곤. 더 듣고 싶소?"

"천하의 돈이 모두 내 돈인 배수. 펴, 편자는?"

"사람 마음을 읽을 수 있다면 누구든 속일 수 있지 않겠
소."

"독심술(讀心術)쯤은……."

"그럼 십비지공도 필요없겠군."

"그, 그럼 이, 이건 뭔가?"

하오문주는 소립파가 건네준 책자들을 들어 보였다.

"그건 문주께서 원하신 것 아니오. 뭐뭐 해달라. 요구에 맞춰준 것이오. 그걸 어떻게 응용하느냐는 문주의 몫이지 않겠소."

꿀꺽!

하오문주가 침을 삼켰다.

"해주긴 했는데 십비지공보다는 떨어진다는 생각이오만. 조건을 잘못 거셨소. 차라리 최고의 도비가 되게 해달라고 했다면 일비지공이라도 얻을 수 있었을 텐데."

"내 발등을 내가 찧은 꼴이군. 하루만 말미를 주겠나?"

소립파는 고개를 끄덕였다.

"십비지공이라……. 허허! 수대에 걸친 염원도 별것 아니었나. 한 달 만에 풀리다니. 그까짓 것…… 그까짓 것을 취하려면 하오문을 거덜 내야 할 터. 흐흐흐!"

하오문주의 웃음은 허허로웠다.


하오문주의 생각은 오래가지 않았다.

그는 반나절도 되지 않아서 다시 돌아왔다.

"야광까지 끼어들었는데 정말 할 텐가?"

소립파는 고개를 끄덕였다.

"원하는 게 중원일 테지? 혈귀대의 죽음은 남무림만 연관된 게 아니니까."

이번에도 고개를 끄덕였다.

"남무림과 북무림. 전 중원. 대상이 무신들 일곱 명이라도 할 텐가?"

"염라대왕이라도."

"중원을 취할 생각인가?"

"복수만 할 뿐이오."

"마인들의 세상을 원하나?"

"이 사람들의 행동을 간섭할 권한은 없소. 하나 내가 원하는 건 단 하나, 복수뿐이오."

하오문주는 한참 동안 소립파를 쳐다봤다. 그리고 힘들게 말했다.

"십비지공을 주게."


2


"은마."

대답은 없었다.

"길을 열어. 간격은 일 리. 속도는 완보(緩步)."

소립파는 하오문주에게서 받은 여러 장의 지도 중에 한 장을 떼어내 마당으로 던졌다.

휘익!

매가 병아리를 낚아채듯 시커먼 그림자가 허공에서 뚝 떨어지더니 지도를 움켜잡고 사라졌다.

"저, 저놈! 숨는 재주만 있는 줄 알았더니 신법도 제법일세. 허! 저놈 얼굴 보기가 더 어려워진 건가."

"방금 완보라고 들은 것 같은데, 야광이 끼어들었다면 한시라도 빨리 가야 되는 것 아닌가? 야광이 손을 쓰기 시작하면 옴짝달싹 못하게 될 텐데."

시마와 수검이 거의 동시에 말했다.

소립파는 아무 말도 하지 않고 걸음을 떼었다.

"염병! 주둥이는 됐다 밥 먹을 때만 쓰는 건가. 말 한마디 해주면 입술이 부르터, 혓바닥이 썩어. 저놈은 꼭 제멋대로 할 때면 입을 다물더라고. 잠자코 따라오기나 해라, 이거지? 썩을!"

"풋!"

일령이 손을 들어 입을 가리며 웃었다.

"계집아, 넌 뭐가 웃기다고 낄낄거리는 거야! 그러잖아도 부아가 치미는 판에 별게 다 까불고 있어."

"그러면서도 따라가는 건 뭐예요?"

"뭐, 뭐야! 어쭈! 이제 무공이 늘었다 이거지? 한번 해볼 텨?"

"녹혈마공의 단점을 알아요. 시독은 천하제일독이지만 한번 방출하고 나면 일시간 공백 상태에 빠지죠. 범위는 삼 장. 삼 장 정도는 벗어날 수 있을 것 같고…… 해볼래요?"

시마가 입을 쩍 벌렸다.

"뭐, 뭐 이런 게…… 관두자, 관둬. 손녀뻘 되는 계집과 손 섞어서 뭐 하겠다고. 에잉! 빌어먹을 년 같으니라고."

"호호호!"

일령은 그동안 당하기만 했던 것을 보상이라도 받겠다는 듯 곁을 졸졸 따라다니며 놀려댔다.


언장은마가 사람들 눈에 띄지 않고 살 수 있었던 능력 중에 하나를 꼽으라고 하면 미세한 것도 놓치지 않고 잡아내는 주 의력, 관찰력을 말할 수 있다.

무인을 평가할 때 거의 대부분이 무공만 논한다. 조금 덧붙 인 것이 협사냐 마인이냐는 구분이고, 더 깊이 들어가면 성격 이 온후하냐, 급하냐는 정도다.

성격 속에 포함되어 있는 선천적인 능력은 간과하기 쉽다.

언장은마만 해도 뛰어난 은신술은 모두가 알아주지만, 신 법을 펼치면서도 개미가 입에 물고 있는 것이 무엇인지까지 파악하는 관찰력은 알아주는 사람이 없다.

그런 그이기에 세월이 남긴 흔적과 인위적으로 만든 흔적 정도는 쉽게 구분한다.

'사람이 다녔어!'

당연하다. 하오문주가 알려준 길은 하오문도만 사용하는 비밀 행로다. 다른 사람들은 알지 못하는 길, 토박이라도 그런 길이 있었나 하고 고개를 갸웃거릴 만큼 은밀한 길이다.

언장은마가 놀란 것은 최근에 지나간 흔적을 찾았기 때문이다.

한두 명이 아니다. 수십 명이다.

'이런 길은 대체로 한 명 내지는 두 명 정도밖에 다니지 않는데, 수십 명씩이나……'

좋지 않다.

무엇인가 머릿속을 휘젓는 느낌이 든다면 십중팔구 사단이 난다.

언장은마는 숨은 곳에서 움직이지 않았다. 호흡도 감추고, 몸 냄새도 숨기고, 미약하게 흘러나오는 기도마저 감췄다. 두 귀는 활짝 열어놓았다. 두 눈도 사방을 훑었다.

보이는 것도 들리는 것도 없다. 하나 느낌이 좋지 않다.


"그 늙은이 입이 쭉 찢어졌겠네. 십비지공을 얻었으니 얼마나 좋을까. 돼지 목에 진주지. 하오문 놈들이 무슨 십비지공이야."

"저도 하오문도였어요. 지금도 사내들 땀 냄새를 맡고 있을 낙화향 창기들도 하오문도고요. 그래요. 하오문 같은 건 상관없어요. 하오문이든 상오문이든 뭐라고 부르던 상관없지만, 무시하지 말아줬으면 좋겠네요."

시마는 움찔해서 절혼마녀를 쳐다봤다.

힘이 없으면 무시당하는 걸 당연하게 받아들인다. 힘이 있을 때는 결단코 무시를 간과하지 않는다. 다칠 것 같으면 엎드리지만, 누를 수 있을 때는 무시당하지 않으려는 속성이 몸에 배어 있다. 그런 사람들이 하오문도다.

하기는 어떤 사람인들 무시당하길 좋아하랴.

"자네보고 한 말 아닌 걸 알면서 딴죽은……. 그런 식으로 따지면 다담도 싸잡아서 욕한 거네?"

"……."

"내 말인즉……."

"그만!"

소립파가 우뚝 멈춰 섰다.

"마도, 수검, 앞으로."

마도와 수검은 천천히 걸어나와 전면에 섰다.

"다담, 삼첨(三尖)."

다담선자가 마도와 수검의 등 뒤에 섰다.

"절혼, 혈유, 내 옆으로 와."

한 사람은 빠름에서 제일, 한 여인은 은밀함에서 제일을 자부한다. 은밀함으로 따지자면 일령이 절혼마녀보다 한 수 위였지만, 몇 달간의 고련이 두 여인의 위치를 바꿔놓았다.

절혼마녀는 무엇을 하려는지 알지도 못하면서 소립파 옆에 섰다. 혈유가 삼 척 정도 거리를 벌리고 섰기 때문에 그녀도 따라서 했다.

"쌍마, 뒤를 받쳐."

고루음마가 혈유의 뒤에, 고루양마가 절혼마녀의 뒤에 섰다.

"일령, 일봉, 내 뒤로."

"자하일봉이에요. 두 마디 더한다고 어디 덧나나요?"

말은 그렇게 했지만 두 여인은 신속히 움직여 소립파의 뒤에 섰다. 좀 더 정확히 말하면 고루쌍마의 뒤에 섰다.

무슨 일이 벌어지고 있는지는 알지 못한다. 단지 하나, 언장은마가 움직이지 않고 있다. 소립파의 이런 조처는 언장은마와 무관하지 않으리라.

"쯧! 언제 손발을 맞춰봤어야지. 거기가 아니고⋯⋯."

시마는 일령과 금연화의 팔을 잡아끌어 소립파의 등 뒤에 세웠다.

"그렇지. 여기야. 아니, 어깨를 바짝 붙여. 그래, 이 자리의 목적을 분명히 알아야 해. 첫 번째, 마야의 등을 보호한다. 화살이 날아오면 꿰뚫리는 한이 있어도 자리를 비켜서면 안 된다는 거지. 두 번째, 쌍마의 등을 보호한다. 우선순위를 분명히 알아둬. 첫째가 마야고 둘째가 쌍마야."

"이런 것⋯⋯ 본 적 있어."

금연화가 부르르 떨었다.

"크크! 본 적 있을 테지. 혈귀대주, 그놈이 요걸 약간 변형시켜서는 삼첨양익진인가 뭔가 하는 것을 만들었으니까. 이게 원형이야. 영광인 줄 알아."

"시마."

"알았어, 알았다고. 자리 지키면 될 것 아냐."

철탑거추와 시마는 맨 뒤로 물러났다.

'이걸 변형시켰다고? 그럼 상공이 마도인……? 아냐, 그럴 리 없어. 상공의 무공은 광명정대했어. 털끝만치도 사기나 마기가 엿보이지 않았어.'

금연화는 믿고 싶지 않았다.

"이제부터 평보(平步)다. 탈출을 시도할 때의 속도는 마도와 수검에게 일임하되, 가급적 급속(急速)하도록."

"혈유, 따라올 수 있겠어?"

마도가 혈유를 돌아봤다.

"마야 정도 업는다고 못 따라갈까 봐? 걱정 마. 내 발이 중원제일이야."

"그러길 바란다."

마도와 수검은 동시에 걸음을 떼어놓았다.


불길한 예감은 현실이 되어 들이닥쳤다.

쒜에엑!

소리는 들리나 눈에 보이지 않는 암기! 순간 다담선자가 퍼뜩 팔을 들어올렸고, 번쩍! 하는 섬광이 파드득거리는 소리와 함께 창공으로 뻗어나갔다.

따앙!

추명반은 날아오는 암기를 허공에서 떨궈냈다. 그리고 어느 틈엔가 되돌아와 다담선자의 팔 속으로 스며들었다.

쇠와 쇠의 부딪침을 이끌어낸 암기는 뜻밖에도 화살이다.

반짝반짝 윤기가 흐르는 검은색 철전(鐵箭).

"철궁대……."

마도가 가는 신음을 토해냈다.

궁왕 강창도에게 직접 사사받아 하나같이 명궁 반열에 올랐다는 궁수들이다. 길보다는 흉이 많다. 죽이고자 했으면 화살을 무더기로 쏘아댔을 텐데, 한 대만 날린 것은 멈추라는 이야기. 사로잡고자 함인가.

"내, 내 이럴 줄 알았다니까. 그 썩을 놈의 늙은이가 우릴 팔아먹을 줄 알았어. 어쩐지 간신새끼마냥 눈깔을 디룩디룩 굴려대더라니. 그 새끼 지금쯤 배 두들기고 있겠네. 십비지공에다가 저놈들한테도 무언가 얻어먹었을 테니 배가 터질 거야."

"시마, 뒤쪽에 스물이다."

"싸가지없는 새끼들. 걱정 붙들어 매둬."

"어떻게 자신있다는 거예요?"

일령이 뒤돌아보면서 물었다.

"계집아, 어딜 한눈파는 거야! 네년은 마야 뒤꼭지에서 눈 떼지 말라고 했잖아!"

일령은 얼른 고개를 돌렸다.

시마의 음성이 예전 같지 않다. 거친 말투는 여전하지만 전신은 긴장으로 팽팽하게 곤두서 있다.

일령이 고개를 돌리자 시마는 능글맞게 웃었다.

"흐흐흐! 계집아, 아까 뭐라고? 삼 장쯤은 벗어날 수 있을 것 같다고? 저 싸가지없는 자식들, 분명히 오십 장 밖에서 철궁을 쏴댈 거야. 똑똑히 봐둬, 이년아. 이 어르신이 저놈들을 어떻게 요리하는지."

일령은 대꾸하지 못했다.

오십 장 밖에서 쏘아대는 철전이라면 막기에도 급급하다. 하물며 처리까지 하겠다니. 시마에게 다른 무공이라도 있는 것인가.

"좌우로 이십 명씩. 쌍마."

"자신없는데. 왼쪽은 숲이야. 놈들은 나무 위에 있고. 거리가 너무 멀어."

"오른쪽도 마찬가지네. 파고들기 전에 고슴도치 되겠어."

"걱정되나?"

"뭐? 이런…… 쌍! 너 또 뒈진 놈은 아무 근심걱정 없다고 하려고 그러지? 알았다! 알았어! 뒈져 주면 되잖아!"

"전방은 마흔."

소립파는 근심하는 표정이 아니었다. 마치 예상했던 일을 만난 것처럼 태연했다.

"뒤에 스물, 좌우에 마흔, 앞에 마흔. 철궁대가 원래 백 명인가?"

"삼백이라고 들었는데."

"다행이군. 전부 다 왔으면 꼼짝없이 죽을 뻔했어."

"수검, 앞을 봐라. 너와 내 승부. 여기서 갈라보면 되겠네. 똑같은 조건이니까 누가 많이 죽이나 해보자고."

마도와 수검도 전혀 위축되지 않았다. 그들은 오히려 상황을 즐기는 듯했다.

소립파는 마도와 수검의 말을 듣고 있지 않았다. 그는 절혼마녀에게 찰싹 붙어서 귓속말로 무엇인가 소곤거렸다.

절혼마녀가 알았다는 듯 고개를 끄덕였다. 그리고,

스스슷……!

절혼마녀의 신형이 흐릿해진다 싶더니 어느새 사라지고 없었다.

저벅! 저벅! 저벅……!

길 저쪽에서 발 맞춰 걸어오는 소리가 들렸다. 소리로 보면 수십 명은 되는 것 같다.

철궁대…….

장군들처럼 투구를 쓰고 갑옷을 입었다.

철사문도가 뚫리지 않는 현음철갑으로 무장한 것은 알고 있지만 철궁대까지 갑옷을 입고 있는 줄은 몰랐다.

북무림에서만 오갔던 탓인가? 남무림에 대해 너무 모르고 있다. 자신들은 그렇다 치고 마야와 혈유조차도 철궁대가 이런 모습인 걸 몰랐단 말인가!

갑옷을 입은 것과 무복을 입은 것은 큰 차이가 난다.

평범한 갑옷 같았으면 입지도 않았을 게다. 현음철갑처럼 진기가 실린 병기에도 뚫리거나 베어지지 않는 갑옷이리라.

"죽겠군."

"걱정 마, 수검. 네 몫까지 베어줄 테니까."

"마도, 너 이 자식, 끝나고 보자고."

저벅! 저벅! 저벅……!

철궁대 사십 명은 거침없이 걸어왔다.

강궁에 철전을 재워 밑으로 늘어뜨린 채 열과 줄을 맞춰 걸어왔다.

삼 열 종대.

이윽고 서로 간의 거리가 십여 장으로 좁혀지자 철궁대가 일제히 강궁을 들어 소립파 일행을 겨눴다.

"병기를 버리고 포박을 받아라! 목숨은 해치지 않을 터!"

대주인 듯한 자가 두 걸음 앞으로 나서며 산천초목이 쩌렁 울리도록 고함을 내질렀다.

"귓청 떨어지겠군. 나도 저렇게 소리 질러봐?"

"넌 검무나 춰."

마도와 수검은 눈치채지 못하도록 조심스럽게 진기를 끌어올렸다.

"두 손을 머리 위로 올리고 무릎을 꿇어라!"

"자슥들, 되게 꿱꿱되네."

철탑거추가 망치를 뽑아 들며 씨익 웃었다.

"마지막으로 한 번만 더 말한다! 두 손을 머리 위로……."

그가 말을 뚝 그쳤다.

미간에서 빨간 물방울이 송송 솟더니 물줄기가 되어 주르
륵 흘러내렸다.

"이건 뭐, 뭐야……?"

그는 손을 들어 물줄기를 훔쳤다.

그렇다고 멈춰질 것도 아니거늘. 미간에서 솟구치기 시작
한 물줄기는 점점 굵기를 더해가더니 금방 그의 갑옷을 빨갛
게 물들였다.

절혼마녀의 귀적무와 육경검법이 극성으로 펼쳐진 결과이
니 남은 것은 죽음뿐.

쒜엑! 쒜에에엑……!

네 사람이 동시에 신형을 솟구쳐 짓쳐 나간 것도 그때다.

마도와 수검은 단숨에 십여 장을 달려나갔다. 고루쌍마는
좌우측으로 갈라져 숲 속으로 뛰어들었다.

시마, 그는 제자리에서 움직이지 않았다. 싸울 준비조차 하
지 않았다. 자신의 싸움은 까마득히 잊은 양 앞서 달려나간
네 사람의 움직임만 지켜보았다.

쒜에엑! 쒜에에엑! 타타타타탁……!

철궁이 벌 떼처럼 달려들었다. 아니다. 벌 떼라면 날아오는 모습이나 구경하지, 이건 숫제 벼락만이 존재하는 벼락의 대지 한가운데 서 있는 꼴이었다.

철전의 위력은 대단했다. 굵은 나무 몇 그루만 철전을 막아냈을 뿐, 웬만한 나무들은 종잇장 찢어내듯 발기발기 뜯어내며 날아왔다.

마도와 수검, 고루쌍마는 더 이상 접근하지 못했다. 다급히 몸을 숨기거나 신법을 펼쳐 내기에 급급했다.

철궁대는 삼조가 시간 차를 두고 철전을 쏘았다.

제일 먼저 쏘아진 철전이 바닥에 박힐 무렵이면 두 번째 철전들이 허공에서 맹렬한 기세로 다가왔고, 세 번째 철전은 시위를 떠나고 있었다.

숨 돌릴 틈도 없는 맹공이다.

소립파는 철전을 피할 생각도 하지 않았다. 눈도 깜짝이지 않고 철전을 쳐다보고 있으니 대범한 건가, 멍청한 건가.

요행인지 아니면 그만은 제외시킨 것인지, 철전은 그를 침범치 않았다. 그를 중심으로 방원 일 장 안에는 단 한 대의 철전도 떨어지지 않았다.

"여하호천(如何昊天:어찌하오리까 하늘이여) 벽언불신(僻言不信:옳은 말이 통하지 않는 세상이구나) 여피행매(如彼行邁:마치 막다른 길을 치닫듯)……."

소립파가 나직이 시조를 읊조렸다.

순간 맹위를 떨치던 철전들이 뚝 멈췄다.

아! 철궁대가 시위를 당기지 못한다. 그들 자신들도 갑작스런 상황에 당황하는 눈치였다. 그리고 그 틈은 마도와 수검, 고루쌍마가 남은 거리를 좁히기에 충분한 시간이었다.

파앗! 철컥! 쑤우욱! 철컥……!

활을 당기지 못하는 철궁대는 오합지졸에 불과했다.

그들은 활만 쏘는 것이 아니라 철전을 수창(手槍)처럼 사용할 줄 알기에 근접전도 강했다. 하지만 그들이 싸워야 하는 사람들은 중원천하에서 초강자로 분류되는 사람들이니.

싸움이 아니라 도살이다. 일말의 인정도 가미되지 않는 살초에 애꿎은 목숨을 떨어뜨릴 뿐이다.

"아악!"

"아아악……!"

사람 발길이 닿지 않는 한적한 산길에 비명 소리가 연이어 터져 나왔다.

"뒤, 뒤에서는 왜……?"

일령은 말을 하면서 소립파의 뒷모습에서 눈을 떼지 못했다.

"염병! 뒈진 놈들을 뭘 걱정해. 네년도 잘 봐둬. 뭐? 삼 장만 벗어나면 돼?"

금연화가 일령의 손을 살짝 잡으며 속삭였다.

"오면서 녹혈마공을 펼쳤는데 몰랐구나. 시독을 뿌려놨으니 저긴 당분간 금지(禁地)야. 누구든 발을 들여놓으면 죽어."

"피이! 별것도 아니었잖아."

일령이 입을 삐죽거렸다.

第十九章

사로생(死路生)
─죽음 속에 삶

1

하오문주가 알려준 행로는 죽음의 길로 변했다.

"마인도 마인을 안 믿어. 왜냐? 목적을 달성하면 뒷골을 까거든. 하물며 쓰레기를 믿었으니. 염병할! 마야, 그 십비지공인가 뭔가 하는 것, 정말 뛰어난 거야? 딱 고놈들만 제압할 수 있는 무공 같은 건 없어? 아예 강호에 쫙 뿌려 버리게."

시마는 분이 삭지 않는지 연신 씨근덕거렸다.

마도는 신중했다.

"이제 우린 꼼짝없이 공적이 됐어. 장강을 넘으면서 죽인 사람도 만만치 않은데 철궁대까지 이 모양으로 만들었으니, 이제 남무림이 본격적으로 나설 거야. 북무림하고 우리하고 동시에 나타났다면 우리에게 먼저 달려들걸?"

"은마, 길을 열어."

소립파는 코에 묻든 피 냄새를 지워 버리려는 듯 쌀쌀한 바람을 흠씬 들이켰다.

"계속 석문으로 가자는 거야? 이 길로?"

언장은마도 움직이지 않았다. 숨어 있어서 보이지는 않지만 움직임이 읽히지 않는다.

"은마, 가자니까."

"마야, 우리에게 지도가 있으니 아무래도 다른 길로……."

사람은 보이지 않고 음성만 들려왔다.

"장강을 넘을 때 목숨을 내게 맡긴 줄 알았는데 착각이었나 보군."

"마야, 그런 게 아니라……."

"북무림에 적선서가 있다면, 남무림에는 혈취향(血醉香)이 있어. 아주 냄새가 상쾌한 향이야. 향을 피워놓고 운공하면 사마(邪魔)가 침범치 못해 주화입마를 막아준다고 하지."

"……."

숨소리 한 올 들리지 않았다. 모두 귀를 열어 소립파의 말을 들었다. 적선서가 무엇인지 모르는 사람이 없기 때문에 혈취향에 대한 호기심을 숨길 수 없었다.

"혈취향은 단순히 마음만 상쾌하게 해주는 향이 아니야. 향내가 몸에 배서 사향 냄새처럼 향을 뿌리게 돼. 추한 사람도 귀공자로 만들어주는 맑은 향이야."

"한번 맡아보고 싶네."

일령이 자신도 모르게 중얼거렸다.

"그런데 남도문은 이걸 묘한 데 이용하지. 반 각 정도 향을 맡으면 백 일간 지속된다는 점을 이용한 거야. 즉, 혈취향을 풍기는 사람은 남도문 무인들밖에 없어. 남도문 무인들을 죽이거나 만지면 살인자의 몸에도 향이 배이는 거야. 다른 사람은 몰라도 혈취향에 예민한 남도문 무인들의 후각을 속일 수는 없어."

"제길! 딱 걸린 건가."

수검은 옷에 묻은 피를 털어냈다. 그래 봤자 필요없다는 것을 알면서도 마음이 께름칙해 털 수밖에 없었다.

"우린 만지지도 싸우지도 않았는데, 괜찮겠지?"

시마가 슬쩍 마도 곁에서 비켜섰다.

"상쾌한 냄새를 풍기는 향인데 혈취향이란 이름이 붙은 게 이상하지 않아?"

"난 안 이상해. 안 이상하니까 나와 엮지만 마."

"살에 배인 향이 피와 섞이면 본래의 혈취향과는 약간 다른 향내가 나. 연기처럼 피어난 향내는 주위 십 장을 물들이고. 수목, 동물, 인간…… 모두 냄새를 피할 수 없어."

"남도문의 추적술은 어느 정도지?"

수검은 잔뜩 찌푸려진 인상을 풀지 못했다.

마야의 말이 사실이라면 사실이겠지만, 지금부터는 남무림 전체를 상대로 싸워야 한다. 밥 먹을 시간도, 쉴 틈도 없으리라. 잠을 잘 때도 신경의 반쯤은 세상을 향해 열어놓고 자야 되리라.

같이 뭉쳐 있어도 살기 힘들다. 떨어지는 사람이 있으면 반드시 죽는다.

철궁대…… 마야가 없었다면 참으로 힘들었을 것이다. 일행 중 한 사람이 그들과 만났다면 백이면 백 죽었으리라. 이런 일은 앞으로도 계속될 테고.

북검문에는 무신이라 일컬어지는 사람이 네 명이나 있다. 절대무인이 남무림을 파죽지세로 휘저을 수 있다면 그들 중 한 명이 벌써 움직였으리라.

남무림이나 북무림이나 생각한 것만큼 만만하지 않다.

"추혼단이라고 있어. 혼까지 뒤쫓아 지옥도 뛰어든다는. 북검문의 천비대는 추혼단을 본떠서 만든 거야."

"뭐, 뭐라고!"

"처, 천비대가 추혼단을 본떠?"

"빌어먹을! 이제 꼼짝없이 돼졌네."

모두 한마디씩 중얼거렸다.

세 여인도 놀라기는 마찬가지다. 죽었다는 느낌이 든 것도, 앞으로는 정말 힘들겠구나 하는 생각이 든 것도 마인들과 같다. 그러나 그녀들은 놀란 심정을 토해내기 전에 다담선자부터 봤다.

다담선자는 어떤 말이 오가든 담담하다. 한 치의 흔들림도 없이 마야 곁에 서 있다. 숨 막히는 이야기가 나오고 있지만 옅은 미소까지 배어 문다.

사랑하는 사람을 위해서 언제든지 죽을 수 있다는 게 이런 것인가.

죽음을 가볍게 여기는 신념은 어디서 나오는 것일까. 마야는 무뚝뚝한 편이다. 달콤한 밀어를 속삭여 줄 사람이 아니다. 그렇다고 사랑하는 마음을 표현하는 것도 아니다. 다른 마인들을 대하듯 담담하게 대한다.

다담선자의 일방적인 헌신인가?

다담선자는 마야 역시 자신을 위해서 죽을 수 있는 사람이라고 했지만, 보기에는 전혀 아닌 것 같은데.

다담선자에게는 마야와 함께라면 지글지글 타오르는 용암 속도 천국이리라.

'마야를 믿어야 돼. 마야가 없으면 아무것도 안 돼.'

이상하다. 그렇게 생각하니 마음이 편해진다. 혈취향인가 뭔가가 몸에 잔뜩 묻어 있다고 해도 전혀 불안하지 않다. 다담선자는 항상 이런 마음인가?

"이 길로 가나 저 길로 가나 매한가지라는 이야기야. 그럴 바에는 아는 길로 가는 게 낫겠지. 지도가 있으니 매복할 만한 위치도 짐작할 수 있고."

"엠병할…… 빼도 박도 못하게 생겼네."

"은마, 길을 열어."

움직임이 일었다. 언장은마도 더 이상은 어떻게 해볼 도리가 없다고 판단한 것이다.

"파쇄진(破碎陣)을 유지해. 조금이라도 생명을 연장하는 길이니까."

'삼첨양익진이 아니라 파쇄진…… 언젠가 물어봐야겠어. 도대체 사문이 어딘지. 그 사람은 어떤 사람이었는지.'

자신만큼이나 잘 안다고 생각했던 혈귀대주, 그러나 지금에 와서 생각해 보니 그에 대해서 아는 것은 겉모습뿐이었다.


하루가 지나고 이틀이 다 가도록 예상했던 공격은 없었다.

모두들 파김치가 되어 힘을 잃었다. 신경을 바짝 곤두세운 채 알지도 못하는 곳을 걷는다는 것은 상당한 심력 소모를 가져왔다.

"파쇄진은 풀어도 되지 않을까요?"

소립파 옆에 바짝 붙어 걷던 절혼마녀는 손을 들어 관자놀이를 지그시 눌렀다.

"푸는 순간 죽어."

"예?"

잠시 느슨해졌던 긴장이 팽팽하게 돌아온다.

"빌어먹을 자슥들! 나타날 거면 빨리 나타나지."

철탑거추가 사방을 두리번거렸다.

보이는 사람은 없다. 중원무림 초강자로 분류되는 마인들의 이목에도 잡히지 않는다.

마도도 잠시 눈을 감고 주위에서 일어나는 소리와 기를 감지했다. 하나 아무 이상 없다.

"잠시 쉬어도 될 것 같은데?"

"마도, 안 믿는군. 우리 몸에 칼이 드리워져 있는데 못 느끼고 있어. 후후후! 이 칼날들…… 오래전부터 몸을 노리고 있었다면 믿을까?"

"추적대가? 믿지, 네가 한 말이니 믿을 수밖에. 한데 내 이목에는 잡히는 것이 전혀 없으니…… 이놈들, 뭐 하는 놈들인지 짐작 가나? 추혼단인가 하는 놈들인가?"

"아니, 추혼단은 상대도 안 되지."

"그…… 정도인가?"

"전문 살수들이니까."

"설마……?"

"맞아."

"으음……!"

"정말 그들이에요?"

다담선자도 놀란 표정이었다.

소림파는 고개를 끄덕였다.

"답답해서 미치겠네. 대체 어떤 놈들이란 거야? 알고들 있

으면서 왜 말은 안 해!'

다담선자가 피식 웃었다.

"시마께서도 아는 사람들이에요."

"나도? 내가? 에잉…… 내가 아는 놈들 중에는…… 서, 설
마!"

순식간에 시마의 얼굴이 새파랗게 질려갔다.

시마가 놀랄 만한 사람들이라니. 이번에는 세 여인도 궁금
해졌다.

절혼마녀는 급히 다담선자의 옷소매를 잡았다.

"동생, 도대체 누구란 거야?"

"언니는 모를 거예요. 세상에 아는 사람이 거의 없는
데…… 천멸도(天滅島)라고 들어보셨어요?"

"아니, 처음 들어봐."

"이 세상의 끝자락. 남해 외딴 고도에 천멸도가 존재해요.
천형의 땅. 나환자들만 모여 사는 곳이죠."

"나환자?"

"언젠가 나환자 몇 명이 마야를 찾아왔어요. 그들이 요구
한 건 병을 고쳐 달라는 게 아니라 무공을 손봐달라는 것이었
죠. 그 무공들…… 손대기 전에도 세상에 못 죽일 사람이 없
는 절공이었어요."

'사실이야.'

절혼마녀는 다담선자의 말을 믿었다.

그녀는 거짓말도 못할 뿐만 아니라 과장이라는 것도 모른다. 있는 사실 그대로만 열거한다.

다담선자는 천멸도가 무섭다는 말 이외에도 무언중에 두 가지 말을 했다. 하나는 마야가 그들의 무공을 손봐줬다는 것이고, 또 하나는 손보기 전에 천멸도의 무공을 견식했다는 것이다.

적어도 세 사람, '그들'이라는 말을 하며 놀란 마도와 시마, 그리고 다담선자는 천멸도의 무공을 안다. 그 누구도 두려워하지 않던 사람들이 치를 떨 만한 사람들이 존재했는가.

소름이 끼친다.

"그, 그 사람들이 요구한 무공이란 건……?"

"무음, 무형의 살법(殺法)."

"무음, 무형의 살법이라면 내 귀적무도……."

"그들은 한 명이 아녜요. 몇 명인지도 모를 자들이 순식간에 덮쳐들어요. 마도와 시마, 두 사람이 눈 깜짝할 사이에 당했어요. 옷이 걸레가 되었죠."

"다담, 그건 내가 방심해서 그렇지 제대로 녹혈마공을 펼쳤다면 그놈들은 벌써 피고름이 됐어."

시인이나 다름없는 말이다.

"진 건 진 거야. 살수 놈들에게 정정당당을 요구한다는 건 개도 웃을 소리지."

마도의 말도 시인이다.

상황이 요약된다. 마도와 시마가 전혀 살기를 읽지 못했다. 지금처럼 아무도 없다고 생각하던 중에 기습을 받았고, 손쓸 틈도 없이 당했다.

무인이라면 비겁하다고 할 수 있겠지만, 살수들의 세계에서는 최고의 능력을 지닌 자들이다.

"그 사람들이 따라붙고 있단 말이야?"

"마야가 말했으니 틀림없을 거예요. 따라붙고 있는 게 아니라 주위에 있는 거죠."

"아직은 걱정하지 않아도 돼. 공격하고자 했으면 진작 했을 거야. 그들이 기다리는 동안 우리도 기다리면 돼."

소림파는 전혀 걱정되지 않는다는 투였다.

"어떻게…… 도움을 받았다는 사람이 공격할 수 있죠? 무공을 손봐주기까지 했는데."

일령의 상식으로는 이해할 수 없는 일이다. 삭막한 세상과 온실과의 차이가 이런 것일진대.

"도움을 준 게 아니지. 정당한 대가를 받고 일을 해준 거야. 거래가 끝나는 순간 남남이 되는 거지."

시마는 얼마나 긴장했는지 농담조차 하지 못했다.


세상이 붉은 노을로 물들 때, 한 사람이 나타났다.

네모진 얼굴에 눈이 크고 수염도 깔끔하게 다듬었다. 적당할 만큼 살이 쪄서 착해 보인다거나 온후한 성품을 지녔다거나 하는 그런 부류의 사람이다.

그는 텅 빈 관제묘에 번화한 도읍에서도 흔히 찾아볼 수 없는 진수성찬을 차려놓고 앉아 있었다.

소립과 일행이 불빛을 좇아 관제묘로 들어서자 그가 자리에서 일어나 허리를 굽히며 인사했다.

"어서 오시지요. 기다리고 있었습니다."

모두 머뭇거렸다. 악의는 엿보이지 않지만 호의를 그대로 받아들일 이유도 없다. 사내는 최고급 비단으로 만든 옷을 입고 있다. 적어도 은자 일, 이백 냥은 들었을 것 같은 고급 옷이다. 사내의 출신 내력이 범상치 않다.

소립파는 뚜벅뚜벅 걸어가 자리에 앉았다.

"와서 앉아. 음식은 버리는 게 아냐. 먹으라고 차려놓은 음식인데 예의를 차릴 필요도 없고."

소립파는 일행이 앉을 때까지 기다리지도 않고 먼저 음식을 먹기 시작했다.

음식이 꿀처럼 입에 짝짝 달라붙는다.

부드럽고 담백하며, 기름기가 많지만 느끼하지는 않다.

음식의 종류도 다양하다. 구운 돼지고기인 차소(叉燒), 통돼지 구이인 편피유저(片皮乳猪), 상어 요리만 해도 지느러미가 흰 백시(白翅), 검은 흑시(黑翅)가 있고, 통으로 만든 지느러미 찜도 있다.

고관대작도 쉽게 맛볼 수 없다는 일품요리들이 먼지가 수북한 관제묘에 늘어져 있는 것이다.

"참을성이 많은 사람이군."

소립파가 입가심으로 사과를 집어 먹으며 말했다.

"입맛에는 맞으셨는지요."

"천멸도를 끌어들이다니…… 남도문도 어지간히 급했어."

"이마제마(以魔制魔)의 묘(妙)지요."

"잘 참았어. 공격을 시켰다면 천멸도는 사라졌을 거야."

"후후! 그런가요? 저들은 그렇게 생각하지 않더군요. 뒤따르는 건 흥미없으니 피를 볼 자리면 빨리 보자고 어찌나 극성이던지."

"이름이 뭐지?"

"답평(遝平)이라 불리고 있습니다."

사내는 시종 공손했다.

나이가 마야보다 스무 살 남짓 많아 보이는 사람이 자존심이라는 말 자체를 모르는 것처럼 허리를 조아린다.

"답평, 난 천멸도의 무공을 속속들이 알고 있어."

"아는 것과 수련하는 것은 엄연히 분리되어야 할 사항이죠."

"아는 것은 힘이지."

"파쇄진이 있으니 그런 말씀도 하실 수 있겠죠."

"문도들을 죽여줘서 고맙다고 이렇게 상다리가 휘어지도

록 음식을 차리지는 않았을 테고."

"장사(長沙)로 모시고 싶습니다."

모두들 사내의 말을 묵묵히 듣기만 했다.

이 자리에 성미 급한 사람은 많다. 배알이 꼬이는 소리를 듣느니 목을 따버릴 사람도 많다.

사내의 말은 손도 안 대고 코를 풀자는 수작이다.

호광성(湖廣省) 장사부(長沙府) 장사(長沙).

이 지명은 삼십 년 전부터 호광성(湖廣省) 승천부(承天府)와 함께 무림 이대 성지가 되었다. 승천부에 북검문 본문이 위치하고, 장사에 남도문이 기치를 꽂았으니 그 누군들 그 앞에 머리를 숙이지 않을 수 있을까.

사람을 바보로 생각하지 않는 한 감히 장사로 가자는 말을 할 수 있는 것인가.

"조건만 맞는다면 못 갈 일도 없지."

다른 사람이 말했으면 당장 미친놈 소리를 들었겠지만, 소립파가 말한 것이니 듣기만 한다. 묵묵히 음식만 먹는다.

"어떤 조건을 원하시는지요?"

"답평, 가자고 하는 쪽은 너니까 조건도 네가 제시해. 만사무불통지는 야광에서 손 뗀 것으로 알고 있으니, 실제로는 네가 야광의 주인 아냐. 흥정을 하려면 제대로 해."

"조건을 제시했는데 못 들으셨군요."

"……."

"장사로 모시고 싶습니다."

"목숨을 남겨두는 것도 감지덕지해라?"

"……"

"내 자존심은 영 생각해 주질 않는군."

"천멸도가 총동원되었지요. 그 뒤를 철궁대가 받치고 있는데, 형제들의 피 값을 받아내려고 눈이 시뻘겋습니다. 그 뒤로는 동서남북에 한 명씩, 네 명이 있습니다. 몇십 년 전에는 사방천마(四方天魔)라고 불렸던 사람들인데, 개과천선하여 남도문 밥을 먹고 있죠."

"사, 사…… 방천마!"

참으로 힘들다. 어렵게 되었다.

무공으로만 따지면 사방천마야말로 마야라는 소리를 들어야 한다.

모두가 제 잘난 맛에 사는 마인들도 단 일맥(一脈)만은 무시하지 못한다.

유계(幽界).

그들 역시 인간이다. 하나 마도의 종주(宗主)라는 의미에서 속된 명칭을 버리고 유계라고 부른다.

정도인과 부딪쳤던 대부분의 혈사(血史)는 그들이 일으켰다. 어떤 때는 문파의 힘으로, 어떤 때는 단 일인이 뛰쳐나와서…… 그들처럼 마인마저도 치를 떨게 하는 마인들은 존재하지 않았다.

그들은 지금도 꾸준히 맥을 이어오고 있다.

세상에 존재하는 마공 중 최강의 것들은 전부 유계에서 흘러나왔다고 해도 과언이 아닐 정도로 수많은 마공들을 창출하고 전승시키며 맥을 이어오고 있다.

사방천마…… 유계에서 나온 자들이다. 이름이 무엇인지, 성명절기는 무엇인지…… 밝혀진 것은 아무것도 없다. 어느 날 갑자기 동서남북에서 툭 튀어나와 무자비한 살겁을 저질렀기에 사방천마라고 부를 뿐이다.

그들이 남도문에 기숙하고 있다면…….

남도문은 정도문파인가, 마도문파인가.

천멸도 살수들에 이어 유계의 사방천마라면 마도문파라고 해도 지나침이 없지 않은가.

"이렇게 되면 오기가 치미는데."

소림파가 수정과 그릇을 들어 꿀꺽꿀꺽 들이켰다.

"조건을 말하지. 야광이라면 이미 알고 있을 테니 두말하지는 않겠어. 상조문, 철사문, 독조림과 궁왕 강창도를 내놔. 난 너희가 원하는 게 뭔지 알아. 좋다. 마령음을 준다. 싫으면 각자 갈 길을 가면 그만이고."

"예상했던 말씀이군요. 쉽게 모셨으면 좋았을 텐데……. 언제든 마음이 바뀌시면 장사로 가겠다고 한 말씀만 하십시오."

사내가 일어서서 깊이 허리를 숙였다.

"마지막 만찬을 드셨으니, 정중히 모시겠습니다."

2

"엠병! 어디 먹줄이 잡혀도 나불대는지 보자."

시마가 끝내 참지 못하고 신형을 쏘아냈다. 그와 답평이라는 사내와의 거리는 불과 서너 걸음. 몸을 움직임과 동시에 먹살을 움켜잡을 수 있다. 하나 시마는 허공을 움켜잡고 말았다.

덜컹!

바닥이 밑으로 푹 꺼지며 사내의 모습을 감쪽같이 지워 버렸다.

"앉아."

"앉을 필요가 뭐 있어! 곧 공격이 시작될 텐데."

마도는 사내가 사라진 곳을 유심히 살폈다.

관제묘 밖은 지옥이다. 처절하게 혈투를 벌여도 승산이 희박하다. 다행히도 사내가 사라진 곳이 있다. 지하 암도와 연결되어 있을 테니, 잘만 찾아내면 의외로 쉽게 빠져나갈 수 있다.

소립파는 찌꺼기밖에 남지 않은 음식을 뒤적거려 기름에 튀긴 쇠고기를 찾아냈다.

"아직도 맛있는 게 많이 남았군. 마저 먹고 가자고. 음식 버리면 죄받는대잖아."

"마야, 대책없이 이러진 않을 것이고…… 대책이 뭔지 알려줄 수 없나? 보아하니 답평인가 뭔가 하는 놈이 나타날 것도 예상한 것 같은데. 그럼 다음 진행 상황도 짐작하고 있을 테고."

"듣고 싶어?"

"……."

"살려면 뚫어야 해."

"저들을?"

"……."

"마야, 하나만 묻지. 다른 길로 가자고 했을 때…… 그때 만약 다른 길로 갔어도 이런 결과가 나왔을까?"

"난 신이 아냐."

"알아. 나도 신의 의견 따윈 필요없어. 마야, 네 의견을 듣고 싶은 거야."

마도의 눈빛에서 강렬한 한광이 일렁거렸다. 용광로의 불길도 얼려 버릴 만큼 깊고 시린 눈빛이다. 살의(殺意)로 다져져서 죽지 않으려면 도망쳐야 된다는 생각이 절로 들게 만든다.

마야가 쇠고기를 다 먹은 후에 말했다.

"아니. 다른 길로 갔으면 좀 더 편했을 거야. 이 길은 야광이 전력의 칠 할 내지 팔 할을 투입시켜서 파놓은 함정이 있으니 그만큼 어려운 거고."

"후후후! 역시 그랬군."

마도가 품에 안은 도를 꾹 움켜잡았다.

"뭐야? 이게 무슨 시러베아들놈 같은 소리야? 그러니까 우리가 화약을 지고 불속으로 뛰어들었단 소리잖아? 내가 잘못 들었나?"

"야, 이 늙은 자슥아! 마야가 말하면 주둥이 닥치고 찌그러져 있으면 안 돼! 꼭 똥인지 된장인지 맛을 봐야 알겠어!"

꽝!

철탑거추는 망치를 휘둘러 음식상을 산산조각 냈다.

모두들 마야 얼굴을 쳐다봤다.

마야를 안다는 사람들이었지만, 이 순간만은 모르는 사람이 더 많았다. 그가 무슨 생각을 하고 있는지, 쉬운 길이 있다면서 왜 어려운 길로 끌고 왔는지.

소립파는 바닥에 흩어진 음식 더미를 뒤져 돼지고기 한 조각을 찾아냈다.

"아까운 걸 버릴 뻔했군."

"마야!"

소립파는 자신을 부르건 말건 먼지가 잔뜩 묻은 돼지고기를 정성스럽게 손바닥 위에 올려놨다.

"이거 먹을 사람 말해. 아직 뭣 좀 더 먹어야 될 사람 없나?"

다시 침묵에 휘감겼다.

이럴 마야가 아니다. 동도를 무시하는 사람도 아니고, 고기 한 점에 목숨을 거는 사람도 아니다. 무엇 때문에……?

"이 고기…… 우리 같다는 생각, 해본 적 없어? 쓰레기 더미에 묻혀서 썩어가는 거지. 일이 생기면 더욱더 안으로 숨기 바쁘고. 여간 해서는 기어나올 생각을 안 해. 꼭 이렇게 뒤적여서 꺼내줘야만 어쩔 수 없이 나와."

"지금 무슨 말을……."

"숨어서는 복수를 못해. 기습, 암습, 모략…… 우리가 손대고자 하는 어느 한 문파도 이런 식으로는 상대할 수 없어. 솔직히 말하지. 내가 야광을 끌어들였어."

"뭣!'

"지, 지금 뭐라고…… 야광을 끌어들였다고?"

"하오문주가 배신한 것이 아니라 행로 하나를 희생해 달라고 했어. 그들이 만들어놓은 행로는 수십 년간에 걸쳐서 갈고 닦은 것. 그 길을 야광에 흘리면 하오문은 두 번 다시 사용할 수 없어."

"그, 그럼 정말 일부러……. 왜 그렇게까지 한 거죠?'

금연화가 어처구니없다는 표정으로 물었다.

"말했는데 간과했군. 우리가 노리는 어느 한 문파도 암살로 해결할 수 있는 문파는 없어. 그런 식으로는 잔가지 정도는 쳐내겠지만…… 결국은 무공 대 무공으로 싸워야 해. 암살이나 기습만 생각하는 한, 우리는 필패한다."

"그래도 남도문 최고의 머리라는 야광까지 일부러 끌어들인 것은 너무한 것 같은데요?"

"하루 이틀 문제였을 뿐이야. 그들도 어차피 알아냈을 테니까."

"그러니까…… 먼저 철궁대 놈도 그렇고, 밖에 놈들도 그렇고…… 일부러 만든 상황이라 이거지? 에라이, 썩을 놈아!"

"괜찮잖아. 솔직히 모두들 최강자라고 하지만 어느 수준인지 정확히 아는 사람 있어? 우리는 마공에 너무 익숙해져 있어. 저들이 마공을 대하면 당황하는 것처럼 우리도 정공을 대하면 당황한다는 거지. 정말 강한 놈과 부딪치기 전에 몸을 풀어둬. 야광이라면 좋은 상대들을 물색해 줄 거야."

"상대야 좋죠. 천멸도 살귀들, 사방천마. 그만한 상대도 구할 수 없죠. 한데 그들도 마인이잖아요. 원래의 뜻은 아닌 것 같은데요?"

"남도문이 천멸도, 사방천마와 연결되어 있는 줄은 몰랐지. 이건 정말 몰랐어. 그래서 뚫고 나가는 길밖에 없는 거야. 아직 물러설 길은 있다. 물러서고 싶은 자는 말해."

"개자슥들! 대갈통을 부숴주겠어. 흐흐흐!"

철탑거추가 망치를 꽉 움켜잡으며 웃었다.

"피가 끓는군. 우리가 마인들이란 건 이미 밝혀졌고……

해보자, 이거지? 마도 대 정도의 싸움. 후후후! 확실히 내가 미친놈에게 줄을 선 건가?"

"흐흐흐! 난 좋아. 나도 수검, 네놈과 같은 생각이다마는 미친놈에게 줄을 섰다고는 생각지 않아. 마도 대 정도의 싸움이라…… 흐흐흐! 마야 아니면 생각해 낼 사람이 없지."

"낄낄! 그렇게 마야라고 불러도 들은 척도 않더만, 결국 마야가 되는 거네. 낄낄!"

고루쌍마는 위험한 상황보다는 마음껏 싸울 수 있어서 즐겁다는 표정이었다.

"히히! 난 좀 생각이 다른데."

혈유는 한 손으로 턱을 괴고 다른 손으로는 무릎을 토닥토닥 만져 댔다. 겉모습은 무척 심각해 보인다. 하나 그는 아무리 심각한 표정을 지어도 즐겁고 활기차 보인다.

"마야는 지금이라도 물러설 사람은 말하라고 했단 말이야. 자, 생각해 보자고. 이런 상황에서 물러설 수 있겠어? 사방이 꽉꽉 막혔는데. 근데 말하라고 했단 말이야. 즉! 물러설 곳도 있고 나아갈 곳도 있다는 뜻이지. 히히! 이젠 죽었구나 싶었는데, 이런 상황을 우습게 만드는 마야라면 곁에 붙어 있어도 손해는 안 볼 거야."

패배, 좌절, 죽음에 대한 그림자는 어느새 사라져 버렸다.

모두들 싸움에 대한 열망으로 가득하다. 지금이라도 당장 뛰쳐나가고 싶어서 안달이다.

"그럼…… 시작해 볼까?"

남도문의 공격은 선후가 바뀌었다.

가장 가깝게 매복해 있는 자들은 천멸도의 살수들인데, 정작 공격을 가해온 자들은 오십여 장이나 떨어져 있는 철궁대였다.

쒜엑! 쒜에엑……!

철전이 날아들며 문짝이며, 기둥이며, 지붕이며 부딪치는 것은 모두 종잇장처럼 찢어발겼다.

엄청난 위력이다. 태풍이 휩쓸고 지나가는 것 같다.

이백 명의 궁수가 한차례 쏟아 부었을 뿐인데 관제묘는 초토화되고 말았다.

살아 있는 사람은 없다.

관제묘 안이건 마당이건 철전이 촘촘히 박혀 있어서 쥐새끼 한 마리 빠져나갈 수 없다.

철궁대는 다시 철전을 재웠다. 명만 떨어지면 쏘아낼 수 있도록 준비를 갖췄다. 연사(連射)를 명받으면 예정된 삼조가 교대로 쏘아낼 것이고, 총사(總射)를 명받으면 일제히 쏜다.

그 시간, 다담선자는 어둠을 뚫고 천천히 움직였다.

급히 움직일 이유는 전혀 없다. 나무 위에서 가만히 서 있다가 '가자!'는 소리가 들리면 '멈춰' 소리가 들릴 때까지 나무에서 나무로 건너뛰면 된다.

등에 소립파를 업고 있지만 전혀 힘들지 않았다. 오히려 소립파의 몸무게가 전보다 훨씬 빠진 것 같아서 마음이 울적했다.

나무 위가 지극히 한가하다면 지상은 무척 분주했다.

쉬익! 철컥! 파앗! 파아아…… 앗!

자세히 귀를 기울이지 않으면 들을 수 없는 소리가 끊임없이 새어 나왔다. 그리고 어떤 소리든 터지면 반드시 그에 상응하는 핏줄기가 비산했다.

"십 장 안에서 해결해야 한다. 십오 장을 넘어가면 철궁대의 이목에 걸려들어."

철탑거추는 앞으로 치달려 나가려다 우뚝 멈춰 섰다. 아니다. 멈춰 서는 것으로는 안심하지 못해서 뒤로 서너 발자국이나 물러났다.

"거추, 우측 어깨!"

철탑거추는 왼쪽으로 크게 돌며 어깨 높이를 겨냥하여 망치를 후려쳤다.

퍼억!

한낱 머리뼈가 묵중한 쇠망치를 견뎌낼 수는 없는 일, 날아오는 검세는 무음무형이었으나 머리를 가격당한 다음에는 핏물을 뒤집어쓴 혈인으로 변했다.

"마도, 왼쪽 좌하. 무릎."

마도가 직감적으로 뻗어낸 혈염도는 아무것도 없는 빈 공간에서 사람 머리를 창조해 냈다. 머리 하나가 핏물을 흠씬 묻힌 채 둥실 떠올랐다가 툭 떨어진다.

모두들 긴장을 지우지 않았다. 언제든 자신의 차례가 돌아온다는 것을 명심하고 최선을 다해 집중했다.

파쇄진은 간간이 움직였다.

앞에서 움직이는가 하면, 뒤에서도 움직이고, 고루쌍검이 겸도를 날리기도 했다.

일행일사(一行一死)다. 움직임은 죽음과 피를 끌어온다.

"파쇄진 중앙으로."

다담선자는 소리가 시키는 대로 파쇄진 중앙으로 내려섰다.

"천멸도는 물러갔다. 완전히 빠진 건 아냐. 이번 싸움에 승산이 없다는 걸 알고 물러났는데, 철궁대와 접전을 벌이게 되면 틈을 노리고 달려들 거야."

모두의 머릿속에 똑같은 소리가 울렸다.

세 여인은 놀란 눈으로 흘깃 소림파를 쳐다봤다.

'남들이 보지 못하는 것을 보는 눈…… 이건 만공심안일 테고. 그런데 이건 뭐야? 머릿속을 울리는 소리라니. 입술도 움직이지 않고 뜻만으로……'

간혹…… 백만 명당 한 명 꼴로, 천만 명당 한 명 꼴로 특이한 능력을 지닌 자가 태어난다. 태어날 때부터 뇌력(腦力)이 무척 강해서 독심술(讀心術) 같은 것은 물론이고, 상대의 뇌에 자신의 생각을 전달할 수도 있다고 한다.

그런 사람들은 움직이는 뇌파를 영파(靈波)라고 부른다.

소립파가 전개한 것이 영파인가? 그럴 것이다. 마령음이 현실로 드러났고, 만공심안도 눈으로 보았다. 마야의 만공심안이 아니었다면 당하는 쪽은 오히려 자신들이었을 게다.

천멸도 살수들은 그야말로 단 한 번의 칼질을 하기 위해 사는 사람들이다. 살아생전에 단 한 번, 오직 한 번의 칼질을 하고는 살든가 죽는다.

눈에 보이지 않았다. 기척도 없었다. 검을 뻗어오는데 기가 흐르는 느낌조차 들지 않았다.

육신은 물론이고 정신까지 죽여 버린 사검(死劍)의 계승자들이다.

소립파가 말해주는 곳을 즉각 치지 않았다면…… 생각만 해도 끔찍하다.

환희마소는 옛날에, 천비대에 쫓길 때 환상적인 기분으로 잠깐 본 이후로는 나타나지 않았다.

의심할 필요가 없다. 소립파는 환희마소도 펼칠 줄 안다. 죽어가는 자는 물론이고, 그를 죽이러 온 살수라 해도 환희마소를 접하면 병기를 뻗어내지 못할 것이다.

영파도 믿어야 한다.

머릿속 울림이 있었고, 벌레 우는 소리조차 들리지 않는 적막한 밤에 마치 명령을 받은 사람들처럼 일사불란하게 움직였으니 믿지 않을 도리가 없다.

"철궁대는 천멸도가 물러섰다는 것을 모른다. 소리없이 파고들어 지척에서 일제히 친다. 그들 사이에 천멸도 살수들이 섞여 있을 테니 조심에 조심을. 또 사방천마도 즉각 끼어들 수 있으니 눈앞의 적만 보지 말도록. 가자!"

머릿속에 가득 찬 소리는 곁에서 말한 것처럼 뚜렷했다.


철궁대는 근접전에 대비해서 철궁과 철전을 활용한 진형을 수련했다. 철궁대의 가장 강력한 무기는 거리를 격하고 날아드는 화살이지만, 몸과 몸을 붙이고 공박을 전개해도 철사문처럼 강력한 파괴력을 뿜어낸다.

선천적인 역사들인데다가 갈고닦은 내공 또한 패력(覇力)이니 단순히 휘젓는 손짓 하나도 두렵다.

이런 철궁대가 장난감처럼 부서져 나갔다.

파앗!

마도의 손짓 한 번에 철갑 사이가 벌어지며 피가 솟구쳤다.

철컥! 척!

수검의 검에서 소리가 울리면 한 명 내지는 두 명의 철궁대원이 뼈대 없는 문어가 되어 스르륵 무너졌다.

파쇄진의 전면 양날은 무적이라고 할 만큼 날카로웠다.

양날은 욕심도 내지 않았다. 다른 철궁대원이 육신을 난자

해 오더라도 자기 방향이 아니면 상관치 않았다.

화악!

눈부신 섬광은 마도와 수검의 허점을 완벽하게 보호했다.

전면이 뚫린 철궁대는 당연히 측면과 부딪쳤다.

절혼마녀와 혈유는 마야의 생명이 위태롭지 않는 한 손을 쓰지 않았다. 그들은 등 뒤에 버티고 선 고루쌍마를 철저히 믿었다. 고루쌍마의 무공이 한 푼만 뒤져도 여지없이 살병에 난자당할 운명이지만 믿고 또 믿었다.

고루쌍마를 보호해 주는 사람은 금연화와 일령이다.

두 여인은 어깨를 나란히 하고 있어서 물고기의 꼬리 부분처럼 움푹 들어간 곳에 위치한다. 힘이 전면에 집중되고, 좌우측으로 분산도 가능하지만 후방에는 절대 취약하다.

마야의 등을 첫 번째로 보호하고, 고루쌍마의 뒤를 두 번째로 보호하지만 자신들은 무방비 상태로 내놓았다.

이를 최종적으로 보완하는 사람이 시마와 철탑거추다.

시마와 철탑거추를 도와주는 사람은 없다. 그들은 금연화의 일령은 보호하는 한편, 자신들에게 쏟아지는 모든 공세를 감당해야 한다. 그런 만큼 앞을 뚫는 능력보다는 사방을 무너뜨리는 우직스런 힘을 필요로 한다.

전방의 두 사람은 가장 날카로우며, 좌우의 고루쌍마는 겸도를 사용하니 넓은 범위에 걸쳐서 공격과 방어가 가능하며, 맨 후미의 두 사람은 가장 패도적이다.

'한 명, 한 명이 정교하게 짜 맞춘 것 같은 진형이야. 마도부터 철탑거추까지 어느 한 사람 어긋나는 사람이 없어. 이토록 절묘할 수가…… 태어나면서부터 손발을 맞춘 사람 같아.'

절묘하다.

수련한 무공은 각기 다른데 하나로 어울리니 기묘한 배합을 이뤄낸다. 이들 중 어느 한 명만 없다면, 한 명이라도 다른 무공을 수련했거나, 화후가 떨어진다면 파쇄진이 이 정도까지 위력을 뿜어내지 못할 것 같다.

마인만이 아니다. 절혼마녀, 금연화, 일령도 파쇄진의 한 자리를 도맡기 위해 선발된 사람이라고 할 정도다.

마도에서 귀적무로, 그리고 고루음공과 염화옥수로 이어지다가 녹혈마공으로 마무리되는 한 축과 수검에서 독수전으로, 고루양공, 백형검법, 철탑거추로 이어지는 축이 있다.

한쪽이 음유롭다면 한쪽은 양강일변도다.

그 가운데 세 사람이 있다.

다담선자의 추명반과 마야의 기이한 능력, 그리고 눈에 보이지 않지만 어딘가에 있을 언장은마.

절묘하게 맞아 들어간다.

"음마, 왼쪽 옆구리."

간간이 영파가 울렸다.

이는 최우선적으로 처리해야 할 사항, 그리고 처리해 줄 사람은 당사자가 아니라 뒤에 있는 사람.

일령은 고루음마의 그림자나 된 듯이 같이 움직이다가 손가락을 쭉 뻗어냈다.

파으으…… 차차찻!

분명히 허공뿐이었는데 잡히는 게 있다. 진기를 쏟아 넣자 장기가 크나큰 충격에 뒤틀리는 느낌이 전달되어 온다. 누군지 모르겠지만 살갗에 꽃무늬가 새겨졌다.

휘이익! 퍼엉!

갑자기 요란한 소리와 함께 하늘 가득히 오색 불꽃이 번져 올랐다.

철궁대는 썰물처럼 빠져나갔다. 포위망을 푼 것은 아니다. 안전한 거리를 유지하며 천천히 파쇄진으로부터 멀어져 갔다.

그들에게는 최강의 공격을 펼칠 수 있는 기회를 붙잡은 셈이다. 아무래도 근접전보다는 철전을 쏘아대는 편이 나을 테니까.

저벅! 저벅! 저벅! 저벅!

발걸음 소리가 울리는 곳은 네 군데, 동서남북.

마도의 맥을 이어간다는 유계에서 온 마인들.

네 명의 모습은 뜻밖에도 영준하고 미려했다.

삼남일녀. 믿을 수 없게도 나이는 이십대 초반을 갓 넘었다. 사내들은 인중지룡(人中之龍)이라고 해도 과언이 아닐 만큼 미장부들이고, 여인은 절혼마녀만큼이나 요기가 강렬한 우물이다.

"어느 놈이 마야야? 네놈이냐?"

북에서 다가온 사내가 손가락을 들어 소립파를 가리켰다.

"선배들의 주안술(駐顔術)은 날로 고명해지는군요. 조금만 더 지나면 제가 형으로 보이겠습니다."

"건방진 놈. 우리도 있는데 감히 마야라니."

"장난 삼아 몇몇 사람이 부른 것이지, 설마 마야로 칭하겠습니까?"

"호호호! 주둥아리는 청산유수네. 아주 마음에 들어. 동생, 이 누님과 함께 선계를 노닐어보지 않겠어? 운우지락도 좋고, 조운모우(朝雲暮雨)도 좋고. 동생이 원하는 대로 해줄 수 있는데."

동에서 온 여인이 교태 섞인 몸짓을 했다.

깊게 패인 치마가 살짝 벌어지며 하얀 종아리와 허벅지가 살포시 모습을 내밀었다. 맑다. 깨끗하다. 당장 달려가서 하얀 다리를 꼭 끌어안고 싶다. 들끓는 욕정 때문에 정신을 차릴 수 없다.

"선배의 욕금진기(慾擒眞氣)는 정말 뛰어나군요. 감당할 수 없으니 거둬주시길."

소립파의 음성은 욕정과 상극인가? 그의 음성이 들리자 욕정이 일시에 해소되며 맑은 기운이 가슴을 채운다.

"호호호호! 이게 마령음이군. 정말 대단해. 욕금진기가 창피해졌네? 듣자 하니 마령음은 진기로 펼치는 것이 아니라며? 여기서 이럴 게 아니라 술 한잔하면서 이야기해 보는 게 어떨까?"

"장사로 가서 말이죠."

"맞아. 장사로 가서."

"선배께서 저희 목숨을 보장해 주실 수 있으신지."

"호호호! 그게 무서웠어? 걱정 마. 됐지?"

"궁왕 강창도의 목숨은 주실 수 있으신지."

"안 돼, 안 돼. 더 이상 욕심 부리지 마. 이 누나가 기분이 나빠지려고 그래. 그러니 더 말하면 안 돼. 알았지?"

"개년이군."

우람한 덩치의 철탑거추가 불쑥 한마디 했다.

"너, 너, 이 자식……."

동에서 온 여인은 분기를 이기지 못해 얼굴색까지 하얗게 질렸다.

"썩을 년. 유계에서 왔다는 년이 남도문 밥이나 처먹고. 배 따시고 등 따시니 생각나는 게 그 짓밖에 없지? 낯살이나 처먹은 인간들이……."

"죽인닷!"

쒜에에에엑……!

여인의 신형은 번개를 무색케 했다. 천하제일의 빠름을 지넜다는 혈유와 비교해도 전혀 손색이 없었다.

"뭐, 뭐가 이렇게 빨⋯⋯."

파앙⋯⋯!

철탑거추가 말을 끝내기도 전에 하얀 옥수가 그의 머리를 가격했다.

"우라질!"

철탑거추는 약이 바싹 오르는지 망치를 들어올렸다. 하나 여인을 쫓아 움직이지는 않았다. 그가 지키고 있어야 할 자리가 어디인지 잊지 않았기 때문에.

"기가 막히군. 부수지 못하는 것이 없는 음령소수(陰靈素手)가 한낱 인간의 머리를 부수지 못하다니."

남에서 걸어온 사내가 진기한 광경을 봤다는 듯 철탑거추의 머리를 쳐다봤다.

"내, 내 진기가 말도 안 되게 줄었어. 진기가 갑자기 뚝 끊겨서⋯⋯ 더군다나 저 새끼는 금종조(金鍾罩) 같은 외문기공을 익힌 놈. 당연히 부술 수 없지."

"무슨 소리야? 저놈은 아무 말도 하지 않았는데. 입도 벙긋거리지 않았다고."

"아냐, 무슨 술수를 부린 게 틀림없어. 그렇지 않고서야⋯⋯."

소립파가 그들 간의 다툼을 끝냈다.

"선배들께서는 이만 물러가시는 게 좋겠군요. 괜히 후배들에게 개망신을 당하면 어디다 낯도 내놓지 못하죠. 후배들도 선배를 핍박해서 강제 은거시켰다는 소리는 듣고 싶지 않군요."

"뭐, 뭐라고!"

"이런 천방지축……."

"춘추다가일(春秋多佳日:봄가을에는 날이 좋아) 등고부신시(登高賦新詩:산에 올라 새로운 시를 읊노라)."

소립파는 동서남북, 사방천마를 쳐다봤다.

"다음 구절을 읊으면서는 공격을 시작할 거야. 버텨보겠나?"

말투가 완전한 하대로 바뀌었다.

사방천마쯤은 언제든 죽일 수 있다는 오만감, 자신감이 물씬 풍겨 나왔다.

"이, 이런…… 찢어 죽일……."

사방천마는 부르르 치를 떨었다. 하지만 쉽게 달려들지는 못했다. 소립파가 시조를 읊으면서 그들의 진기를 건드린 것이 틀림없다. 분명히 사방천마는 진기가 급속하게 빠져나가는 희귀한 경험을 했을 게다.

"노옴! 나중에 보자!"

휙! 휙휙!

사방천마는 누가 먼저랄 것도 없이 사라졌다.

第二十章

망중화(忘中花)
—망각 속에 피는 꽃

1

　소립파에게 탈이 난 것을 제일 먼저 눈치챈 사람은 절혼마
녀다.

　그녀는 소립파의 바로 곁에 있었기 때문에 호흡이 급격하
게 가늘어지는 증상을 눈치채지 못할 리 없다.

　"지금 어디가……."

　절혼마녀는 소립파의 몸에 손을 대려다가 따가운 눈총을
의식하고는 흠칫했다.

　'언니! 손대지 마.'

　다담선자의 눈빛이 그렇게 말하고 있다.

　그녀의 눈은 지금까지처럼 담담하고 자상한 눈길이 아니

었다. 눈매는 결단으로 번들거리고, 눈동자는 살광으로 가득
했다. 그 누구라도 마야의 몸에 손을 대는 사람은 가만두지
않겠다는 의지가 역력하게 흘러나왔다.

그녀는 이미 알고 있었다.

"언니, 아무 말도…… 보는 눈이 많아요. 조용히. 아무 일
도 없는 것처럼."

혈유도 눈치가 빨랐다.

그는 재빨리 등을 돌리며 주저앉았다.

"마야, 좀 빨리 가야 될 것 같으니까 업히도록 해."

소립파는 팔을 들어 팔짱 낀 다음 양 팔꿈치를 찍듯이 혈유
의 등에 붙였다. 그 상태 그대로, 허리를 꼿꼿이 펴고 머리를
바짝 든 상태로 소립파의 의식은 점점 멀어져 갔다.

"모두 조용히, 침착하게, 지금까지처럼…… 마야에게 이상
이 생긴 걸 알면 우린 살아남지 못해요."

천하무적일 것 같던 파쇄진이 너무 나약해 보인다. 천멸도
가 아니라 철궁대만 나서도 무너질 것 같다.

거침없이 뚫고 나갈 수 있는 곳이 모두 사지가 되었다.

"은마, 길을 뚫어줘요."

소립파가 이런 말을 했다면 은마는 두말 않고 움직였다. 하
나 지금은 되묻지 않을 수 없다. 어디로 가야 할지 모르겠으
니까.

"어디로……."

"지도 있죠?"

"말만 해."

"가장 안전한 곳이요."

"여기서 조금만 더 가면 어양하(漁洋河)가 나와. 수로가 복잡하니까 숨을 곳이 있을 거야."

선택의 여지가 없었다.

소립파는 정신을 잃었다. 과도한 뇌력 사용은 탈진을 불러왔고, 그의 몸과 마음은 일시간 공백 상태가 되어버렸다.

반 각 있다가 깨어날지, 한 시진 정도가 소용될지, 아니면 깨어나는 데 몇 날 며칠이 걸리게 될지, 소립파의 상태에 대해서 아는 사람은 아무도 없다.

하다못해 소립파가 뇌력을 과도하게 사용할 경우, 이런 중상이 나타난다는 사실을 아는 사람조차 없었다. 소립파의 분신인 다담선자조차도 처음 겪는 당혹스런 일이었다.

지금까지 소립파는 한두 번만 뇌력을 사용하면 되었다. 마령음을 사용하는 데 뇌력이 쓰인다고 가정해도 마찬가지다. 짧은 시조 한두 편 정도면 힘든 상황이 해소되었다.

영파와 만공심안을 동시에 사용한 경우는 없었을 게다. 더욱이 반 시진 동안이나 끊임없이 영파를 쓴 적도 없다.

어쩌면 소립파조차도 처음 겪는 혼절일지 모른다.

"파쇄진을 유지하세요. 가로막는 자가 나타나면 가차없이 베어버리세요. 조금이라도 손속에 인정을 담으면 마야 신상에 탈이 생긴 걸 눈치챌 거예요. 날이 밝기 전까지 최대한 빠져나가고…… 마지막 상황이 닥치면…… 혈유, 마야를 부탁해요. 마야를 데리고 최대한 멀리 가주세요."

"재수없는 소린 하는 게 아냐."

혈유는 다담선자의 말을 일축했다.

마도와 수검은 지금까지처럼 거침없이 걷기 시작했다.


'맙소사! 이건…….'

날이 밝자 가슴을 묵직하게 짓누르던 답답함의 정체를 알게 되었다.

수백…… 아무리 못 잡아도 족히 천 명은 넘을 것 같은 무인들이 주위를 에워쌌다.

"공격해 올 의사는 없어요."

금연화가 주위를 둘러보며 말했다.

복장들이 제각각이다. 그들 대부분은 남도문의 무복을 입지 않고 있다. 다시 말해서 이들은 남무림 무인이기는 해도 남도문과는 상관없는 자들이다.

군웅은 멀찍이서 포위망만 형성한 채 지켜보기만 했다.

몇몇 무리는 시종일관 비슷한 거리를 유지하며 쫓아왔다.

철궁대가 그들 중 하나이며, 보이지 않는 찝찝한 기운은 천멸도나 사방천마들일 것이다.

"이 작자들은 뭐지?"

"마령음이 소문난 거예요."

금연화는 곤혹스러운 표정을 지었다.

무려 천여 명에게 포위당한 이상 남몰래 빠져나간다는 건 어림없다.

"모두들 마령음을 노리고 온 놈들이란 말이지."

수검이 이를 부드득 갈았다.

모두 같은 마음이다. 이 시점에서 탈출이란 꿈도 꾸지 못하고, 마령음이나 만공심안의 도움을 받을 수 없으니 죽은 목숨이나 다름없다. 그렇다고 해도 투항은 없다. 죽는 순간까지 싸우다 죽는다. 오히려 마음껏 무공을 펼칠 기회가 도래했으니 반갑다.

마도는 수검보다는 냉정했다.

"모두 마령음을 노리고 왔지만 알력이 있어."

"알력이라니?"

"마령음을 차지할 우선권이 남도문에 있다는 거지. 그걸 알면서도 저렇게들 모여든 거야. 마령음은 목숨이 아깝기는 해도 그냥 지나칠 수 없는 유혹덩이지. 우리도 봤잖아. 사방천마가 손도 써보지 못하고 물러나는 것. 후후후! 모두 같은 생각을 할 거야. 마령음만 얻으면 당장 천하제일 문파를 만들 수 있다 하고 말이야."

"오긴 왔는데 지켜만 보려니 답답하겠군."

"그 틈을 노리면 살길이 있겠어. 다담, 마야 대신 네가 우릴 이끌어줘야겠다. 여기 칼질 잘하는 인간들은 있어도 머리 잘 쓰는 인간은 없거든."

"아녜요. 저도 그렇게 머리 좋은 편은 못 돼요."

다담선자는 고개를 가로저었다.

"하지만 우리 중 머리가 제일 좋은 사람이 누군지는 알아요."

"빨리 하자. 자칫 저놈들이 눈치라도 채는 날에는……."

"셋째! 네가 마야 대신 지휘를 맡아줘. 마야가 깨어날 때까지만 어떻게 해봐."

다담선자는 금연화를 지목했다.

금연화는 순간적으로 당황했다.

묵묵히, 말없이 따라가다 보면 언젠가는 혈귀대주의 복수를 하겠지 싶었다. 무공도 뛰어난 사람들이고, 특히 마야의 경우는 인간 같지 않은 괴물이고. 정말 자신이 할 일은 없었다. 자하쌍구검의 놀라운 위용으로도 간신히 한쪽 팔을 거드는 데 불과했다.

이들에게 자신은 있으나 마나 한 존재, 어쩌면 귀찮기까지 한 존재.

그렇게 생각하고 있었는데 느닷없이 지휘를 맡겨오니 당황하지 않을 수 있나.

"어, 언니, 저는……."

"좋아, 다담이 그렇다면 그런 거지. 어디 그럼 자하일봉의 머리 좀 빌려볼까."

마도는 그 말을 끝으로 입을 다물었다.

아무도 입을 열지 않았다. 금연화의 명을 기다리고 있는 것이다. 승낙하고 말고도 없다. 권한이 넘어왔으니 명만 내리면 된다.

절혼마녀가 마음껏 해보라는 뜻으로 눈을 찡긋거렸다.

자하일봉으로 불릴 만큼 재지가 뛰어났던 그녀다. 무공 성취도 높았으며, 학문도 상당한 깊이까지 파고들어 지론(持論)을 정립하는 단계까지 왔다.

혈귀대주가 죽기 전까지만 해도 그녀는 아름다운 날개를 활짝 펴고 창공을 나는 봉황이었다.

금연화는 머뭇거리지 않았다.

"은마, 근처에 쉴 만한 곳이 있나요?"

"조금만 더 가면 개울이 있는데, 큰 바위들이 많아서 바람을 막을 수는 있다."

"좋아요. 거기로 안내해 줘요."

금연화는 다담선자를 쳐다봤다.

그녀는 어떻게든 안전한 곳으로 가고 싶을 텐데 자신은 오히려 정반대의 명을 내렸다. 가장 가까운 곳에서 쉬어 간다고. 다담선자는 서운해할까? 아니면 믿고 따라주는 것인지.

다담선자는 뒤돌아보지 않았다. 삼엄한 눈빛으로 사방을 쏘아보며 금방이라도 추명반을 발출할 수 있는 태세를 유지했다.

파쇄진은 유지되었다.

달라진 점은 마야의 등을 지켜야 할 일령과 금연화가 바위 위에 앉아 있다는 점이다.

그것 역시 위치로 따지면 마야를 지키는 것이 맞다.

마야는 바위 밑, 바람이 들지 않는 곳에 몸을 넌 채 깊은 잠에 빠졌다. 그곳에는 마야 외에도 절반에 가까운 마인들이 잠을 청했다. 밤새도록 싸우고, 긴장한 채 걸어왔기 때문에 누구 한 사람 빼놓을 것 없이 녹초가 된 상태였다.

무공을 모르는 마야는 특히 피곤해야 한다.

그가 잠자는 것을 의심할 사람은 없다. 오히려 피곤함을 무릅쓰고 억지로 움직일 때 더 많은 의심을 낳는다.

정오가 될 무렵, 잠을 청한 사람과 청하지 않은 사람들이 위치를 맞교대했다.

체력을 충분히 비축해 놔야 한다.

장강을 건널 때부터 지금까지 오백여 명이라는 남무림 무인이 목숨을 잃었다.

남무림 무인들에게 있어서 이 자리에 있는 무인들은 어떤 경우에도 살려 보낼 수 없는 철천지원수다.

금연화는 숙고에 숙고를 거듭했다.

장고(長考) 끝에 악수(惡手) 난다고 했는데, 자신의 생각이

악수인지 아닌지는 모르겠다. 하지만 현 상황을 타개할 방법은 오직 그 한 수밖에 없는 것 같다.

'나도 최대한 쉬어야 해.'

금연화는 바위에 등을 기대고 깊이 잠들었다.


그녀가 눈을 떴을 때, 세상은 서서히 어두워지는 중이었다.

마야도 일어나야 한다. 그들을 둘러싼 무인들은 더 이상 기다려 주지 않는다.

한 가지 생각은 옳았다.

답평이라고 자신을 밝힌 남무림 야광 총사는 선택을 해야한다. 버릴 것인가, 가질 것인가.

마야는 마령음을 똑똑히 보여주었다. 천멸도, 철궁대, 사방천마를 상대로 어떤 위력이 있는지, 불가능이 어떻게 해서 가능하게 변하는지 확실하게 보여주었다.

야광 총사는 '가진다'는 쪽에 비중을 둘 수밖에 없으리라.

삼십여 년이나 이어진 남북 전쟁 때문에 이쪽이고 저쪽이고 피폐함이 극에 달했다. 언제까지 지속될지 기약도 없다. 마령음은 혼돈을 단번에 깨뜨릴 천병(天兵), 천무(天武)다.

이런 걸 어떻게 버릴까.

가진다는 것이 확실해지면 다음은 방법상의 문제가 된다. 어떤 식으로 가질 것인가.

마야가 마령음을 써대고 있으니 쉽게 공격할 수 없다. 가지

자니 어렵고 버리자니 너무 아까운, 말 그대로 계륵(鷄肋)이
지 않나.

피해가 없이 가지자면?

방법은 있다. 진(陣)이나 독(毒)을 쓰면 된다.

하루 동안의 여유는 금연화에게도 필요했지만 야광 총사
에게도 필요했다.

'답펑이라는 사람도 준비는 끝냈을 거야. 모질고 빈틈없는
사람 같았으니까 확실하게 목줄을 움켜잡을 수 있는 방법을
준비했겠지.'

금연화는 혼잣말처럼 조용히 말했다.

"하늘의 별을 따올 수 있는 사람이 있나요? 그럴 수 있는
사람은 살 거예요."

"아이야, 걱정 마라. 이미 각오하고 있으니까."

시마가 그를 만났던 이래, 최고로 자상한 말투를 사용했다.

"모두들 마야를 얼마나 믿죠?"

"……."

"마야가 못 깨어나면 우리 모두 죽을 거예요. 그것도 앞으
로 반 각 안에 깨어나야 되는데, 가능할까요? 단지 뇌력을 심
하게 쓴 것뿐인데 하루 넘게 혼절 상태라는 게 이해되지 않네
요."

"마야는 반드시 깨어날 거야."

다담선자가 확신했다.

"잠들기 전에 이런 생각을 해봤어요. 우리 모두 마야에게 목숨을 걸고 있다면 마야만이라도 살리자고. 우리가 살아나서 복수를 한다는 보장이 없지만 마야는 복수를 할 것 같으니까."

"이런저런 말 필요없네. 확신이 서면 명령을 내려. 그게 우리를 이끄는 방법이야."

"명령만 내리면 된다는 건가요?"

"그래, 이유를 설명할 필요 없어."

"그래서 마야가 그렇게 무뚝뚝했군요."

"그건 그놈 성격이고!"

금연화는 잠시 더 생각하다가 결단을 내렸다.

"마야를 땅에 묻어요."

2

밤이 되면서 파쇄진은 꿈틀거리기 시작했다.

혈유의 등에 업힌 마야는 간간이 손을 들어 방향을 가리키곤 했다.

열두 명, 팔남사녀.

철궁대 하나만 움직여도 단숨에 핏물로 녹여 버릴 것 같은 인간 몇 명이 애간장을 참 많이 녹인다.

답평은 밤하늘을 올려다봤다.

무척 맑고 시리다. 높은 하늘, 반짝이는 별들만큼이나 마음도 상쾌하다.

"천멸도주, 다시 한 번 움직여 주시오."

"……."

사람이 있는지 없는지 대답 소리는커녕 기척도 들리지 않았다.

"가급적이면 사상자 없이. 부탁드리겠소."

휘이이잉……!

찬바람이 옷깃을 스치며 지나갔다.


마도와 수검은 걸음을 멈추고 서로를 쳐다봤다.

"발끝부터 머리끝까지 저려 울리는군."

"빌어먹을! 당한 건가!"

"야광…… 천비대보다 한 수 위인 것 같지 않아? 대비를 하고 있었는데도 당하고 말았어."

금연화는 야광의 공격 방법으로 독을 염려했다.

진(陣)은 노출을 지극히 꺼리는 특성이 있다. 본인도 모르는 사이에 걸려들어야 효험을 발휘할 수 있기 때문이다. 그렇다면 현재 수천 명의 무인들이 지켜보고 있으니, 이 자리에서 사용한 진법은 두 번 다시 사용할 수 없다는 뜻이 된다.

진을 창안하기가 쉬운 일인가? 그토록 오랜 고심 끝에 창안한 진을 이런 식으로 쓰고 버릴 리는 없다. 일단 진은 배제시켜도 좋다.

다음은 독이다.

독도 사용하기 곤란하다.

명문정파라는 사람들이 독을 사용하여 암습을 가한다면 세상을 대할 낯이 없어진다.

그래도 마령음을 무력화시키려면 독을 사용할 수밖에 없다.

중독 증상이 없는 독, 있는 듯 없는 듯하면서도 치명적인 독.

사실 치명적일 필요까지는 없다. 그들을 공격할 사람들은 세상에 한 번도 모습을 선보인 적이 없는 천멸도 살수들이니 마야만 중독시키면 된다. 마령음을 낼 수 없고, 만공심안으로 보지 못하는 한 승산은 천멸도에게 있다.

야광의 공격은 이런 수순으로 진행된다.

알고 있었는데…… 그런데도 걸려들고 말았다. 두 다리가 자르르 저리면서 마비되는 것으로 보면 마비산(痲痺散) 계통의 독 같다.

"음……! 나도 당한 것 같아."

절혼마녀가 비틀거렸다.

"크크크! 이런 하찮은 독으로…… 땅이야. 주변이 온통 독가루 천지야. 발을 옮길 때 돌부리나 나무뿌리 같은 것을 차지 말고 땅만 밟아."

말이 안 되는 소리다. 하지만 독분을 피하기 위해서는 그런 방법밖에 없는 것도 사실이다. 그때,

파앗! 파아앗……!

갑자기 앞서 걷던 마도의 몸에서 피분수가 솟구쳤다. 전신이 폭발하듯이 살갗이 쭉 갈라지며 핏줄기가 뿜어져 나왔다. 허리, 등, 다리…… 몸을 베고 지나간 검흔만 다섯 가닥이다.

"다담, 날 보호해 줘야지?"

"미안해요. 독에 잠깐 신경이 팔려서."

"이미 지난 상처는 어쩔 수 없고…… 다음이나 확실히 부탁해."

마야가 없다.

온전한 파쇄진과 천멸도 살수들의 싸움이다.


파아앗! 츄우우웃……!

수검은 옆구리를 헤집어놓은 검기를 쫓아 검을 뻗어냈다. 하나 절정 쾌검인 수검의 검도 허공을 베는 데 그치고 말았다. 형체도 없고, 소리도 없고…….

그 순간, 다담선자의 팔목에서 섬광이 번뜩였다.

팟! 촤아악!

확실히 추명반은 효험이 있다. 그토록 잡히지 않던 투명귀신들에게서 핏줄기를 뽑아내고야 말았다.

독의 영향을 전혀 받지 않은 시마는 집중적인 공격을 당했다.

퍗! 파앗! 퍗……!

짧은 섬광이 그려질 때마다 시마의 몸은 붉은 피로 물들어 갔다.

녹혈마공의 시독도 천멸도 살수들에게는 무용지물이다. 접근 자체를 못해야 하는데, 유유히 공격하고는 사라진다. 실은 공격하는 모습도 보지 못했다. 번쩍! 하는 순간에 피가 튀는 것만 보았다.

"빌어먹을! 내 인생이 이렇게 끝나는 건가? 귀신같지도 않은 작자들에게 몸뚱이를 내줘? 염병!"

시마는 연신 툴툴거렸다. 그러나 그를 도와줄 사람은 아무도 없었다. 최후방, 그의 힘만으로 막대한 압력을 견뎌야 하는 자리이기 때문에 도움받을 위치가 아닌 탓도 크다.

무형 대 무형의 싸움은 기선을 잡은 쪽이 유리하다.

파쇄진을 구성한 마인들은 무형이라고 해도 괜찮을 만큼 쾌공을 지니고 있지만 이미 기선을 제압당했고, 입은 상처도 만만치 않아서 계속 끌려 다니기만 한다.

'이대로는 안 돼!'

"파쇄진을 풀어요. 원형진(圓形陣)으로 산개해요."

금연화는 단호한 결정을 내렸다.

파쇄진이 돌파력에서는 단연 압권이라고 하지만, 지금과

같은 상황에서는 손 놓고 죽음을 기다리는 것밖에는 되지 않는다. 그나마 원형진이라도 펼쳐야 한두 수라도 반격을 가할 수 있을 게다.

'마야, 당신이 없는 자리…… 너무 크네요.'

모두들 파쇄진을 풀고 원형진 형태로 둥글게 늘어섰다. 그리고 미처 숨을 가다듬기도 전에,

퍼억!

예상 밖으로 둔탁한 소리가 고루음검의 복부에서 터져 나왔다.

장검 한 자루가 배를 뚫고 들어가 등 뒤로 삐죽 삐져나왔다. 검을 박은 자는 일검이 성공하는 순간 힘을 더욱 가해 검을 밀쳐 넣고는 어둠 속으로 사라져 버렸다.

"헛!"

일령도 다급하게 헛바람을 내지르며 신형을 세 번이나 뒤집었다.

몸을 깃털처럼 가볍게 하여 상대의 기운에 따라 같이 움직인다는 선유비조신법이 아니었다면 꼼짝없이 검을 맞을 뻔했다.

그러나 질긴 행운도 오래가지 못했다.

군웅이 지켜보는 동안에는 사방천마가 나서지 못할 것이라고 생각했는데, 틀렸다. 그들이 유유히 걸어온다.

사방천마는 동서남북으로 나뉘어 나타나는 버릇이 있다.

지금은 그렇지 않았다. 네 명이 일렬로 쭉 늘어서서 천천히 걸어와 포권지례까지 취했다.

　"썩을 놈들아, 이런 인사를 받으니까 좋냐? 개잡놈들에게 인사까지 다 하고."

　"아깐 기고만장했지? 또 한 번 주둥이 나불거려 보지 그래?"

　사방천마의 행동과 말투는 정반대였다. 행동은 광명정대하고 공손하며, 깍듯한 예의를 갖췄지만 말투는 천박하기 이를 데 없어서 뒷골목 파락호들이 따로 없었다.

　"눈요기용이군. 지켜보는 놈들이 많으니까. 예의를 차린다, 이거지. 어차피 주둥이에서 쏟아내는 말은 들리지 않을 테니까. 너, 아까 북에서 온 놈, 맞지? 뭐라고 불러? 북방천마?"

　"네놈이 수검이란 놈이구나. 흐흐흐!"

　"해볼까?"

　"……."

　네 명 중 한 명, 그는 말보다 행동으로 대답했다. 길이가 손바닥만한 작은 소도를 꺼내 들고는 혀를 내밀어 도신을 핥았다.

　"들어와."

　"사양 않지."

　수검은 성큼성큼 걸어갔다.

　한 걸음, 두 걸음…… 사내와의 거리가 큰 걸음으로 두 걸

음 정도 남았을 때, 수검의 손이 재빠르게 검자루를 움켜잡았다. 한데,

파앗! 파아앗!

사내는 빨라도 너무 빨랐다. 어느새 허리 밑으로 파고 들어와 왼쪽 어깨의 힘줄을 베어버렸고, 등 뒤로 빙글 돌아 오른쪽 어깨 힘줄까지 끊었다.

"크윽!"

수검은 양팔을 축 늘어뜨렸다.

마도가 도로써 쾌를 추구한다면, 검으로써 중원제일의 빠름을 소유하고자 했던 쾌검의 달인이 검도 잡아보지 못한 채 당하고 만 것이다.

변명 거리가 있을 수 없는 완벽한 패배다.

사내는 피가 묻은 소도를 입으로 가져가 혀로 쭈욱 핥았다.

"피 맛이 더럽군. 젊은 새끼 피가 왜 이렇게 탁해!"

퍼억!

사내의 발끝이 수검의 턱을 걷어찼다.

'아! 우물 안 개구리……'

그런 생각밖에 들지 않는다. 일 대 일로 겨룬다면 남도문주나 북검문주도 상대할 수 있다고 생각했는데, 사방천마의 무공은 상상을 초월한다.

"다음은 어느 놈을 요리할까?"

사내의 눈길이 마인들을 쭉 훑었다.

"저 자식은 내 거야. 손대지 마."

여인이 철탑거추를 노려보며 다가갔다.

"너 이 새끼, 전에 뭐라고 그랬어. 개잡년?"

"호호호! 이런 가랑이를 찢어 죽일 년이 어디 냄새를 피우고 지랄이야. 콱 똥통에……."

쉬익! 퍼억!

벼락같이 솟구쳐 휘돌려 찬 일격이 정확하게 철탑거추의 관자놀이에 틀어박혔다.

철탑거추는 비틀비틀 두 걸음을 물러서더니 쿵! 하고 엉덩방아를 찧으며 주저앉았다. 그뿐만이 아니다. 초점이 풀린 눈동자로 사방을 살피려고 부단히 애를 썼지만 역부족, 머리를 떨구며 허수아비처럼 무너졌다.

"별것도 아닌 새끼들이 주둥이를 나불거리고 지랄이야."

여인은 발을 들어 철탑거추의 머리를 밟았다.

그때, 금연화는 환청을 들었다. 소림파가 영파로 전달해 주는 것처럼 또렷하게 들리는 소리.


―한 사람도 죽여서는 안 돼. 모두 살려야 해. 정도인들은 잠시의 모욕도 참지 못하지만, 마인들은 백 년도 참을 수 있는 사람들. 참아야 해. 상대가 안 된다면 참아야 해.


소림파의 영파가 아닌 것만은 틀림없다. 그는 먼 곳에……

땅속에 파묻혀 있으니까. 그러나 금연화는 조금도 믿어 의심
치 않았다. 그가 말하고 있음을.

그녀는 다급히 말했다.

"저, 제발……."

"뭐야?"

"제발…… 살려주세요."

"뭐? 안 들려, 이년아."

"제발! 살려주세요!"

금연화는 있는 힘껏 고함을 내질렀다.

이들이 바라는 게 이거다. 마인들의 입에서 살려달라는 말
이 나오게 하는 것, 그리하여 주위를 에워싼 군웅이 똑똑히
듣도록 하는 것. 마인을 처리했다는 효과에다가 보물은 임자
가 따로 있으니 주제를 알고 물러서라는 경고까지 가미되었
으니 일석이조다.

그제야 여인은 씩 웃으며 철탑거추의 머리에서 발을 내렸
다.


너무도 허망하고 허망하다.

천하를 오시할 것 같았는데 겨우 일초지적도 안 되었다니.
남도문주 같은 무신도 아니다. 남도문에 빌붙어서 마공을 숨
기고 겨우 목숨만 부지하는 네 명 중 한 명도 상대하지 못했
다.

당한 사람은 수검과 철탑거추였지만 누가 나섰어도 마찬 가지다.

"패자는 유구무언. 아까와는 사정이 다르다는 점을 깨달아야 할 것이야."

답평의 말투가 아랫사람을 대하는 듯 딱딱하게 바뀌었다.

"그 사람…… 마야가 아닐 텐데, 업고 있기 힘들지 않나? 아! 그렇군. 두더지 기척이 사라졌어. 저자가 언장은마군."

답평은 조금도 서둘지 않았다.

그는 천천히 걸어와 금연화 앞에 섰다.

"자하부에 지장술(地藏術)이 있다고 들었는데, 그걸 쓴 건가?"

"……."

"한 줌의 진기만 있으면 열흘 정도는 땅속에 파묻혀 있을 수 있다고 했지. 하나 마야는 무공을 수련하지 못한 몸이니 겨우 하루나 이틀 정도밖에 견디지 못할 거야."

금연화는 안간힘을 다해 마음 깊숙이에서 솟구치는 놀람을 억눌렀다.

야광의 총사라더니 지장술까지 환히 꿰고 있다. 마야를 땅에 묻을 때는 자하부만 사용하는 지장술을 믿었기 때문인데, 이토록 환히 꿰고 있다면 그마저도 실패했다고 봐야 한다.

"모두 포박해서 압송해."

답평은 마야에 대해서는 조금도 묻지 않았다. 지장술을 펼친 곳이 어디인지 알고 있으며, 이미 다른 무리가 땅을 파헤치고 있다는 뜻이기도 하다.

'이자…… 정말 대단한 자야. 그래…… 사방천마가 나선 것부터 함정이었어.'

모든 것이 뚜렷하게 정리된다.

실패는 천멸도 살수들과 맞서 싸우면서부터 시작되었다. 당시 마야는 살수들의 위치를 파악하기 위해 만공심안을 사용했고, 모두에게 알려주기 위해 영파를 썼다.

그때 이미 마야는 무인으로 말하면 진기 고갈과 마찬가지 상태였다.

경맥이 딱딱하게 굳어 혈(血)의 운행조차 순조롭지 않은 사람이 뇌력을 그렇게 써댔으니.

사방천마가 나타난 것은 치명적이다.

이들은 마령음을 알고 있었다. 마야의 상태도 짐작하고 나타났다.

마야…… 그의 능력이 아무리 뛰어나도 사방천마 같은 마인들을 상대하기에는 벅차다. 사방천마들의 진기를 억누르기 위해서 그 역시 혼신의 힘을 다 쏟아야 했다.

그 상태로 조금만 더 시간이 지났다면 마야는 돌아올 수 없는 길로 떠났을 게다.

모두 같이 있었지만 마야의 상태를 아는 사람은 아무도 없었다. 그 혼자서 아무도 모르게 힘들고 어려운 싸움을 한 것이다.

답평이 무공만 수련한 무인이라면 이런 수를 생각해 내지 못했을 게다. 그는 인간의 두뇌에 대해서 깊이 이해했기에, 뇌력 역시 진기와 마찬가지로 사용에 한계가 있다는 점을 알고 있었다.

마야를 죽여서는 아무것도 얻지 못한다.

사방천마가 진기를 거두고 물러나는 것은 당연했다.

금연화가 하루라는 시간을 벌었다고 생각했을 때, 야광도 급습을 하기 위해서는 하루 정도는 있어야 할 거라고 생각한 것…… 그것도 오류다. 그때 이미 야광은 나머지 마인들은 안중에도 두고 있지 않았다. 마야가 탈이 난 것을 정확하게 알고 있는데 뭐가 겁이 나겠나.

야광이 기다린 것은 군웅이다.

마령음은 이미 남무림 전역을 뒤흔들고 있는 터, 욕심을 내는 사람도 부지기수고, 자칫하면 남무림을 분열시킬 수 있는 요인이 되기도 하겠고…….

그들은 군웅이 모인 자리에서 천멸도와 사방천마의 무공을 보여줌으로써 욕심과 이탈을 무력으로 억눌렀다.

무인들이 마령음을 욕심낸 것은 천하제일 패자가 되고 싶다는 열망 때문이다. 현재는 남도문을 믿고 따르지만, 그보다 더 강한 힘이 생긴다면 마다할 사람들이 아니다.

야광은 마령음이 남도문에 들어왔으니 조용히 있으라는

경고를 한 셈이다.

'나 정도는 상대가 안 돼. 이 사람과 겨루려면…… 북검문 삼뇌 정도는 되어야 할 거야.'

답평과 사방천마가 등 뒤에서 기분 좋게 이야기를 주고받았다.

"약속은 지키겠지?"

"하하하! 염려 놓으시지요. 이미 다 준비해 놓았습니다."

"헛소리면 네 목을 비틀어 버릴 거야."

"여러분뿐만이 아니라 천멸도까지 있소이다. 이 몸이 목숨을 서너 개쯤 여벌로 있다고 해도 여러분을 농락할 생각은 없소이다."

"후후후! 그건 그렇고…… 저 계집들, 하나같이 절색이야. 맛 좀 봐야겠어."

"물건이 우선이지요. 마령음이 들어오면 안겨 드리겠습니다."

"난 저년, 저년은 내 거야. 눈독 들이지 마."

"흐흐흐! 그래, 가져라. 난 저년을 가질 테니까."

승자들은 웃었다. 그사이에 패자들은 점혈(點穴)을 당하고, 산공산을 복용하고, 전신이 포박된 채 죄수들을 호송하는 수레에 태워졌다.


모두들 지독히 당했다.

수검, 철탑거추, 시마…… 누구 한 사람 성한 사람이 없다. 차후에도 병기를 들기는커녕 육신을 보존하는 것도 힘든 상처들이다.

남도문의 겉과 속이 다른 점은 치료에도 적용되었다.

붕대를 감아주어 치료를 정성껏 해준 흔적이 남았지만, 붕대 안에서는 상처들이 썩어 들어갔다. 혈도를 제압하여 자가 치료도 못하게 만들었고, 하다못해 금창약조차도 발라주지 않았다.

이렇게까지 할 일은 아니었는데…….

"마야를 발견하지 못했습니다."

모두들 똑똑히 들었다.

혈도를 제압당했다고 귀까지 멀지는 않았다.

심장에 한 줌 온기를 남기고, 폐 속에 한 모금 공기를 남겼다. 지장술을 사용하여 땅속에 꽁꽁 파묻었다. 이틀 안에 깨어나 스스로 땅을 파고 올라서기를 간절히 기원하며.

그는 살았다. 살았을 뿐만 아니라 야광의 이목에도 걸려들지 않았다. 아무런 구속도 없는 자유인이 되어 세상을 훨훨 날아다니고 있다.

그는 반드시 복수를 해줄 터, 얼마나 기쁜가.

반면에 포박당한 목숨들에게는 지독한 나날이 계속되었다.

마야를 찾지 못한 분풀이가 고스란히 마인들에게 쏟아졌다.

밥을 먹지 못해 뱃가죽이 등짝에 달라붙었다. 물기를 접하지 못한 입술은 바짝 타 들어가 입을 벌리기만 해도 쩍쩍 갈라졌다.

하루, 이틀, 사흘, 나흘……

수레는 최대한 천천히 나아갔다.

마야도 귀가 있으니 압송 소식을 들었을 게다. 마인들이 어떤 대접을 받고 있는지 두 눈으로 똑똑히 보라는 투다. 마야에게 두 손, 두 발 다 들고 오라는 경고다.

마야가 오지 않으면 배신감을 느낀 마인들이 술술 입을 열테니, 이것 역시 일석이조다.

열두 명의 마인 중 한 명만은 살려서 북무림으로 보낸다고 한다.

자하일봉 금연화. 그녀의 처리 문제는 같은 정도문파인 자하부에서 해결할 사항이니 양보해 준다는 것이다.

자하부까지 옭아 넣으려는 눈에 빤히 보이는 수다.

장사 인근에는 중원제일호(中原第一湖)인 동정호(洞庭湖)가 있다.

열두 명은 동정호의 물결조차 보지 못했다.

산길로, 들길로 해서 장사부로 들어섰고, 그때부터 뭇사람의 돌팔매질에 시달려야 했다.

"저놈들 때문에 내 아들이 죽었어! 에라이, 죽일 새끼들! 죽어!"

"저런 건 사지육신을 잘라내서 소금에 저려놔야 돼. 저 뻔뻔한 낯짝 좀 봐."

"계집년들이 여시같이 생겨 가지고는. 얼굴에 낙인을 찍어서 평생 하늘보고 살지 못하도록 만들어놔야 해. 난 당장 남도문으로 갈 거야. 문주님께 내 아들놈 원수 좀 갚도록 해달라고 통사정할 거야."

"나도 가지. 내 아들놈도 죽었어. 몇 년만 더 수련하면 대성할 놈이었는데."

누가 잘했고, 누가 잘못했나.

죽은 사람은 있는데 잘못한 사람은 없는 모호한 세상이다. 혈귀대주를 죽인 사람들은 영웅이다. 그들의 복수를 하겠다고 남무림 땅을 밟은 사람들은 이유 불문하고 때려죽일 자들이다.

"엠병! 이제 곧 눈이 오겠구먼."

시마가 하늘을 쳐다보며 말했다.

"올해 첫눈은 붉은 눈이 되어야지. 수고들 했다. 흰 눈을 붉게 만들어줄 사람은 궁왕 강창도가 될 거야."

환청인가? 어렴풋이 마야의 음성이 들려왔다.

"썩을! 죽을 때가 다 됐나. 그놈 음성이 들리니."

"뭐? 시마, 방금 뭐라고 했어!"

"그, 그…… 마, 말을?"

'그'라는 말로 얼버무렸다. 듣는 사람이 많아서 마야라는 말을 할 수가 없다.

환청인가, 착각인가 싶었는데 들은 사람이 이렇게 많다면?

'영파! 마야, 마야가 살아왔어. 우리 주변에서 우릴 보고 있어!'

이제는 꼼짝없이 죽었다고 생각했는데…… 희망이 일기 시작한다.

궁왕 강창도, 그가 머물고 있는 장사.

시작이다!

『마야』 3권에 계속…

다세포소녀

# 다세포 소녀

'다세포 소녀'는 인터넷에서 300만 명의 '다세포 폐인'을 양산한 인기만화다.
'무쓸모 고등학교'를 배경으로 '뽀샤시한' 순정만화 주인공 같은 외모의 남녀 고교생들이 펼치는 엽기적이고 황당한 내용과 성(性)에 관한 발칙한 상상력을 보여주면서 네티즌들로부터 폭발적인 반응을 얻고 있다.
"제 또래들과 함께 나누고 싶은 성, 사회 문제 등을 짚어보고 싶었다"는 작가의 변에서 볼 수 있듯 만화 속 이야기의 절반가량은 주변에서 전해 들은 '실화'를 참고했다. 작품에서 보여지는 비꼬는 패러디와 냉소적인 유머에서 삶에 대한 진지한 성찰이 엿보이는 것은 그 때문이 아닐까!

**외눈박이의 일기**

오늘 영어 선생님이 성병으로 결근하셔서 담임 선생님이 대신 수업을 하셨다. 담임 선생님은 "뭐, 원조교제 하다 보면 그럴 수도 있으니 이해하라"고 말씀하시더니 여자 반장한테도 병원에 가보라고 하셨다. 반장은 눈물을 글썽이며 외쳤다. "너무해요! 선생님! 전 원조교제 같은 건 안 했어요!" 그러나 매독이라는 담임 선생님의 말을 듣곤 벌떡 일어나 후다닥 줄을 챙겼다. 그러더니 남자 부반장 면상에 욕과 함께 주먹을 날렸다. 부반장은 "습진인 줄 알았다"고 변명했다. 그걸 본 다른 아이들도 병원에 간다며 서둘러 교실 밖으로 나갔다. 결국 교실엔… "제… 젠갈! 나만 남았다. 그래, 나만 숫총각이다. 제기랄!" 담임 선생님은 자책하지 말라며 "세상은 용모로 살아가는 게 아니잖아"라며 화를 돋우셨다. "뭐라구요? 지금 놀리시는 겁니까? 선생님! 그래! 나 외눈박이다! 그래서 한번도 못해봤다! 크아악!!"

# 잠들어 있던 거대한 공룡, 중국이 깨어나고 있다!

세계의 중심으로 우뚝 부상하고 있는 중국.
그들을 알지 못하고서 어찌 글로벌 시대에
경쟁력을 갖췄다 할 수 있겠는가.

## 한 권으로 끝나는 중국 고전 시리즈

**한 권으로 끝내는 중국 고전 길라잡이**
■ 모리야 히로시 지음 / 장선연 옮김 | 값 12,000원

각 세계의 지도자들에게 지침서로 읽혀온
명저에서 핵심만 추출해 낸 입문자를 위한
실천적 고전 안내서!

**한 권으로 끝내는 춘추 전국 처세술**
■ 마츠모토 히로시 지음 / 김미선 옮김 | 값 12,000원

예측 불허의 변수 속에 풍랑을 만난 조각배처
럼 표류하는 현대인들에게 등대가 되고 나침
반이 될 처세술의 비전!

**한 권으로 끝내는 중국 고전 언행록**
■ 미야기타니 마사미스 지음 / 연주미 옮김 | 값 12,000원

자기 계발과 경영 전략등 현대 생활에 도움이 되는
내용을 명쾌하게 풀어낸 이 책은 지적 자극이
넘치는 최고의 실용서이다.

# 잘나가고 싶은 사람은 읽어라!

**그에게 한눈에 반했다! 그것은 분위기 탓?**
**애인과 나란히 걸어갈 때 당신은 좌, 우 어느 쪽에 서는가?**
**이성은 왜 서로 끌리는 걸까? 그 심층 심리를 해명한다!**

# 30초의 심리학

■ **30초의 심리학**
아사노 하치로우 지음 / 계일 옮김 | 값 8,500원

처음 본 사람인데 와 닿는 느낌이
너무나도 강렬한 사람이 있다.
흔히 하는 말로 '필이 꽂힌 사람',
그래서 잊혀지지 않는 사람,
한눈에 반했다고 하는 것이 바로 그것이다.
이런 인간의 감정을 논하는 데
남녀의 구분이 있을 수 없다.
사랑하는 그, 혹은 그녀를
생각하는 것만으로도 가슴이 두근거린다.
이상할 것 없다. 당연히 그럴 수 있는 것이다.
그렇기에 인간을 감정의 동물이라 하지 않는가.
그러나 그렇게 좋아하는 그 사람이
어느 날 갑자기 싫어지는 경우는 왜일까?

Psychology